AF397409

Sara Belin, die studierte Opernsängerin ist, schreibt seit mehreren Jahren erotische und romantische Liebesromane. Ihre Bücher erreichen stets Spitzenplätze in den Kindle-Bestseller-Rankings. In Saras Geschichten geht es um Leidenschaft, Gefühle, Romantik, Drama und Herzschmerz, aber ein Happy End darf nicht fehlen. Die Autorin träumt von einem Schreibdomizil mit Meerblick und wünscht sich als Haustier neben einem Collie noch ein Shetlandpony.

SARA BELIN

Chasing STARLIGHT

EINE LEIDENSCHAFTLICHE ROCKSTAR ROMANCE

Überarbeitete Neuausgabe Oktober 2024

Copyright © 2024 dp Verlag, ein Imprint der
dp DIGITAL PUBLISHERS GmbH
Made in Stuttgart with ♥
Alle Rechte vorbehalten

Chasing Starlight

ISBN 978-3-98998-520-9
E-Book-ISBN 978-3-98998-302-1
Hörbuch-ISBN 978-3-98998-351-9

Copyright © 2014, Sara Belin
Dies ist eine überarbeitete Neuausgabe des bereits 2014 bei Sara
Belin erschienenen Titels Liebe unplugged.
Copyright © 2020, dp Verlag, ein Imprint der dp DIGITAL
PUBLISHERS GmbH
Dies ist eine überarbeitete Neuausgabe des bereits 2020 bei dp
Verlag, ein Imprint der dp DIGITAL PUBLISHERS GmbH
erschienenen Titels Ein Bad Boy mit Herz (ISBN: 978-3-96817-168-5).
Copyright © 2022, dp Verlag, ein Imprint der dp DIGITAL
PUBLISHERS GmbH
Dies ist eine überarbeitete Neuausgabe des bereits 2022 bei dp
Verlag, ein Imprint der dp DIGITAL PUBLISHERS GmbH
erschienenen Titels Wer braucht schon einen Rockstar?
(ISBN: 978-3-98637-475-4
Covergestaltung: Jasmin Kreilmann
Umschlaggestaltung: ARTC.ore Design
Unter Verwendung von Abbildungen von
depositphotos.com: © MickeyCZ87, © Telesh, © maxcam, © realcg,
© fxquadr0, © Tverdohlib.com, © Polyudova, © Ksyshakiss
Lektorat: SL Lektorat
Satz: dp DIGITAL PUBLISHERS GmbH
Druck und Bindung: Books on Demand GmbH, Norderstedt

Als ich von meinem Verlag gebeten wurde, ein Vorwort zu diesem Buch zu schreiben, kam mir spontan der mutige Gedanke, mich einfach an meinen Hauptprotagonisten persönlich zu wenden. Myles Flemming, Leadgitarrist der berühmten Rockband Black Sunday Desire, erklärte sich freundlicherweise zu einem kurzen Interview bereit.

Wir treffen uns im Büro seines Managements und er begrüßt mich mit einem breiten Lächeln und einem kräftigen Händedruck. Wow, was für ein aufregender Mann! In diesem Augenblick wird mir endgültig klar, warum meine Hauptprotagonistin Noemi ihm so hoffnungslos verfallen ist ...

„Sollen wir anfangen?" Seine dunkle, tiefe Stimme reißt mich aus meinen Träumereien.

„Anfangen? Natürlich", stottere ich verlegen. So viel zum Thema Professionalität. „Myles, würdest du bitte meinen Leserinnen erklären, warum sie unbedingt die Geschichte von dir und Noemi lesen müssen?"

Myles nickt, lehnt sich entspannt in seinem Sessel zurück und streicht sich ein paar schwarzen Locken aus dem Gesicht.

„Wie ich bei Social Media mitbekomme, lesen Frauen heutzutage sehr gerne Romanzen mit viel Spice. Diese Zutat ist in unserer Geschichte reichlich vorhanden.

Ich glaube, ich übertreibe nicht, wenn ich den Leserinnen verspreche, dass die Story verdammt hot sein wird. Sie ist also nichts für prüde und unschuldige Romantikerinnen!“ Myles zwinkert mir verschwörerisch zu und macht dann ein ganz unschuldiges Gesicht.

„Du würdest das Buch also als Erotikroman bezeichnen?“, frage ich leicht verunsichert.

„Nein. Ich würde eher sagen, deine Leserinnen erwartet eine sehr heiße Liebesgeschichte, in der aber auch tiefe und authentische Gefühle nicht zu kurz kommen. Das Ganze wird mit einer ordentlichen Prise Rock ’n’ Roll gewürzt und sogar Diversity ist ein Thema.“

„Inwiefern?“

„Noemi ist eine wunderschöne Frau, die aber nicht dem gängigen Schönheitsideal entspricht. Sie ist nämlich sehr curvy, und das liebe ich.“ Myles samtbraune Augen strahlen, als er von seiner Freundin erzählt, und in seiner Stimme schwingt Leidenschaft mit.

„Ich darf nicht zu viel verraten, aber bis zum Happy End ist es für dich und vor allem für Noemi ein komplizierter und auch tränenreicher Weg. Drama und Herzschmerz bleiben euch nicht erspart.“

„So ist es. Vor allem wegen meiner Karriere als Rockstar hatte Noemi es von Anfang an sehr schwer mit mir. Aber ich habe sie immer wieder vor mir gewarnt, weil ich ihr nicht das Herz brechen wollte. Ich bin vielleicht ein Bad Boy, aber ich bin kein Arschloch.“

„Apropos Bad Boy. Wir Frauen stehen bekanntlich auf Bad Boys.“

„Tja, ich kann nichts dafür.“ Myles grinst frech und zuckt mit den Schultern.

„Was wartet sonst noch auf die Leserinnen?“

„Sie werden noch drei ziemlich coole junge Frauen kennenlernen, Noemis Freundinnen. Und natürlich meine Bandkollegen. Vor allem Vic, unser f*cking Frontman, wird dafür sorgen, dass die Höschen der Leserinnen ..."

„Ja, danke, das reicht, wir wollen ja auch nicht zu viel verraten", falle ich ihm schnell ins Wort. „Hast du noch einen Schlusssatz für uns?"

„Mädels, lest das Buch, wenn ihr heimlich von einem heißen Rockstar zum Anfassen träumt!" Myles grinst und schon steht er schwungvoll auf. Ganz ehrlich, ich beneide Noemi, dass sie diejenige ist, die ihn anfassen darf ...

„Sara, danke für das Gespräch! Übrigens, es hat mich sehr gefreut, die Autorin persönlich kennenzulernen", sagt er noch mit einem Ladykiller-Blick.

Ich murmele bloß verlegen ein ‚Vielen Dank' und schon ist er weg. Ich hoffe, ihr werdet Myles genau so aufregend finden wie ich. ;-)

1. Noemi

In meinem Lieblingscoffeeshop im belebten Berliner Kiez Friedrichshain herrscht am Montagvormittag noch eine angenehme morgendliche Ruhe. Der Laden mit seinen zartrosa gestrichenen Wänden ist fast leer und ich mache es mir in der Ecke am hinteren Fenster gemütlich. Zwei schwangere Frauen sitzen auf dem pinkfarbenen Plüschsofa und lassen sich zwei Caffè Latte bringen. Eine ältere Dame mit einem winzigen Chihuahua auf dem Schoß verspeist genüsslich ihr Stück Käsekuchen. Es ist mir noch zu frisch, um zu dieser Zeit draußen auf dem Bürgersteig zu sitzen, obwohl die strahlende Spätaprilsonne wieder mal die Illusion vermittelt, der Frühling sei endgültig angekommen.

Ich bestelle mir eine heiße Schokolade und ein Cupcake mit sündhaft leckerem Erdbeer-Topping. Als ich in der Geldbörse nach dem Kleingeld fische, wird mir wieder mal bewusst, dass ich dringend einen Job brauche. Seit drei Jahren studiere ich Kunstgeschichte und Slawistik, wohlwissend, dass mir meine Berufswahl nicht gerade eine finanziell abgesicherte Zukunft verspricht. Doch für was Praktisches und Bodenständiges wie BWL oder Lehramt war ich damals nach dem Abi nicht zu begeistern. Ich mag nun mal Sprachen und Kunst, und berechnend war ich auch noch nie. Lieber verbringe ich die restliche Zeit bis zur Rente mit Dingen, die mich interessieren, und verdiene weniger Geld, statt einen gut bezahlten und sicheren, aber langweiligen und nervtötenden Job machen zu müssen. Aber ganz ohne Geld geht es leider auch nicht, und da hilft mein Idealismus nicht wirklich. Noch vor zwei Wochen habe ich neben dem Studium als Babysitterin gearbeitet, doch ich habe gekündigt. Die zwei verwöhnten Kids einer frisch geschiedenen Anwaltsgattin haben mir den letzten Nerv geraubt. Die ständigen Wutanfälle und Bockigkeit der knapp dreijährigen Zwillinge sind mir eine zu große Herausforderung geworden. Ich mag Kinder wirklich, aber diese kleinen Kevins in Doppelpack haben mich an meine Grenzen gebracht. Frau Becker hat zwar öfter meine Engelsgeduld und Gelassenheit gelobt und bewundert. Innerlich kämpfte ich dennoch fast täglich mit dem Wunsch, die Zwillis unter die kalte Dusche zu stecken oder in der Kammer einzusperren, bis sie aufhören zu schreien und sich theatralisch auf den Boden zu schmeißen. Und das taten sie regelmäßig – sei es auf dem Spielplatz, beim Einkaufen, Spazierengehen, Essen, Anziehen oder Zubettgehen. Und zwischendurch auch.

Frau Becker meinte entschuldigend, das wäre ihre Reaktion auf die Scheidung, sie hätten lediglich ein Trennungstrauma und bräuchten besonders viel Aufmerksamkeit und Liebe. Mein starker Verdacht war eher, dass sie ihren Papa, der vor einigen Monaten ausgezogen ist, gar nicht so sehr vermissten, sondern vielmehr ihre Mama. Frau Becker schenkte ihre volle Aufmerksamkeit ihrem jungen Liebhaber, einem unverschämt gut aussehenden Yogalehrer und Tantracoach, der angeblich auch der Grund für die Trennung von ihrem fast zwanzig Jahre älteren Ehemann war. Tagsüber waren die Zwillis bei der Tagesmutter und abends kümmerte ich mich meistens um sie, manchmal sogar jeden Tag in der Woche. Der Job war gut bezahlt, doch ich sah bald ein, dass ich mit diesen beiden Kindern nicht so richtig umgehen konnte, besonders weil sie im Doppelpack vorkamen. An einem Abend, als sie sich nach dem Essen schreiend und tobend weigerten, ins Bett zu gehen, und ich Tomatensauce mitsamt Vollkornspaghetti nicht nur auf meinem T-Shirt, sondern auch in den Haaren hatte, reichte es mir. Ich rief Frau Becker an und sagte ihr ohne viel zu erklären, dass ich kündige und nach Hause gehen möchte. Am Ende taten mir die Zwillis dennoch leid. Die Jungs sahen so süß und unschuldig aus, als sie in ihren Designerbettchen endlich eingeschlafen waren. Trotzdem habe ich meine Entscheidung nicht bereut.

Das Einzige, was ich jetzt bereue, ist meine chronisch leere Geldbörse. Meine Eltern unterstützen mich zwar immer noch finanziell, doch mit meinen zweiundzwanzig Jahren fühle ich mich verpflichtet, für die Extrakosten hier in Berlin selbst auszukommen. Ich gebe zu, mit meinen Mädels gehe ich viel zu oft essen oder einfach mal shoppen, auch wenn ich nicht unbedingt neue Klamotten brauche. Nicht, dass ich mich als verschwenderisch bezeichnen würde. Aber ich gönne mir gerne Sachen, die mir guttun, und die kosten ja meistens Geld. Ein neuer Job muss her, und zwar möglichst schnell. Der Cupcake schmeckt sündhaft gut und ich vergesse sofort meine guten Vorsätze – auf Süßigkeiten zu verzichten und endlich ein paar Kilos abzuspecken. Fett bin ich zwar nicht, aber als schlank kann ich mich auch nicht bezeichnen. Nur wenn ich mich in die enge Shapewearwäsche zwinge, die meinen Hintern und die Hüften schön kaschiert, sehe ich einigermaßen schlank aus. Wenn man aber mit jemandem ins Bett geht, wird spätestens beim Ausziehen klar, dass ich gemogelt habe. Und das will ich nicht. Der Kerl soll sich schließlich nicht verarscht fühlen. Klar könnte ich stolz sagen, ich stehe zu meinen weiblichen Rundungen. Das tue ich ja auch. Ich brauche keinen Push-up-BH und ich besitze einen Hintern wie eine Latina. Die meisten Männer stehen doch auf Frauen mit Kurven, nicht wahr? Es ist alles nur in meinem Kopf ... diese blöde Erinnerung an meinen letzten Lover Paul, in den ich wahnsinnig verliebt war. Und der mich nach drei Monaten Beziehung mit meiner Freundin Lara betrogen hat, weil er, wenn er ganz ehrlich ist, doch auf richtig schlanke Frauen steht, wie er mir anschließend gestanden hat. Das hat noch mehr wehgetan als die Tatsache, dass ich nicht nur ihn, sondern auch eine gute Freundin verloren habe. Lara hat eine Modelfigur – lange, schlanke Beine, Wespentaille und einen kleinen, aber knackigen Hintern.

Von der Trennung vor einem halben Jahr habe ich mich schon vollständig erholt. Nur mein Selbstbewusstsein knabbert immer noch an der Tatsache, dass ich für einen so tollen Mann wie Paul offensichtlich zu dick war. Also müssen mindestens fünf Kilo weg, bevor ich mir zutraue, mich auf einen neuen Mann einzulassen. Aber wie bescheuert ist das denn! Vor Pauls Fremdgehen habe ich mich doch pudelwohl in meiner Haut gefühlt und fand mich sexy und attraktiv, so wie ich war. Soll ich jetzt einem untreuen Kerl erlauben, dass er mein gesundes Selbstbild so stark ins Wanken bringt? Nein, diese Genugtuung will ich ihm nicht länger geben! Genüsslich und trotzig beiße ich in den weichen, saftigen Teig. Ich brauche nun mal eine Ersatzbefriedigung, schließlich habe ich meine Bedürfnisse. Mein Körper ist schön so wie er ist und was Paul davon hält, sollte mir an meinem prallen Arsch vorbei gehen!

Endlich mache ich meinen Laptop auf und widme mich meiner Arbeit für die baldige Prüfung in Kunstgeschichte. Das Thema, was ich mir ausgesucht habe, lautet *Frau als Muse in der Geschichte der Malerei*. Ich recherchiere gerade über Alma Mahler und ihre Beziehung zu den Malern Klimt und Kokoschka. Sie war überhaupt nicht schlank, sie war vielleicht sogar fülliger als ich, aber die Männer waren verrückt nach ihr, und man nannte sie das hübscheste Mädchen von Wien. Wie blöd ist das mit den Schönheitsidealen! Sie setzen uns nur unter Druck, statt unsere Weiblichkeit so zu zelebrieren, wie sie ist. Am liebsten würde ich mir noch einen zweiten Cupcake bestellen, um mir demonstrativ zu beweisen, dass mein Körper genau so attraktiv ist wie der von Lara, jedoch beherrsche ich mich noch rechtzeitig. Ich will ja nicht übertreiben. Dazu klingelt mein Handy. Es ist Ben, mein zwei Jahre älterer Bruder.

„Bruderherz, was gibt's?", begrüße ich ihn.

„Morgen Noemi! Schon am Studieren?"

„Ja, ich versuch's zumindest, der Abgabetermin ist nächste Woche."

„Sag mal, brauchst du immer noch einen Job? Ich denke, ich hätte was für dich."

Plötzlich bin ich ganz Ohr. Nicht, dass ich seinen Fähigkeiten als Geschäftsmann besonders vertraue. Seit er sein Informatikstudium geschmissen hat, hat er so einiges versucht auf die Reihe zu bekommen, bislang jedoch ohne großen Erfolg. Aber ich brauche das Geld und daher bin ich bereit, mir anzuhören, was er zu bieten hat.

„Ja, ich brauche sogar dringend einen Job, Paps wird mir so schnell nichts mehr geben", antworte ich und seufze. Unsere Eltern haben mir vor vier Monaten zum zweiundzwanzigsten Geburtstag ein gebrauchtes Auto geschenkt, und daher traue ich mich auf keinen Fall, nach irgendwelchen Krediten oder sogar Geldgeschenken zu fragen. Ich muss mir die nötige Kohle alleine dazuverdienen, wenn ich schon mit meinem monatlichen Budget nicht klarkomme.

„An was hast du denn gedacht?", erkundige ich mich interessiert.

„Also ... ich habe mich neulich meinem Kumpel Sven als Geschäftspartner angeschlossen. Er hat im Winter ein Start-Up gegründet, also eine Agentur für Hundesitter, und das Geschäft läuft sehr gut, besonders in Prenzlauer Berg und Mitte, daher war das für mich zweifellos eine sichere Investition. Er stellt neue Leute ein, weil die Nachfrage immer größer wird."

„Hundesitteragentur? Davon hast du mir noch gar nichts erzählt", unterbreche ich ihn skeptisch.

„Na ja, ich wollte erst eine Weile abwarten und sehen, ob es wirklich so gut läuft, bevor ich es an die große Glocke hänge. Ma und Pa wissen auch noch nichts davon, ich werde es ihnen am Wochenende erzählen, wenn ich sie besuche."

„Okay, verstehe. Das heißt, du meinst, ich sollte als Hundesitterin arbeiten?", frage ich mit Zweifel in meiner Stimme.

„Genau. Du magst ja Hunde und sie sind nicht so nervig wie kleine Kinder. Du kriegst pro Stunde zwar etwas weniger, als du es für deine Kevins bekommen hast, aber dafür ist der Job weniger stressig. Hör zu – ich habe sogar ein Sonderangebot für dich. Ein Kunde sucht eine Hundesitterin, die seinen Liebling für mehrere Stunden am Tag versorgen soll, er ist nämlich geschäftlich viel unterwegs und dafür auch bereit, ordentlich zu bezahlen. Bevor Sven den Job an jemand anderen vermittelt, wollte ich erst dich fragen. Du musst dich aber schnell entscheiden. Der Typ will schon heute Nachmittag die Person kennenlernen, die sich um seinen Hund kümmern wird."

„Schon heute? Das ist aber sehr schnell. Ich weiß nicht so recht ..." Plötzlich komme ich ins Grübeln. Ein Job als Hundesitterin? Hm. Ist vielleicht wirklich entspannter als Babysitten. Aber dafür muss ich mit dem Hund bei jedem Wetter raus.

„Noemi, er bezahlt zwanzig Euro die Stunde ..."

Ach, was soll's, ich brauch den Scheißjob!

„Okay Ben, ich nehme den Job! Sag mir, was ich zu tun habe und wo ich erscheinen muss", sage ich entschlossen.

„Super! Wir treffen uns um vier vor dem Haus des Kunden. Ich stelle dich ihm vor, du lernst den Hund kennen und wenn alles passt, kannst du gleich anfangen."

„Einverstanden. Ich hoffe nur, es handelt sich um keinen Kampfhund oder eine sabbernde Dogge?"

„Bestimmt nicht. Ich habe die Hunderasse nicht mehr im Kopf, aber Sven hat schon alles gecheckt, der Hund fällt nicht aus dem Rahmen", beruhigt mich mein Bruder sofort.

Ben diktiert mir die Adresse in Prenzlauer Berg und verabschiedet sich schon, bevor ich es mir anders überlege. Das kann ja spannend werden. Jetzt bin ich buchstäblich auf den Hund gekommen! Ich hoffe nur, er wird mich einigermaßen mögen und sich als ein braves und pflegeleichtes Hündchen entpuppen, das keine zu großen Schwierigkeiten verursacht.

Kurz vor vier parke ich meinen weißen Smart vor dem Haus am Helmholzplatz und erblicke auch gleich Ben, der gerade von seinem Fahrrad steigt. Ich gebe ihm ein Küsschen auf die Wange.

„Mensch, du siehst gut aus." Ich deute auf seinen neuen Haarschnitt. „Richtig smart."

Er hat sich sein sonst kinnlanges schwarzes Haar kurz schneiden lassen. Dazu trägt er einen Fünf-Tage-Bart, was ihn ein paar Jahre älter wirken lässt und sein Babyface gut kaschiert.

„Danke! Du siehst aber auch prima aus. Hast du abgenommen?", fragt er lächelnd, und ich weiß nicht, ob er das als Kompliment meint oder mich bloß verarschen will, wie Brüder es halt so gerne tun.

„Nicht, dass ich wüsste." Ich beäuge ihn misstrauisch. Ich trage meine neue Jeans mit Slimeffekt und ein schwarzes Top unter der Lederimitatjacke. Dieses Outfit lässt mich tatsächlich ziemlich schlank aussehen. Mein langes Haar habe ich zu einem lockeren Knoten gebunden und meine blauen Augen, die je nach Stimmung mal grüner, mal grauer aussehen, mit einem dünnen Lidstrich und Wimperntusche betont. Nicht, dass ich mich für meinen Hundesitterjob besonders schön machen wollte, aber es kann ja nicht schaden. Es ist auch eine Art Vorstellungsgespräch, was gerade auf mich wartet. Auch wenn mein potenzieller Klient auf vier Pfoten herumläuft und ich in Zukunft seine Häufchen entsorgen muss ... *Scheiße. Und das wortwörtlich. Warum habe ich nicht früher daran gedacht?*

„Bist du bereit?" Ben schaut mich streng an, bevor er auf die Klingel drückt.

Nicht mehr so überzeugt nicke ich nur, und gleich darauf summt der Türöffner. Wir fahren mit dem Fahrstuhl in die vierte Etage und laufen noch eine Treppe hinauf. Auf dem Namensschild an der Tür steht Flemming, und ehe wir klingeln können, geht sie schon auf.

Das zweitsüßeste Ding, das ich seit Langem gesehen habe, springt mich an – ein flauschiger, blauäugiger Husky-Welpe! Noch süßer ist aber sein Herrchen, das im Türrahmen steht und uns anlächelt. Mittellanges, gekonnt verwuscheltes, schwarzbraunes Haar umrahmt ein Gesicht mit markanten Zügen und einem großen, sinnlichen Mund. Braune Augen mit dichten Wimpern strahlen warm, als der Mann uns mit tiefer und heiserer Stimme begrüßt: „Hey Leute, ich bin Myles Flemming." Er trägt ein lockeres T-Shirt zur Jeans und streckt mir seinen tätowierten Arm entgegen. Sein Händedruck fühlt sich kräftig und vertrauenserweckend an.

„Hi, ich bin Noemi Weißbach. Es freut mich, Sie kennenzulernen." Ich versuche, unverbindlich freundlich zu schauen und erröte, als sich unsere Blicke treffen. Der Typ ist echt heiß. Die Bilanz meines Blitzchecks ist äußerst zufriedenstellend – hochgewachsen, breitschultrig und mit schön definierten Bizepsen. Auf die Schnelle schätze ich ihn auf Mitte zwanzig.

„Ich denke, wir können uns ruhig duzen, wir sind ja alle unter dreißig." Er lächelt gelassen und entblößt dabei seine weißen Zähne, die vorne eine süße, kleine Zahnlücke besitzen. Endlich lasse ich seine Hand los und richte meine Aufmerksamkeit wieder auf das Hündchen.

„Hallöchen! Und ich bin Ben Weißbach von der Agentur", stellt sich Ben vor und die Männer schütteln sich die Hände. „Rein zufällig bin ich Noemis Bruder", erklärt er zudem, um irgendwelche Missverständnisse aus dem Weg zu räumen.

„Ah, verstehe!" Myles nickt verschmitzt. „Im ersten Augenblick habe ich tatsächlich gedacht, ihr seid ein junges Ehepärchen."

„Ach wo, wir sind bloß Geschwister und beide ledig." Plötzlich kichere ich auf die dämlichste Art und erröte noch mehr, als mir meine peinliche Bemerkung bewusst wird. *Mann, das kommt davon, weil ich schon so lange zölibatär lebe! Der erste heiß aussehende Typ verwandelt mein Gehirn gleich zu Pudding!* Als ob ihn mein Beziehungsstatus interessieren würde! Rasch verstecke ich mein sicher tomatenrotes Gesicht und beuge mich zu dem Welpen hinab, der immer noch zwischen meinen Beinen rumwuselt. „Na, du Süßer, und wie heißt du?" Ich nehme das Hündchen in den Arm und hebe es hoch. Der Husky ist herrlich weich und seine eisblauen

Augen sind bezaubernd. Also, mit dem niedlichen Wollknäuel werde ich bestimmt gut klarkommen.

„Das ist Luna und eine *sie*“, erklärt mir Myles und streichelt ihr über das Köpfchen. Dabei fallen ihm die langen Haarsträhnen ins Gesicht und lassen ihn gleichzeitig frech und süß aussehen. Die Hündin leckt sofort begeistert erst seine und dann meine Hand ab.

„Hallo Luna“, sage ich zu ihr und spüre, wie ich strahle, als ich das Hündchen enger an mich drücke. Während Myles seine Hand zurückzieht, streift er mit seinen Fingern über meinen Oberarm. Diese leichte Berührung löst unmittelbar ein warmes, wohliges Gefühl in meinem Bauch aus. Passierte das zufällig, oder hat er das etwa mit Absicht getan?

„Sie ist wunderschön! Wie alt ist sie?“, frage ich Myles, der mich die ganze Zeit aufmerksam beobachtet.

„Sie ist drei Monate alt. Aber bitte, kommt erst mal rein.“ Jetzt fällt mir auf, dass wir immer noch vor der Tür stehen. Ben stupst mich an und wir folgen Myles in die Wohnung. Sie ist groß und hell. Aus einem der Zimmer dröhnt laute Musik, ich glaube, es ist Linkin Park. Myles führt uns ins Wohnzimmer und stellt die Musik leiser. Die Wände sind mit Konzertplakaten von bekannten und mir unbekannten Rockbands beklebt. An der Wand neben der Musikanlage stehen drei E-Gitarren, und auf der schwarzen Ledercouch liegt mitsamt Koffer eine akustische Gitarre. Sonst ist das Zimmer eher spartanisch eingerichtet – ein Fernseher, mehrere Regale mit CDs und Schallplatten, ein Glastisch voller Getränkedosen, Chipstüten, Pizzaresten auf Papptellern und am Fenster ein Computertisch mit Laptop. Der Typ scheint Junggeselle zu sein.

„Kommt, setzen wir uns." Myles macht eine einladende Geste und räumt schnell die Gitarre von der Couch. Mit Luna auf dem Arm setze ich mich neben Ben, und Myles nimmt auf dem Sessel uns gegenüber Platz.

„Sorry für die Unordnung, ich komme gerade nicht zum Aufräumen", entschuldigt er sich etwas unbeholfen für die Unordnung auf dem Glastisch. „Kann ich euch was anbieten?"

Mein Blick folgt seinem in die offene Küche, die auch nicht gerade den ordentlichsten Eindruck macht. Anscheinend braucht er nicht nur eine Hundesitterin, sondern auch eine Haushälterin.

„Nein, nein, danke, ist schon gut", beruhige ich ihn.

„Wollen wir gleich zum geschäftlichen Teil kommen?", meldet sich Ben vorsichtig und trommelt mit den Fingern leise auf seinem schicken Aktenkoffer. Am liebsten würde ich ihm diskret auf den Fuß treten. Er soll Myles mit seiner ungeduldigen Art nicht unter Druck setzen.

„Ja, klar, machen wir." Myles schaut mich bedeutungsvoll an, und ich gebe mein Bestes, um nicht wieder zu erröten. Seine tiefgründigen, intensiven Augen machen mich nervös. Sie sind wie geschmolzene Zartbitter-Schokolade – süß, verführerisch, unwiderstehlich.

„Hast du noch Fragen an uns, besonders an Noemi?", fragt Ben und reißt mich aus meiner Träumerei.

Mädel, du bist hier, um zu arbeiten, nicht um den Typen zu bewundern, ermahne ich mich selbst und setze eine ernsthafte Miene auf.

„Okay, Fragen ..." Myles fährt nachdenklich mit der Hand durch sein dichtes schwarzes Haar. Dabei spannt sich sein kräftiger Bizeps unter dem engen Ärmel. Verlockend spitzt er seine vollen Lippen und überlegt kurz. Während ich ihn entzückt beobachte, kraule ich Lunas weiches, warmes Fell und frage mich, wie sich wohl *sein* Haar anfühlt ... bestimmt ist es schön seidig, so toll wie es glänzt.

Schon wieder träume ich! Leicht beunruhigt über mein Verhalten richte ich mich auf und versuche, meine ausufernden Gedanken endlich unter Kontrolle zu bekommen.

„Wie ich sehe, mag Luna dich, was das Wichtigste ist." Myles deutet auf die junge Hündin, die sich auf meinem Schoß offensichtlich pudelwohl fühlt. „Ich gehe davon aus, du hast Erfahrung mit Hunden?"

„Oh ja, die habe ich", bestätige ich sofort. „Ben und ich sind praktisch mit Hunden aufgewachsen. Unser Vater ist Tierarzt und ich habe ihm oft in der Praxis geholfen, als ich noch bei meinen Eltern gelebt habe. Mein Hund Bill, ein Collie, war mein bester Freund, seit ich fünf Jahre alt war. Bis zu seinem Tod vor drei Jahren. Meine Eltern haben jetzt einen neuen Hund, eine Neufundländerin. Als sie noch ein Welpe war, habe hauptsächlich ich ihre Erziehung übernommen. Sie ist einfach toll und ich vermisse sie sehr, seit ich in Berlin wohne. Also, ich denke schon, dass ich was von Hunden verstehe."

„Schön!" Myles lächelt zufrieden. „Ich möchte für Luna jemanden, dem ich wirklich vertrauen kann. Hunde, besonders so jung wie Luna, brauchen nicht nur Auslauf und Futter, sondern auch viel Aufmerksamkeit und liebevolle Zuwendung. Aber auch etwas Erziehung, natürlich."

„Auf jeden Fall! Ich verstehe völlig, was du meinst", stimme ich ihm zu. „Es wird mir nicht schwerfallen, mich um Luna in jeglicher Hinsicht zu kümmern. Sie ist so liebenswert und einfach zum Anbeißen süß!"

So wie ihr Herrchen ...

„Das kann ich mir gut vorstellen." Myles lächelt mit leicht geneigtem Kopf und beobachtet, wie ich Lunas Fell streichele.

„Noemi ist zeitlich auch ziemlich flexibel, sie kann morgens, nachmittags oder auch mal abends und an den Wochenenden vorbeikommen", schaltet sich Ben wieder in das Gespräch ein.

Na prima, das klingt so, als ob ich kein privates Leben hätte! Was aber ziemlich der Realität entspricht. Ich treffe mich zwar regelmäßig mit meinen drei besten Freundinnen, aber ich kann mir meine restliche Zeit neben der Uni frei einteilen.

„Das ist cool! Ich brauche tatsächlich jemanden, der auch spontan einspringen oder Luna für mehrere Tage betreuen kann, wenn ich nicht in der Stadt bin", sagt Myles erleichtert und mustert mich weiter.

Ich kann mir vorstellen, dass seine dunklen Augen heiß wie Glut werden, wenn ihn die Leidenschaft packt.

„Du bist also beruflich oft unterwegs?", frage ich vorsichtig. So jung und schon so beschäftigt? Bestimmt einer von diesen smarten Start-up-Gründern.

„Ja, das stimmt. Ich bin ein Freiberufler und habe leider wenig Zeit. Der Hund, den ich seit meiner Kindheit hatte, ist vor einem halben Jahr an Altersschwäche gestorben, er ist fast sechzehn Jahre alt geworden. Das war sehr hart für mich, ich war am Boden zerstört. Bob hat mir furchtbar gefehlt, deswegen haben mir meine Eltern im März zum Trost Luna geschenkt. Süß wie sie ist, hat sie sofort mein Herz erobert und so konnte ich sie natürlich nicht wieder abgeben."

Am liebsten würde ich aufstehen und ihm einen Kuss geben. Ein Typ, der offen über seine Gefühle sprechen kann, ist so verdammt sexy! Aber ich beherrsche mich natürlich rechtzeitig.

„Wenn du dich für mich entscheidest, kannst du sicher sein, dass ich mich sehr gut um Luna kümmern werde", versichere ich ihm stattdessen ernst.

„Das stimmt! Noemi hat eine mütterliche Ader und ist sehr zuverlässig." Ben mischt sich erneut ein und seine gut gemeinte Bemerkung ist mir augenblicklich peinlich. Wenn ich wirklich so mütterlich wäre, hätte ich mit den Zwillis gut klarkommen müssen. Außerdem will ich nicht, dass Myles mich als *mütterlich* betrachtet. Ich hätte da eher was anderes im Sinn ...

Myles mustert mich weiter mit interessiertem Blick und stützt dabei mit der Hand sein Kinn.

„Also, wenn ich Luna wäre, würde ich mich für dich entscheiden", sagt er schmunzelnd, und ich erröte wieder. „Na, Luna, was denkst du? Nehmen wir Noemi?"

Die Hündin springt gleich von meinem Schoß, als sie ihren Namen hört, und läuft zu ihm. Myles hebt sie liebevoll hoch und küsst sie auf das Köpfchen. Sie leckt ihm die Wange ab und er streichelt ihr zärtlich über das Fell. Erst jetzt fällt mir auf, welch wunderschöne Hände mit schlanken, feingliedrigen Fingern er hat. Sie sind mit mehreren Silberringen geschmückt, was sehr cool aussieht. So wie er Luna streichelt, weckt er in mir den Wunsch, seine Hände auf meiner Haut zu spüren. Der Gedanke löst einen Schwarm Schmetterlinge in meinem Bauch aus. *Das kann nicht wahr sein!* Schon wieder überwältigt mich meine unkontrollierbare Fantasie! Ich muss echt etwas dagegen unternehmen. Wahrscheinlich brauche ich einen neuen Lover. Abnehmen kann ich später, wenn überhaupt. Mein letzter Sex liegt schon ein halbes Jahr zurück, was für eine junge Frau mit gesundem Appetit viel zu lange her ist.

„Also." Myles blickt erst zu mir, dann zu meinem Bruder. „Ich denke, wir machen den Deal. Wir haben uns schon längst entschieden, nicht wahr, Luna?"

„Das klingt gut!", sagt Ben schnell und öffnet seine Aktentasche. „Ich freue mich und bin überzeugt, dass du die richtige Entscheidung getroffen hast! Von mir aus können wir auch gleich den Papierkram erledigen, und dann lasse ich euch allein."

Nach wenigen Minuten ist der Vertrag unterschrieben und Ben verabschiedet sich von uns, er hat in einer Viertelstunde den nächsten Termin. Myles bringt ihn höflich zur Tür, ich aber bleibe einfach auf der Couch sitzen und warte. Luna springt wieder zu mir und legt mir ihren Kopf auf die Knie. Mein Blick wandert durch das Zimmer, während ich ihr sanft die Öhrchen kraule. All die Plakate, CDs und vor allem die Gitarren wecken in mir die Vermutung, dass Myles Musiker ist.

Er kommt zurück und setzt sich wieder auf den Sessel. „Noemi, hast *du* noch irgendwelche Fragen?"

Sein Blick ruht sanft auf mir, und ohne nachzudenken schieße ich los: „Sag mal, bist du Profimusiker?"

Eigentlich sollte ich ihn über Luna ausfragen, doch es ist zu spät. Myles hebt leicht eine Augenbraue und ein Lächeln umspielt seine schönen Lippen.

„Ja, ich bin Musiker. Ich spiele Gitarre, seit ich acht bin. Nach dem Gymnasium haben sich meine musikalischen Interessen etwas verändert, und statt klassischer Musik spiele ich jetzt Rockmusik, überwiegend auf der E-Gitarre."

Das ist ja aufregend! Ein Rockmusiker! Ich höre zwar überwiegend Pop und Soul, doch durch Bens Plattensammlung habe ich etwas Ahnung von Rock. In den vergangenen Jahren hat er mich auch zu einigen Festivals wie Rock am Ring mitgeschleppt und im letzten Sommer sogar nach Glastonbury.

„Das klingt aber geil! Spielst du in einer Band?" Ich kann meine Neugier nicht länger im Zaum halten. Na klar! Er hat definitiv das Aussehen und die Ausstrahlung eines Rockstars!

„Das kann man so sagen. Anfangs habe ich in einigen unbekannten Indiebands gespielt, aber in den letzten Jahren war ich hauptsächlich als Studiogitarrist tätig", erklärt er mir immer noch mit diesem sonderbar amüsierten Lächeln. Hoffentlich denkt er nicht, ich wäre ein Groupie oder so.

Na ja, für ein Groupie hast du einige Kilos zu viel auf den Rippen! Ich zerstöre mir gleich selbst die Illusion, dass so ein heißer Typ wie Myles Flemming Gefallen an mir finden könnte. Bestimmt steht er auf ganz dünne Frauen mit Modelmassen.

„Seit einigen Monaten spiele ich aber wieder in einer Band und wir proben halt viel", fügt er nach kurzer Pause hinzu.

„Verstehe. Dann ist klar, dass du nicht immer Zeit für Luna hast."

Eigentlich würde ich gerne wissen, wie seine Band heißt und ob sie schon ein Konzert irgendwo in einem Club in Berlin planen, aber ich darf wirklich nicht zu neugierig sein. Myles muss gutes Geld verdienen, die Wohnungen in dieser Gegend sind sehr teuer und auch die Kosten für Luna werden ziemlich hoch sein. Ich erinnere mich, von Ben gehört zu haben, dass professionelle Studiomusiker top bezahlt sind. Myles muss wirklich gut im Geschäft sein, um sich diesen Lebensstil leisten zu können. In seinem Alter hat er anscheinend schon einiges auf die Beine gestellt, was ich sehr beeindruckend finde.

„Dann erzähl mir bitte, was ich noch über Luna wissen muss, alle wichtigen Details, du weißt schon", sage ich, als mir endlich wieder der Grund meines Besuchs einfällt.

„Gerne! Ich habe schon im Voraus eine kleine Liste ausgedruckt mit allen wesentlichen Infos, Telefonnummern und Hinweisen." Myles erhebt sich aus dem Sessel, holt die Liste vom Computertisch und bringt sie mir. „Und dazu bekommst du natürlich noch den Ersatzschlüssel." Er greift in seine Hosentasche und reicht ihn mir. Anschließend zeigt er mir in der Küche, wo Lunas Futter steht, und erklärt, welche Hundeleine ich nehmen soll, wenn wir spazieren gehen. Als er mit mir spricht, entgeht mir nicht, dass er zwischendurch diskret seinen Blick auf meine Kurven richtet. Kurz und flüchtig, doch er schaut tatsächlich auf meine Brüste und meinen Hintern! Steht er etwa auf Frauen mit Kurven? Es wird mir dabei richtig heiß und ich versuche so zu tun, als ob ich nichts mitbekommen hätte. Weiterhin höre ich ihm aufmerksam zu, aber meine Blicke wandern immer wieder über seinen sexy Körper. Ich fühle mich immer stärker zu Myles hingezogen und langsam frage ich mich, ob es eine gute Idee war, den Job anzunehmen. Als er meine Telefonnummer in sein iPhone speichert, stehe ich so nah bei ihm, dass ich seinen dezenten Duft wahrnehmen kann. Es ist eine verführerische Mischung aus Weichspüler, Duschgel und seiner Haut. Ich atme den betörenden Geruch noch tiefer ein, und er schaut mich plötzlich an. Hat er etwa bemerkt, wie ich an ihm schnuppere? Kein Wunder, ich bemühe mich nicht mal, meine schamlose Begeisterung zu verbergen. Ertappt erröte ich und weiche seinem Blick aus. Mein Herz springt mir vor Aufregung in den Hals, und in der Stille, die auf einmal herrscht, spüre ich buchstäblich das Prickeln zwischen uns. Myles schiebt sein iPhone in die Hosentasche und greift langsam nach einer langen Haarsträhne, die sich aus meinem Knoten gelöst hat und jetzt vor meinem Gesicht hängt.

„Du hast wunderschönes Haar", murmelt er und wickelt die Strähne um seinen Finger.

Die unsichtbare Spannung zwischen uns fühlt sich elektrisierend an und ich vergesse fast zu atmen. Verstehe ich das richtig, was er gerade tut? Ich denke schon. Dieser sexy Typ flirtet sehr offensichtlich mit mir und macht mich an! Myles tritt noch ein Stück näher und löst mit der anderen Hand meinen Haarknoten. Mit bewunderndem Blick gleitet er mit seinen Fingern durch meine dichte, fast taillenlange Mähne. Ich atme aufgeregt und blicke ihm endlich in die Augen. Sie erscheinen mir noch dunkler, noch geheimnisvoller als zuvor, und sie faszinieren mich mit ihrem samtigen Glanz. Sein Gesicht nähert sich mir und ich spüre seinen warmen Atem auf meiner Stirn. Er ist wirklich hochgewachsen, fast einen Kopf größer als ich. Was mich zusätzlich anmacht, denn ich liebe es, wenn der Mann groß ist.

„Noemi, du bist eine sehr attraktive junge Frau", raunt er mit seiner tiefen, rauen Stimme, und mein Unterleib zieht sich lustvoll zusammen. *Verführt er mich etwa gerade?* Ich bleibe sprachlos, nur mein Atem wird immer flacher und schneller. Myles neigt seinen Kopf zu mir und seine Lippen berühren meinen leicht geöffneten Mund. Er küsst mich zurückhaltend und spielt dabei zärtlich mit meinem Haar, doch seine beschleunigte Atmung verrät mir, dass auch er stark erregt ist. Völlig benebelt vor plötzlichem Verlangen erwidere ich stürmisch seinen Kuss und öffne meinen Mund. Die anfängliche Zurückhaltung weicht der Leidenschaft, die uns unmittelbar packt. Wir küssen uns immer wilder, unsere Zungen spielen unbeherrscht miteinander, und Myles presst seinen Körper fester an mich. Ich spüre seine Härte an meinem Bauch und ein leises Stöhnen entweicht mir, als er mit seiner Zunge noch tiefer und fordernd in meinen Mund eindringt. Seine Hand verlässt meinen Rücken und er packt mich lustvoll am Hintern. *Bingo, er scheint tatsächlich auf Frauen mit Rundungen zu stehen!* Mein Becken sucht von alleine Kontakt mit seinen Lenden, und die heiße Lust in meinem Körper schaltet meinen Verstand aus. Durch unsere leidenschaftlichen

Küsse wird mir schwindlig vor Erregung, und ich spüre, wie mein Schoß von intensivem Verlangen regelrecht überflutet wird. Genussvoll beginne ich, die festen Muskeln unter seinem T-Shirt zu ertasten. Er ist athletisch gebaut, doch nicht übertrieben. Genau mein Geschmack.

Auch Myles' Hände erkunden weiter meinen Körper. Sie sind fiebrig und forschend, zärtlich und fordernd zugleich. Wie gut er küsst! Er isst mich regelrecht auf! Und zurückhaltend ist er definitiv nicht! Seine Hand verschwindet unter meinem Top, um meine nackte Haut zu berühren, und schickt einen lustvollen Blitz in meinem vernachlässigten, ausgehungerten Unterleib.

Plötzlich springt uns Luna an und wimmert laut. Ganz offensichtlich ist sie eifersüchtig und versucht, uns auseinanderzutreiben. Langsam lösen wir uns voneinander, beide außer Atem. Sein Blick ist vor Leidenschaft benebelt. Er geht vor seiner Hündin in die Hocke.

„Luna, was ist los? Bist du etwa eifersüchtig?" Er krault sie hinter den Ohren, schaut zu mir auf und grinst frech, während ich noch immer meinen Atem zu beruhigen versuche.

„Na ja, ich bin schließlich hier, um mich um sie zu kümmern und nicht, um mit ihrem Herrchen zu knutschen", sage ich verlegen und bemühe mich, gleichgültig auszusehen.

„Es war meine Schuld. Ich werde in Zukunft lieber meine Hände von Lunas Babysitterin lassen und mich anständig benehmen. Auch wenn mir das nicht leicht fallen wird ..." Myles erhebt sich wieder und seine Augen flackern leidenschaftlich auf. In diesem Mann steckt viel Feuer, das ist nicht zu übersehen. Aber ich darf mit diesem Feuer nicht spielen. Ich arbeite schließlich für ihn!

„Es ist besser so, wir wollen doch beide klare Arbeitsverhältnisse. Richtig?" Mit größter Mühe versuche ich, vernünftig zu klingen, obwohl ich noch immer an seine Bauchmuskeln unter dem eng anliegenden T-Shirt denken muss. Und mich nach seinen Berührungen und seinem heißen Mund sehne.

„So ist es." Myles streift mir ein paar Haarsträhnen, die mir ins Gesicht fallen, hinters Ohr. Sein Blick dabei sagt mir alles. Er will mich und er findet mich begehrenswert. Und das tut verdammt gut! Auch scheint er sehr impulsiv und spontan zu sein, was mir umso mehr gefällt. Ein temperamentvoller Musiker als Liebhaber wäre sicher nicht die schlechteste Wahl. Dazu sieht er verboten gut aus. Doch er ist jetzt irgendwie mein Boss, auch wenn ich nur seine Hundesitterin bin. Und als Musiker hat er sicher genügend Auswahl an willigen Mädchen und Frauen, die sich mit ihm vergnügen wollen. Es wäre das Beste, ich vergesse unseren kleinen Ausrutscher in der Küche und schenke meine volle Aufmerksamkeit seiner Hündin.

Statt mir in meinem Kopfkino vorzustellen, wie er mich auf dem Küchentisch vögelt.

Ich folge ihm und Luna zurück ins Wohnzimmer, wo wir die letzten Einzelheiten meines Jobs besprechen wollen. Natürlich kleben meine Blicke an ihm und ich bewundere ausgiebig seine sexy Figur. Sein Arsch in der tief sitzenden Jeans ist perfekt und zum Anbeißen knackig ...

Ich gebe mir Mühe, Myles aufmerksam zuzuhören, und auch er scheint sich wieder im Griff zu haben.

Doch zweimal erwische ich ihn, wie sein Blick kurz zu meiner Brust wandert. Das siegreiche Gefühl, das mich dabei überfällt, wirkt anregend wie ein Cocktail am frühen Morgen. Mühsam konzentriere ich mich darauf, ihm in die Augen zu blicken und bloß nicht hinunter zu schauen, als er sich lässig zurücklehnt und noch breitbeiniger vor mir sitzt.

Das geschäftliche Gespräch ist bald beendet. Schon am nächsten Nachmittag werde ich vorbeikommen und mit Luna, die seit zwei Wochen stubenrein ist, einen ersten Spaziergang machen. Myles bringt mich zur Tür, und als wir uns verabschieden, funkeln seine Augen wieder.

„Noemi, es freut mich, dass gerade du Lunas Hundesitterin bist. Ich denke, wir werden uns alle gut verstehen." Er lächelt verschmitzt, ehe er die Tür schließt.

2. Myles

„Luna, das hast du gut gemacht! Ich habe fast die Kontrolle verloren", sage ich, während ich mich zu meiner Hündin herunterbeuge. Ich hebe sie hoch und tauche mein Gesicht in ihr flauschiges Fell. Meine Gedanken kreisen um Noemi und ich streichle ziemlich abwesend Lunas Köpfchen, als ich mich mit ihr auf die Couch setze.

Die Schwarzhaarige ist echt heiß, auch wenn sie nicht ganz dem gängigen Schönheitstrend entspricht. Aber sie besitzt genau diese Rundungen, die ich bei Frauen mag – sexy, üppig und fest. Dazu ist ihr Haar wunderschön, so herrlich lang und glänzend. Ihre Augen sind blau, mit einer grünen Schattierung, und glasklar. Ihre ganze Ausstrahlung ist sehr sinnlich und weiblich. Wenn sie schon bei der Knutscherei so stöhnt, scheint sie auch heißblütig und leidenschaftlich zu sein. Sex mit ihr wäre bestimmt ein besonders prickelndes Erlebnis.

Scheiße, ich kriege wieder einen Harten, wenn ich bloß daran denke, wie ich ihre vollen Brüste aus dem BH befreie ...

Nur brauche ich sie für Luna. Sie kann gut mit Hunden umgehen und Luna mochte sie auf Anhieb. Wenn wir gleich in die Kiste springen, ist es fraglich, ob sie mir als Hundesitterin erhalten bleibt. Ich suche ja keine neue Freundin. Dafür habe ich nicht nur keine

Zeit, sondern auch keine Lust. Die Wunde in meinem gebrochenen Herzen ist noch viel zu frisch. Seit sich Julia vor fünf Monaten nach fast acht Jahren Beziehung endgültig von mir getrennt hat, reicht es mir für eine Weile mit Beziehungskisten. Aber eine heiße Affäre mit so einer geilen Frau wie Noemi wäre wirklich nicht verkehrt. Wenn sie bloß nicht Lunas Hundesitterin wäre! Schon wieder sehe ich ihre üppigen Kurven vor mir. Oder wie sie in meinen Mund keucht und wie gierig ihre Zunge beim Küssen ist. Ich wette, sie geht ab wie eine Rakete, wenn sie kommt. Mein Schwanz zuckt heftig bei diesem Gedanken und schwillt augenblicklich an.

Wann habe ich eigentlich das letzte Mal Sex gehabt? Es ist schon zwei oder sogar drei Wochen her. Zu viele jedenfalls. Ich kann mich an die Frau nur vage erinnern. Ich weiß noch, dass sie mich nach dem Gig mit der Band in der Columbia Halle heftig angebaggert und mir dann in meinem Auto einen geblasen hat. Danach bat ich sie auszusteigen und fuhr alleine und betrunken nach Hause. Ich verhielt mich wie ein echtes Arschloch. Ich wusste nicht mal, wie sie hieß. Aber es interessierte mich auch nicht. Schließlich bot sie mir ziemlich eindeutig Sex an. Und welcher angetrunkene Mann an meiner Stelle würde schon nein sagen?

Nach der Show machte sie sich im Backstagebereich an mich ran, was Vic amüsiert oder vielleicht sogar etwas neidisch kommentierte. Sonst bekommt er als Sänger die volle Aufmerksamkeit. Aber sie ließ ihn abblitzen und wählte stattdessen mich.

„Wenn du sie nicht haben willst, dann nehme ich sie. Oder wir beide tun es." Er grinste dreckig.

Nee, auf einen Dreier mit ihm hatte ich echt keinen Bock. Deswegen schnappte ich mir die kleine Blonde und führte sie zu meinem Auto. Aber richtig Spaß hat es mir nicht gemacht, ich habe die Frau nicht mal richtig wahrgenommen. Genauso gut hätte ich mir auch selbst einen runterholen können, es wäre nicht viel anders gewesen.

Scheiße, bin ich schon so abgefuckt und abgestumpft?

Ich wollte doch nie so ein Arschloch werden wie einige meiner berühmten Kollegen, die Frauen wie ein Stück Scheiße behandeln. Noemi verdient, dass man ihr respektvoll gegenübertritt, und sie ist nicht wie diese Tussis, die bloß mit einem berühmten Namen ficken wollen. Sie weckt wirklich mein Interesse. Nicht nur, weil sie so geil aussieht. Sie scheint klug zu sein und hat eine tolle Ausstrahlung. Wenn ich mit ihr Sex haben werde, will ich, dass es anders wird. Keine bedeutungslose Nummer, mit der ich nur auf die Schnelle den Druck ablasse, sondern eine intensive, wirklich erotische Erfahrung ohne schalen Nachgeschmack.

Mein bester Freund zuckt noch mal begeistert zur Bestätigung meiner Gedanken. Einfach abwarten, wie sich das Ganze entwickelt. Ich weiß, ich dürfte nicht daran denken, sie zu vernaschen. Aber so wie sie reagiert hat, scheint sie auf jeden Fall nicht abgeneigt zu sein. Vielleicht sollten wir uns erst mal besser kennen lernen, bevor wir zu schnell im Bett landen. Sie gehört definitiv nicht in die Kategorie der Frauen, mit denen ich bloß eine Nacht verbringen möchte. Nein, für sie will ich mir viel Zeit nehmen und sie voll auskosten.

Luna ist mittlerweile auf meinem Schoß eingeschlafen. Behutsam stehe ich auf und trage sie in ihr Körbchen, wo ich sie vorsichtig ablege, damit sie nicht aufwacht. Fuck, ich bin schon wieder zu spät dran! Die Probe fängt in zwei Minuten an! Die Kleine schafft es schon jetzt, mich ordentlich abzulenken, noch bevor ich sie flachgelegt habe! Ich greife mir in die Hose, um es meinem steifen Schwanz etwas bequemer zu machen, und packe schnell die Gitarren in die Koffer. It's Rock 'n' Roll Time!

3. Noemi

Natürlich muss ich meinen Mädels gleich von meinem neuen Job erzählen. Kurz nach meinem Termin bei Myles treffen wir uns wie so oft in unserem Stammlokal, das zufälligerweise nicht weit von seiner Wohnung entfernt ist.

Emma kommt als Erste und schimpft über den kleinen Aprilregenschauer, der ihr frisch geglättetes rotes Haar in eine Kräuselmähne verwandelt hat. Kathleen verspätet sich wie immer und beschwert sich über die Suche nach einem Parkplatz, die sie fast zwanzig Minuten gekostet hat. Natalie hat sich vorher per SMS entschuldigt, sie paukt für eine Prüfung und kann sich nicht mal eine Stunde freinehmen. „Welche von uns fängt mit dem Update an?", frage ich in die Runde.

„Ich!", meldet sich Emma mit geröteten Wangen. „Ihr werdet es nicht glauben, aber Lukas und ich haben den nächsten Schritt in unserer Beziehung gewagt."

Sie hat als Einzige von uns einen festen Freund. Na gut, sie und Lukas sind erst seit zwei Monaten zusammen, aber sie ist richtig verliebt.

„Welchen denn? Hat er dich seinen Eltern vorgestellt? Oder will er etwa bei dir einziehen?", fragt Kathleen mit einem Schmunzeln und bindet ihr langes, feucht gewordenes blondes Haar zu einem Pferdeschwanz zusammen.

„Nein, das nicht. Noch nicht ... Aber wir haben uns entschieden, auf Kondome zu verzichten, ich nehme ja die Pille. Wir kennen und vertrauen uns jetzt genug, um uns gegenseitig sicher zu fühlen“, erklärt sie und kichert hinter der vorgehaltenen Hand, wie immer, wenn sie verlegen ist.

„Das heißt, *er* kann sich bei dir sicher fühlen. Doch kannst du ihm wirklich trauen? Schließlich ist er ein Kerl.“ Kathleen zieht skeptisch ihre Augenbrauen hoch. Sie ist die Nüchternste von uns allen, besonders was Beziehungen betrifft. Als junge Medizinstudentin war sie ein Jahr lang die Geliebte eines verheirateten Professors und er hatte ihr versprochen, sich von seiner Frau scheiden zu lassen. Stattdessen bekam er mit ihr noch ein drittes Kind, und Kathleen schaffte es irgendwie, die Beziehung zu beenden. Seitdem traut sie keinem Mann mehr und an die große Liebe glaubt sie schon gar nicht.

„Ich vertraue ihm doch! Lukas ist kein Mann, der ziellos rumgevögelt hat, und er hat stets Kondome benutzt“, erwidert Emma etwas trotzig. Sie ist die Romantikerin unter uns, die von der Heirat vor dem dreißigsten Geburtstag träumt und mindestens drei Kinder will. Noch bevor die biologische Uhr anfängt zu ticken und gleich nach dem Lehramtsstudium.

„Das ist ja schön, ich freue mich für euch“, sage ich aufrichtig und lächle Emma zu.

„Danke!“, murmelt sie und schaut Kathleen mit ihren großen grauen Augen schief an.

„Und? Ist Sex ohne Kondome für dich besser als vorher?“ Typisch Kathleen! Sie nimmt kein Blatt vor den Mund und ist immer direkt und geradeaus.

„Ja, es ist schon schöner." Emma errötet. „Wir können jetzt spontaner sein und oraler Sex ist ohne Gummi auch besser." Kathleen und ich schauen uns verdutzt an.

„Sag bloß nicht, du hast ihm bis jetzt die ganze Zeit mit Kondom einen geblasen?", fragt Kathleen ungläubig.

„Doch", gibt Emma etwas beschämt zu. „Ich dachte, wenn schon Safer Sex, dann richtig."

„Meine Güte, ihr seid echt strikt gewesen", sage ich. „Für mich wäre das nichts. Wenn ich dem Kerl einen blase, dann tue ich es richtig, sonst lasse ich es lieber ganz."

„Geht mir genauso. Der Geschmack nach Gummi im Mund – nee, muss nicht sein!" Kathleen schüttelt angewidert den Kopf.

„Es gibt doch Kondome mit Fruchtgeschmack", stammelt Emma und senkt ihren Blick.

„Und was war dein Lieblingsgeschmack? Schwanz mit Erdbeernote?" Kathleen kann sich nicht länger zurückhalten, und als wir uns anschauen, prusten wir beide vor Lachen.

„Ihr seid so bescheuert!" Emma zieht beleidigt eine Schnute. „Lukas ist halt ein verantwortungsvoller Gentleman und wollte, dass ich mich bei ihm erst einmal durch die Kondome sicher fühle, bis ich ihm auch richtig vertraue", verteidigt sie sich.

„Aber hat er dich dann auch durch so ein Gummiding geleckt?" Ich muss sie einfach weiter ärgern. Sie ist so süß, wenn sie schmollt. Kathleen verschluckt sich an ihrem Tee und wir müssen wieder lachen.

„Also jetzt reicht's, ihr seid zwei dämliche Ziegen! Warum erzähle ich euch bloß Intimes aus meinem Privatleben?!" Emma wird richtig sauer und ihre hellen Augen funkeln.

„Komm schon, Emma, sei nicht eingeschnappt, wir meinen es nicht böse. Wir machen nur Spaß", versucht Kathleen, Emma zu beschwichtigen.

„Ja, ja, Spaß auf meine Kosten. Gerade du als zukünftige Ärztin solltest es besser wissen!" Emma zuckt beleidigt mit dem Mundwinkel.

„Emma, ich weiß", sagt Kathleen mit bemüht ernstem Gesicht. „Ihr seid toll und ihr habt euch einfach verantwortungsbewusst verhalten. Das ist ziemlich lobenswert, stimmt's Noemi?"

„Genau. Wir finden eigentlich richtig gut, wie ihr vorgegangen seid, aber du kennst uns ja, wir machen gerne Scherze über solche Themen. Es tut uns leid", gebe ich mit todernster Miene mein Bestes, um Emma zu besänftigen.

Sie seufzt tief und zwingt sich zu einem versöhnlichen Lächeln. „Also gut. Und Noemi, was gibt es bei dir Neues?"

„Ich habe wieder einen Job, seit heute Nachmittag." Zufrieden lehne ich mich im Stuhl zurück und nippe an meinem Kaffee.

„Aha. Und was machst du?", erkundigt sich Kathleen, die sich fast ein halbes Gläschen Honig in ihren heißen Ingwertee rührt.

„Ich bin als Hundesitterin für eine entzückende kleine Hundedame mit noch entzückenderem Herrchen engagiert", antworte ich und grinse hinter meiner Kaffeetasse.

„Tatsächlich? Das klingt ziemlich spannend, besonders wenn man dabei deinen Gesichtsausdruck beobachtet“, meint Emma und schaut Kathleen bedeutungsvoll an, die den Blick aus babyblauen Augen interessiert auf mich richtet.

„Das kann man wohl sagen. Mach schon, erzähl uns mehr über das Herrchen“, fordert sie ungeduldig.

„Den Job habe ich durch Ben gekriegt, er ist jetzt Geschäftspartner bei dieser Hundesitter-Agentur. Der Hundebesitzer brauchte dringend jemanden, der sich um seine Husky-Hündin kümmert, und wir haben uns heute Nachmittag getroffen. Ich habe den Job bekommen und muss sagen, der erste Eindruck war ... ich formuliere es mal so ... ziemlich heiß und aufregend!“

Und schon wieder grinse ich, als ich an die unerwartete Knutscherei in der Küche denke, und mein Bauch meldet sich mit dem unverkennbaren Ziehen.

„Was heißt das genau? Meine Güte, müssen wir dir denn alles aus der Nase ziehen, oder was?“ Emma kann ihre Neugier nicht länger beherrschen.

„Nachdem Ben gegangen ist und wir alle Einzelheiten besprochen haben, hat der Typ mich plötzlich geküsst. Was heißt geküsst, wir haben eine Weile heftig geknutscht und rumgemacht, bis uns Luna, seine Hündin, auseinandergetrieben hat.“

Mein Grinsen wird immer selbstgefälliger, als ich an die heiße Szene denke. Myles hat echt keine Zeit vergeudet. Man könnte fast meinen, er hätte Sex genau so nötig wie ich. Doch das kann ich mir bei einem so gut aussehenden Mann kaum vorstellen. Die Frauen laufen ihm bestimmt hinterher, wenn er nur auf der Straße erscheint.

„Das ist ein Ding! Du scheinst sein Typ zu sein, wenn er so schnell zur Sache gekommen ist!“ Emma freut sich wirklich für mich.

„Und er? Ist er auch dein Typ?“, fragt Kathleen.

„Aber ja! Myles ist süß, sexy und offensichtlich ziemlich temperamentvoll. Ich hätte nichts dagegen gehabt, wenn wir weiter gemacht hätten ... Aber es war gut, dass Luna uns unterbrochen hat, schließlich brauche ich den Job noch dringender als Sex“, erkläre ich mit Bedauern.

„Ich verstehe.“ Kathleen nickt nachdenklich. „Und was macht dieser Myles sonst, beruflich meine ich?“

„Er ist Gitarrist, arbeitet als Studiomusiker und spielt zusätzlich noch in einer Rockband.“

Emma richtet sich auf, ihre Augen weiten sich vor Begeisterung. „Echt? Ein Musiker? Das klingt ja heiß. Ich stehe auf Männer, die ein Instrument spielen.“

Ja, das weiß ich. Vor Lukas war sie mit einem Geiger liiert, der nach dem Studium zurück nach Griechenland gegangen ist, und ihr allererster Freund, mit dem sie im Gymnasium drei Jahre zusammen war, spielte Bass in einer Schülerband. Lukas passt auch in ihr Beuteschema, weil er seit seiner Kindheit Klavier spielt.

„In welcher Band spielt er denn?“, will Kathleen wissen.

„Keine Ahnung, ich wollte nicht zu neugierig sein und ihn ausfragen“, entgegne ich mit einem Schulterzucken. „Und ich hab noch keine Zeit gehabt, um nach ihm zu googeln.“

„Wie heißt er mit Nachnamen? Wir können ihn ja jetzt googeln.“ Emma zieht schon ihr Smartphone aus der Tasche. Stimmt, auf die Idee bin ich noch gar nicht gekommen! „Er heißt Myles Flemming", sage ich und warte, dass sie den Namen eintippt. Doch Emma schaut mich nur verdutzt an und schüttelt ungläubig ihren Lockenkopf. „Myles Flemming? Der Leadgitarrist von *Black Sunday Desire*??"

„Nein, ohne Scheiß jetzt?" Auch Kathleen fällt die Kinnlade herunter. Mein Gehirn arbeitet auf Hochtouren. Aber natürlich! Jetzt verstehe ich, warum er mir irgendwie bekannt vorkam!

„Das gibt's doch nicht! Er spielt tatsächlich bei *Black Sunday Desire!*" Das ist alles, was ich letztendlich sagen kann, und vor Aufregung wird mir augenblicklich heiß. Obwohl ich kein echter Rockfan bin, ist mir die Band natürlich ein Begriff. Vor wenigen Monaten sind die Jungs mit ihrem ersten Hit in die deutschen Rockcharts geschossen und ihr Video habe ich schon einige Male bei MTV und auf YouTube gesehen. Warum ist mir Myles da nicht aufgefallen? Und warum habe ich ihn nicht erkannt? Wahrscheinlich habe ich meine Aufmerksamkeit hauptsächlich dem Sänger gewidmet – Vic ist auch verdammt sexy.

„Wow, Noemi, du hast mit einem richtigen Rockstar rumgemacht, der bald international bekannt sein wird!" Emmas Augen glänzen vor Aufregung. „Die Band geht im Juni auf Tour, als Support Act für *Thirty Seconds to Mars*, und spielt im Sommer auf großen Festivals in ganz Europa! Die Jungs wollen auch außerhalb Deutschlands berühmt werden und haben neulich einen Vertrag mit Delta Music unterschrieben. Die sind richtig geil!"

„Also Noemi, das ist wirklich total irre!" Kathleen blickt mich anerkennend an. „Respekt! Ein heißer Rockstar als potenzieller Lover klingt richtig geil."

„Ja, ich weiß. Aber ich habe den Job gerade erst angenommen und er bezahlt mich dafür, dass ich mich um seine Hündin kümmere. Das kann sich schnell ändern, wenn da tatsächlich was zwischen uns laufen wird. Oder was meint ihr?" Fragend schaue ich erst zu Kathleen und dann zu Emma. Aber wenn ich ehrlich bin, interessiert mich ihre Meinung nicht richtig. Denn ich weiß ganz sicher, was ich noch mehr als diesen Job will.

„Mensch Noemi, na und? Es ist nur ein Hundesitterjob und keine Stelle als Dozentin an der Uni! Sex mit so einem berühmten Kerl ist doch viel mehr wert als dieser Job! Nutze deine Chance und schnapp dir den Typen, wenn er so offensichtlich auf dich steht."

Ich glaube, mich verhört zu haben. Gerade Kathleen, die Vorsichtige und Skeptische, gibt mir quasi ihren Segen für ein erotisches Abenteuer mit einem heißen Rockstar!

„Meinst du das ernst?"

„Aber natürlich! Kathleen hat vollkommen recht! Ben wird dir schon einen neuen Hund zum Gassigehen besorgen, wenn Myles dich feuert, nachdem ihr Sex hattet!" Auch Emma ist ganz Kathleens Meinung. „Wartet mal, gleich habe ich das Video von der Band fertig geladen … Myles hat auch eine eigene Fanpage bei Instagram, schon 115.000 Follower! Bei Wikipedia steht Folgendes über ihn: Er ist Sohn einer amerikanischen Mutter und eines deutschen Vaters, am 19. März vor fünfundzwanzig Jahren in Berlin geboren, eins neunundachtzig groß, liebt Hunde, Indiebands aus den Achtzigern, hat eine klassische Musikausbildung, skatet in seiner Freizeit usw. Und wie ich neulich irgendwo gelesen habe, hat zurzeit kein Bandmitglied eine feste Freundin. Hier, ich hab's! Schauen wir uns dieses Leckerchen mal genauer an!" Sie setzt sich so, dass wir alle auf ihr Smartphone schauen können, und ihre Rehaugen glänzen vor Aufregung

Die Band spielt live ihren ersten Hit *Show me*. Diesmal schenke ich meine ganze Aufmerksamkeit Myles und ignoriere Vic, der natürlich im Vordergrund steht. Myles zeigt auf der Bühne seinen nackten Oberkörper mit voll tätowierten Armen. Ich habe mich nicht geirrt: Sein Körper ist muskulös, doch nicht übertrieben aufgepumpt. In einer kurzen Nahaufnahme fällt mir auf, dass ein paar dunkle Härchen seine schöne Brust schmücken. Es gefällt mir, dass er zu seiner Körperbehaarung steht. Ich finde Männer, die sich von oben bis unten wachsen oder rasieren, nicht besonders sexy. Sein Gesichtsausdruck beim Spielen ist intensiv und weckt in mir ein eindeutiges Verlangen. Ja, in diesem Mann steckt auf jeden Fall viel Leidenschaft.

„Mann, ist der geil", murmelt Emma entzückt, als die Kamera wieder mal auf ihn hält.

„Ich gebe zu, ich stehe mehr auf Vic, aber deinen Gitarristen würde ich auf keinen Fall von der Bettkante stoßen", lautet Kathleens Kommentar, als Myles in einem Close-up sinnlich seine Lippen kräuselt. Er spielt gerade ein Solo und ich bewundere seine schlanken Finger, die geschickt über die Saiten gleiten.

Wie würden sich diese Finger bloß zwischen meinen Beinen anfühlen? Gut, dass meine Freundinnen keine Gedanken lesen können.

„Wie geil er sich bewegt!", kommentiert Kathleen, als Myles lässig über die Bühne schreitet und das Publikum anlächelt. „Schaut euch mal seinen Body an! Wie sexy breitbeinig er steht! Noemi, vergiss deinen Hundejob! Du solltest lieber ohne zu zögern deine Finger in diese knackigen Arschbacken krallen! Ich wette, er ist im Bett genauso energiegeladen und temperamentvoll wie auf der Bühne ..."

Kathleen ist sichtlich angetan von Myles' Sexappeal und die Freizügigste von uns, wenn es um Sex geht. Wir brechen alle in Gelächter aus, als wir uns anschauen, und kümmern uns nicht um potenzielle Zuhörer in dem Lokal.

„Kathleen, direkter könnte ich mich auch nicht ausdrücken!" Emma stimmt ihr kichernd zu.

„Scheiße, jetzt hört auf zu sabbern! Ihr macht mich ganz wuschig mit euren Bemerkungen", entgegne ich wieder ernster. „Ich bin so schon heiß genug auf ihn und ihr gießt noch zusätzlich Öl ins Feuer."

„Noemi, du hast schon eine ganze Ewigkeit keinen Sex mehr gehabt und jetzt bietet sich dir eine äußerst attraktive Gelegenheit dafür. Nimm dir einfach das, was du brauchst, ohne viel nachzudenken. Ich meine, wie oft bekommt man schon die Möglichkeit, von einem Rockstar flachgelegt zu werden?" Kathleen klingt wieder ganz nüchtern und auch Emma nickt heftig.

„Genau, Süße! Nutz diese Chance und gönn dir deinen Spaß! Du hast es verdient! Man muss sich ja nicht immer gleich verlieben. Vergiss nicht, was für ein Wahnsinnszufall es ist, dass du so einen besonderen Mann kennenlernen konntest. Er bewegt sich sonst in ganz anderen Kreisen, seit er berühmt ist, und du würdest niemals an ihn rankommen."

„Wahrscheinlich habt ihr recht." Ich seufze nachdenklich. „Morgen treffe ich ihn wieder, wenn ich Luna abhole, dann werde ich ja sehen, wie es mit uns weitergeht. Ich bin einfach für alles offen."

„So ist es gut! Er ist bestimmt kein Typ für feste Beziehungen, aber für unverbindlichen Sex ist er perfekt! Bald wird er so berühmt sein, dass Mädchen und Frauen in ganz Berlin Schlange stehen werden, um ihn abzuschleppen! Vernasch ihn einfach und erzähl uns dann, wie er im Bett ist. Gott, wenn ich an ihn denke, wird mir ganz heiß ..."

„Emma!" Kathleen klingt fast entsetzt, aber dann lacht sie und schüttelt den Kopf. „Du bist ja noch schlimmer als ich, obwohl du einen festen Freund hast."

Auch ich bin etwas verblüfft über Emmas offenherzige Bemerkungen, sie ist ja sonst die Unschuldigste von uns, wenn es um Sex und Männer geht. Wenn meine Freundinnen schon so schnell Appetit auf Myles bekommen, ist es nicht ungewöhnlich, dass ich seit einigen Stunden an nichts anderes denken kann als an unsere heftige Knutscherei. Sie haben recht. Ich habe Sex echt nötig. Und da ich jetzt plötzlich die Chance bekomme, mit einem heißen Rockstar ins Bett zu steigen, sollte ich mich nicht wegen eines banalen Jobs zieren und deshalb auf ihn verzichten. Wenn ich morgen wieder das Prickeln zwischen uns spüre, werde ich mich nicht zurückhalten!

Wir sitzen noch eine Stunde zusammen, schauen uns weitere Videos von der Band an und schwärmen von Myles' und Victors heißen Körpern. Und da sagt man, Männer wären die, die nichts anderes im Kopf haben als Sex!

1. Noemi

Als ich am nächsten Tag vor Myles' Haus stehe und klingele, bin ich furchtbar aufgeregt. Ben, den ich am Vorabend angerufen habe, war total baff. Nicht mal er, als Rockfan, hat Myles erkannt. Er kennt zwar *Black Sunday Desire* und findet sie absolut geil, doch als Mann achtet er natürlich nicht so genau auf den Gitarristen und hat sich seinen Namen auch nicht gemerkt. Trotzdem findet er es ziemlich cool, dass seine kleine Schwester für einen Rockstar arbeitet. Selbstverständlich habe ich ihm einige wichtige Details über mein Gespräch mit Myles verschwiegen.

Ich trage wieder meine schlankmachenden Jeans, dazu eine enganliegende, petrolgrüne Bluse, die mein Dekolleté schön in Szene setzt, und Cowboystiefel mit mittelhohen Absätzen. Es ist warm draußen, deswegen habe ich nur eine leichte Strickjacke übergestreift, die ich ausziehe und in die Umhängetasche stopfe, während ich die Treppen hochsteige. Ich möchte Myles ganz bewusst mit meinen Reizen verführen, deswegen befreie ich noch mein Haar aus der Haarspange.

Er steht schon in der Tür, zusammen mit Luna. Die Hündin empfängt mich begeistert und springt mich an. Von den vielen Treppen bin ich etwas außer Atem und hole tief Luft, als ich mich zu ihr hinabbeuge und sie begrüße.

„Na, meine Süße, erkennst du mich wieder?“ Erst dann blicke ich zu Myles auf, der mich mit einem süßen Lächeln auf seinem markanten Gesicht beobachtet.

„Hi Noemi, schön, dich wiederzusehen.“ Seine dunklen Augen glänzen, als er mich anschaut, und mir entgeht nicht, dass sein Blick etwas länger an meinem Ausschnitt hängen bleibt.

„Hi, ich bin auch froh, hier zu sein“, erwidere ich zurückhaltend. Ich hocke immer noch bei Luna und kraule ihren Rücken.

„Komm doch rein.“ Myles tritt zur Seite. Ohne ihn anzuschauen, richte ich mich auf und laufe bewusst langsam an ihm vorbei. Ich höre, wie er tief einatmet – gut, dass ich mein Haar zuvor mit einem Hauch meines aktuellen Lieblingsparfüms besprüht habe.

„Du siehst gut aus“, sagt er und mein Bauch zieht sich in einer Mischung aus Aufregung und Erregung zusammen.

„Danke“, murmele ich. Myles folgt mir so dicht, dass wir fast zusammenstoßen, als ich stehen bleibe.

„Und du riechst gut“, raunt er sinnlich und fasst eine meiner langen Haarsträhnen, die mir über die Schulter hängen. Er wickelt sie um seine Hand, führt sie zu seinem Gesicht und schnuppert daran. Mein Herzschlag beschleunigt sich und ich spüre wieder das intensive Prickeln zwischen uns. Er steht so dicht vor mir, dass ich das Pulsieren seiner Halsschlagader sehen kann. Myles’ Augen taxieren mich und mein Brustkorb hebt und senkt sich deutlich. Das entgeht ihm keinesfalls und seine vollen Lippen kräuseln sich in einem verführerischen Lächeln.

„Ich bin fast eifersüchtig auf Luna, weil sie so viel Zeit mit dir verbringen darf. Leider muss ich gleich in den Proberaum hier um die Ecke und kann deine Gesellschaft nicht länger genießen“, sagt er mit heiserer, dunkler Stimme, die mir einen süßen Schauer über den Rücken jagt. Dieser Typ ist ein Verführer und weiß ganz genau, wie er mich dahin bekommt, wo er mich haben will.

Er lässt meine Haarsträhne los und sein Mund nähert sich meinem.

„Übrigens, du küsst wahnsinnig gut“, raunt er. Mein ganzer Körper bebt und ich kann mich nicht länger beherrschen. Verlangend nehme ich sein Gesicht in die Hände und küsse ihn stürmisch auf seine sinnlich geöffneten Lippen. Unmittelbar packt er mich mit beiden Händen am Hintern und presst sich an mich. Wir küssen uns mit hemmungsloser Leidenschaft und ich koste begierig seine Zunge, die ohne zu zögern tief in meinen Mund vordringt. Wir atmen keuchend und mir entweicht ein lauter Seufzer, als er über meine Brust streicht. Darauf habe ich nur gewartet. Seine Finger reiben durch den BH über meine harten Brustwarzen, die sich unter seiner Berührung noch mehr aufrichten und unter dem dünnen Stoff deutlich zu sehen sind. Die Glut in Myles' Augen macht mich wahnsinnig an. Es ist so ein geiles Gefühl zu spüren, wie er mich begehrt, wie offensichtlich er mich will! Beflügelt darüber strecke ich ihm mein Becken entgegen, als er mich gegen die Wand drückt. Dabei fühle ich die harte Beule in seiner Hose und schnappe laut nach Luft. Ehe ich völlig die Kontrolle über meinen Verstand und meine Hände verliere und ihm die Jeans aufknöpfe, klingelt etwas. Ein

Telefon. Myles flucht leise. Mit Bedauern löst er sich aus unserer Umarmung, zieht sein Smartphone aus der hinteren Hosentasche und geht ran.

„Ja, ich weiß. Bin schon unterwegs, stress mich nicht, Alter! Ich verspäte mich nur etwas. Bis gleich.". Entschuldigend blickt er mich an. „Die Bandkollegen warten bereits auf mich. Eigentlich sollte ich schon im Proberaum sein, aber ich wollte dich vorher noch persönlich begrüßen", fügt er zwinkernd hinzu.

„Okay, verstehe. Die Begrüßung war ziemlich aussagekräftig", erwidere ich lächelnd und binde mein zerzaustes Haar wieder zu einem Pferdeschwanz zusammen.

Myles lächelt auch und gibt mir noch ein Küsschen auf den Mund. „Ich muss wirklich los. Es würde mich freuen, wenn wir bei Gelegenheit unsere *Begrüßung* in Ruhe fortsetzen könnten ..."

Ich schenke ihm einen verheißungsvollen Blick und sehe ihm hinterher, als er in das kleinere Zimmer geht. Es ist sein Schlafzimmer, bestätigt sich meine Vermutung, als ich das unordentliche Bett und einen Spiegelschrank erblicke. Myles holt einen Gitarrenkoffer aus der Ecke und packt seine Gitarre ein. Plötzlich fällt mir wieder der eigentliche Grund meines Besuches ein.

„Luna, kommst du?", rufe ich ins Wohnzimmer. „Wir wollen Gassi gehen!" Luna kommt sofort auf ihren dicken Pfötchen angerannt und ich hebe sie hoch. Sie sieht so süß aus, dass ich ihr gleich ein Küsschen auf die weiße Nase drücken muss. „Gutes Mädchen! Danach können wir ausgiebig spielen und schmusen. Ich könnte dich aber auch baden, wenn du magst", sage ich und schiele dabei zu Myles, der im Flur seine Sneaker ablegt und in Cowboystiefel schlüpft.

„Verdammt! Ich wäre gern an deiner Stelle, Luna! Genieße es, wie Noemi dich verwöhnt." Er schmunzelt, als er mich ansieht und die Tür öffnet. „Viel Spaß, ihr beiden Süßen! Noemi, wir sehen uns dann morgen. Kannst du schon um eins kommen? Unsere Probe geht früher los als heute."

„Klar, mache ich. Bis dann. Und viel Spaß bei der Arbeit!", wünsche ich ihm, als er uns noch einmal zuwinkt, ehe er aus der Tür verschwindet.

5. *Myles*

Jetzt reiß dich aber zusammen, Alter, befehle ich mir selbst, als ich mit dem Gitarrenkoffer in der Hand die Treppen nach unten renne. Ich will nicht den Fahrstuhl nehmen, ich brauche die Bewegung, um wieder runterzukommen.

Eigentlich brauche ich zu Fuß bis zum Proberaum in der Greifenhagener Straße nur knappe zehn Minuten. Doch ich fahre wie immer lieber mit meinem Auto, schon wegen der Gitarre. Mein nagelneuer, schwarzer Seat Leon, den ich mir vor Kurzem angeschafft habe, steht nur wenige Meter vom Hauseingang entfernt, ich hatte gestern Glück mit dem Parkplatz. Die Gitarre lege ich auf der Rückbank ab und schnalle mich abwesend an. Auch der Handgriff, mit dem ich die Musik anmache, erfolgt automatisch. *Beautiful War* von *Kings of Leon* ertönt als Zufallswahl.

Ich höre kaum zu. Es wird langsam beunruhigend, dass ich die ganze Zeit an die heftige Knutscherei mit Noemi denken muss, statt mich auf die bevorstehende Probe einzustimmen. Meistens kann ich Gedanken an eine Frau problemlos abstellen, wenn die Musik auf mich wartet. Aber Noemi ist so verdammt sexy! Wie sie ihren Körper lasziv an mich geschmiegt hat, während wir uns geküsst haben! Das war echt geil. Aber es ist nicht nur das. Noemi macht mich auch mit ihrer spontanen und offenen Art immer neugieriger. Auf den ersten Blick wirkt sie ernst und zurückhaltend, doch man erkennt ziemlich schnell ihr Temperament und ihre Leidenschaft. Ich muss sie unbedingt besser kennenlernen, bevor wir mit unserer Impulsivität noch was kaputtmachen. Klar möchte ich sie als Lunas Hundesitterin behalten, doch es ist offensichtlich, dass wir uns krass zueinander hingezogen fühlen. Ein gemeinsames Essen wäre ein guter Anfang, um mehr voneinander zu erfahren. Vor allem, weil ich hoffe, dass sie nicht so viel über mich und die Band weiß. Sie macht nicht den Eindruck, dass sie bloß scharf auf mich ist, weil ich in einer berühmten Rockband spiele. Eigentlich wirkt sie so, als ob sie noch keine Ahnung davon hätte, wer ich eigentlich bin. Aber ganz bestimmt hat sie schon nach mir gegoogelt. Das machen doch Frauen sofort, wenn sie einen Typen kennenlernen. Entweder wirkt sie absichtlich unbeeindruckt, oder ihr ist tatsächlich egal, dass ich ein fucking Rockstar bin. Auf jeden Fall ist es sehr cool, dass sie mich nicht gleich darüber ausfragt. Frauen, die wegen meines Jobs mit mir ins Bett wollen, reizen mich nicht länger, sie langweilen mich sogar.

In den ersten Monaten nach der Trennung von Julia waren es einige zu viel, die ich mit nach Hause genommen habe. Für unverbindlichen, flüchtigen Sex bin ich anscheinend zu anspruchsvoll geworden. Wenn eine Frau mir wirklich gefällt, möchte ich sie nicht nur auf die Schnelle flachlegen, sondern sie langsam entdecken und hinter ihre Oberfläche schauen. Das passiert bei One-Night-Stands nicht, und daher lasse ich mich nicht mehr so einfach abschleppen, wenn ich mit den Jungs unterwegs bin.

Bei Noemi war da von Anfang an dieses Kribbeln im Bauch. Das ist doch schließlich ein Zeichen dafür, dass ich an der Frau richtig interessiert bin, oder? Ich würde gerne wissen wie sie riecht, wenn sie feucht ist. Wie sie schmeckt ... Scheiße! Schon wieder regt sich mein Schwanz in der Hose. Ich kann doch nicht die ganze Zeit mit einem Dauerständer rumlaufen! So schlimm war es nicht mal, als ich fünfzehn war! Wahrscheinlich sollte ich mir vor der Probe einen runterholen, um mich etwas abzukühlen. Doch dafür habe ich keine Zeit.

Fuck! Ich drücke noch rechtzeitig auf die Bremse, als der halbwüchsige Fahrradfahrer vor mir plötzlich scharf nach links abbiegt, ohne vorher ein Zeichen zu geben. Warum sollte er auch, wir sind schließlich in Berlin, wo jeder Idiot so fährt wie er will. Es lohnt sich nicht mal, sich aufzuregen, besser man passt genauer auf.

Myles, konzentrier dich endlich auf die verdammte Fahrt! Ich atme tief durch und starre angestrengt auf die Straße. Auch die Probe wird meine ganze Aufmerksamkeit verlangen. Mein Solo im neuen Song ist noch nicht perfekt ausgearbeitet, und ich will Victor und Kim heute zeigen, was ich gestern Abend eingeübt habe. Also vergessen wir jetzt lieber die heiße und kurvige Kleine für eine Weile.

Als ich ankomme, stehen alle schon vor dem Haus und packen das Equipment und die Instrumente in den Transporter. Dexter, unser Manager, ist auch dabei und zündet sich gerade eine Kippe an.

„Hey, was geht hier ab?“, wundere ich mich etwas. Auch zwei unserer Roadies, die immer bei Gigs helfen, sind da und tragen gerade das Schlagzeug ins Auto.

„Ihr probt heute im Astra, auf einer richtigen Bühne“, erklärt mir Dexter, nachdem wir uns begrüßt haben.

„Wie geil!“, erwidere ich und reiche meinen Gitarrenkoffer an Ulli, den Roadie, der schon für *Rammstein* gearbeitet hat. „Und wie kommen wir zu dieser Ehre?“

„Weil ihr eine fucking unbelievable berühmte Rockband seid und der Keller für euch zu klein geworden ist!“ Dexter sagt das mit seinem amerikanischen Akzent so überzeugend und enthusiastisch, dass wir alle mit lautem Jubeln und Johlen reagieren und uns ordentlich abklatschen. Dexter versteht sich gut darauf, uns anzufeuern, aber er kann uns auch zusammenscheißen, wenn nötig. Je nach Bedarf. Er ist der nervigste Manager ever und kann einem ordentlich auf den Sack gehen, aber er hat seinen Job drauf und tut alles, um uns ganz nach oben zu bringen.

Ich setze mich zwischen Kim und Vic auf die Rückbank. Jonas sitzt wie meist alleine und trommelt mit den Fingern auf seinen Schenkeln, wie immer, wenn er irgendwo still sitzen muss. Wir sind schon alle irgendwie Freaks, jeder für sich. Vic, der selbstverliebte und arrogante Frontman, der ständig im Mittelpunkt stehen muss. Kim, der pseudointellektuelle Klugscheißer, der sich für das Köpfchen der Band hält, obwohl er Bass spielt. Jonas, der autistisch wirkende und gleichzeitig hyperaktive Nerd. Und ich … nun, was soll ich schon über mich selbst sagen. Irgendwie passe ich nicht da rein, weil ich diesen Hype bezüglich Sex, Drugs and Rock ’n’ Roll um eine Rockband völlig überbewertet finde. Wofür ich brenne, ist geile Musik zu machen und tausende von Menschen zu rocken.

Lola, Dexters Assistentin, fährt uns, sodass Dexter während der Fahrt mit uns reden kann.

„Jungs, es geht so richtig los mit euch! Das Album verkauft sich grandios, die Medien sind scharf auf euch und in den US-Charts seid ihr schon auf dem Platz 24 mit *Show me!* Wisst ihr, was das bedeutet? Die Menschen auf der ganzen Welt fahren auf euch ab! Nach der Tour mit *Thirty Seconds to Mars* werdet ihr berühmter sein als der fucking Headliner!"

„Yeah!" Wir johlen wieder alle los. Kim schaut grinsend Vic an. „Und unser süßer Posterboy Vic wird Jared die geilsten Groupies ausspannen."

„Fick dich, Alter!", zischt Vic durch die Zähne, grinst aber selbst.

„Ich mach mir mehr Sorgen, dass Jared und Shannon uns Myles als neuen Leadgitarristen ausspannen", meldet sich überraschend Lola und blickt uns im Spiegel schmunzelnd an. Sie ist eine schweigsame, kluge Frau Ende zwanzig, die für Dexter als Mädchen für alles arbeitet. Ohne sie wäre er aufgeschmissen, denn sie ist organisiert, zuverlässig, effektiv und einfach cool.

„Na klar, sie haben mir schon einen Vorvertrag zugeschickt", reagiere ich scherzhaft auf ihre Bemerkung und zwinkere ihr zu. Ich schätze ihr indirektes Kompliment, denn sie versteht wirklich was von Musik.

„Ohne Scheiß, dieses Jahr wird für euch megageil und ihr seid auf dem besten Weg, eine der gefragtesten Bands weltweit zu werden", sagt Dexter ernst. „Nach nicht mal einem Jahr habt ihr es ganz nach oben geschafft, und jetzt geht es darum, die Position nicht nur zu halten, sondern noch höher, ganz an die Spitze, vorzudringen.“

„Vordringen klingt gut“, fällt ihm Vic grinsend ins Wort und macht dabei eine obszöne Geste, worauf Kim und Jonas in lautes Gelächter ausbrechen.

„Mann, reißt euch zusammen! Könnt ihr mal an was anderes denken als ans Ficken?“ Dex schüttelt genervt den Kopf. Ich lache nicht mit, denn die drei gehen mir oft selbst auf den Sack mit ihren pubertären Bemerkungen.

„Ja, ja Boss, sorry“, entgegnet Kim gespielt reuevoll. Ich sehe im Spiegel, wie Lola ihre Augen verdreht. Die Arme, sie muss einiges ertragen, seit sie mit uns zu tun hat. Infantiles und bockiges Benehmen, sexistische Äußerungen, den Gestank nach Schweiß und Bier im Probenraum, Dexters schlechte Laune und unfaire Ausbrüche, mit denen er oft seinen Frust an ihr ablässt und so weiter. Doch sie bleibt stets ruhig und sachlich und zeigt uns damit ihre Überlegenheit und wahre Größe. Sie nimmt keinen von uns, inklusive Dexter, allzu ernst und weiß sehr gut, wie sie mit uns umgehen muss, um ihre Nerven zu schonen und auf unaufgeregte, aber bestimmende Art das zu erreichen, was sie will. Dazu hilft sie uns bei allem, was wir in unserer kleinen Rockstarblase fernab der Realität nicht hinbekommen. Sachen wie uns an Termine erinnern, Bühnenklamotten sauber halten, den nötigen Papierkram erledigen, Essen und Trinken für unterwegs besorgen, Arzttermine organisieren und so weiter. Wenn sie nicht lesbisch wäre, würde ich sagen, sie ist die perfekte Freundin für einen Rockstar.

„Was ich eigentlich sagen wollte", spricht Dexter weiter und blickt uns bedeutungsvoll an. „Ihr müsst ab sofort jeden Tag Gas geben und immer besser werden. Gut zu sein ist in diesem Scheißbusiness nicht genug. Ihr müsst noch besser werden und alles geben. Ihr dürft jetzt nichts verkacken. Eure Plattenfirma hat viel Kohle in euch investiert und ich reiße mir täglich den Arsch für euch auf. Also, enttäuscht jetzt niemanden. Ist das klar?"

Laut und fast unisono versichern wir ihm, dass wir verstanden haben. Er hat ja recht. Wir sind jetzt so weit gekommen, dass uns bei dem Gedanken an unseren Erfolg regelmäßig schwindlig werden kann. Noch vor einem Jahr waren wir nur eine zusammengewürfelte, unbekannte Band, und jeder von uns musste erst seinen Platz finden. Als wir uns einigermaßen kennengelernt haben, wurde uns schnell klar, dass wir es nur gemeinsam schaffen können. Auch wenn wir privat keine Bros und beste Freunde sind, wie wir das der Öffentlichkeit vorheucheln müssen, respektieren wir uns gegenseitig und arbeiten gemeinsam hart an unseren Träumen. Vic ist ein geiler und talentierter Sänger, und sein unglaublicher Ehrgeiz ist die treibende Kraft der Band. Er wollte von Anfang an ganz nach oben und zieht uns mit seiner Entschlossenheit und Motivation mächtig mit. Obwohl zwischen uns ein stiller Konkurrenzkampf um den Alphastatus in der Band herrscht, schätze und respektiere ich ihn als Musiker sehr und finde sein Charisma einfach geil. Einen besseren Sänger könnte ich mich für *Black Sunday Desire* nicht vorstellen.

Kim ist ein fantastischer Bassist und hat ein Rhythmusgespür wie ein Metronom. Wir verstehen uns intuitiv und er folgt sofort, wenn ich einen neuen Song präsentiere oder während der Proben mal was Ungeplantes ausprobiere. Ich kann mich blind auf ihn verlassen, und das wiederum gibt mir die Freiheit, mich ganz meinem Gitarrenspiel zu widmen.

Jonas ist als Schlagzeuger zuverlässig und technisch top, es fehlt ihm nur etwas mehr Selbstinitiative. Das liegt wahrscheinlich daran, dass er mit seinen zwanzig Jahren noch recht jung ist und sich noch nicht ganz traut zu zeigen, was wirklich in ihm steckt. Aber ich vermute stark, dass er während der Tour so richtig aus sich herauskommen wird.

Die Band ist schon geil und ich hatte verdammt viel Glück, dass sie mich als Gitarristen gecastet haben. Die letzten Jahre habe ich hauptsächlich als Studiomusiker verbracht und mit lokalen Bands in kleineren Clubs gespielt. Doch das war mir irgendwann nicht genug, ich habe von großen Bühnen und von eigenen Songs geträumt, die vor tausenden von Menschen gespielt werden. Und jetzt lebe ich plötzlich diesen krassen Traum!

Spätestens als wir eine halbe Stunde später auf der Bühne im Astra stehen, wird mir wieder mal klar, dass ich nicht träume. Es ist der fucking Wahnsinn, auf einer geilen Bühne zu proben, und wir gehen so richtig ab. Wir spielen ganz anders als sonst in unserem Probekeller. Nicht nur ich, auch die Jungs spüren den Adrenalinschub, den das Kulturhaus uns verpasst, und der Sound ist bombastisch. Obwohl wir ohne Publikum spielen, geben wir voll motiviert alles und legen richtig los. Kims mächtiger Bass vibriert in meinem Bauch, Jonas' Double Bass hämmert wuchtig in den Ohren und Vics raue und sonore Stimme erzeugt hin und wieder Gänsehaut. Meine Riffs sind mal dreckig und dröhnend, mal melodisch und kaskadenartig, je nachdem, welche Gitarre ich in den Händen halte. Während meines fehlerfreien Solos an der Gretsch White Falcon in unserem neuen Song spüre ich dieses unbeschreibliche Gefühl, das so high und frei macht wie keine Droge es kann. Die Musik versetzt mich in einen Zustand, der so geil ist, dass ich gar nicht mehr aufhören will. Meinen Kollegen scheint es ähnlich zu gehen. Vic singt sich die Seele aus dem Leib und performt wie auf einem Festival. Schweißüberströmt läuft er über die Bühne und seine blauen Augen strahlen regelrecht, als wir uns anschauen. Fast könnte ich denken, er ist wieder mal zugekifft, doch ich kenne ihn mittlerweile gut genug, um zu wissen, dass er sich vor den Proben nicht zudröhnt. Zusammen singen wir den Refrain in mein Mikro und springen bei dem letzten Riff gemeinsam in die Luft.

Nur beiläufig nehme ich eine Fotografin wahr, die in der zweiten Hälfte der Probe Fotos von uns macht. Wahrscheinlich hat Dexter sie bestellt. Vic wiederum nimmt die hübsche Schwarzhaarige sehr wohl wahr und fühlt sie durch ihre Anwesenheit noch motivierter. Das wird spätestens deutlich, als er selbstverliebt sein T-Shirt auszieht und mit nacktem Oberkörper weitersingt.

Dexter, Lola, die Roadies und ein Paar Leute vom Astra klatschen und jubeln laut, als wir mit der Setliste quasi in einem Atemzug durch sind.

Alle vierzehn Songs haben wir nahtlos abgeliefert, ohne Pause, ohne Unterbrechung durch Dexter. Verschwitzt und nahe am Verdursten klatschen wir uns ab und verbeugen uns vor unseren Zuschauern.

Lola beeilt sich mit den Wasserflaschen, während wir unsere Instrumente ablegen, und reicht sie uns von unten. Dankbar gleichen wir unseren Flüssigkeitsverlust aus und wischen uns den Schweiß mit den Handtüchern ab, die sie uns als nächstes reicht. Wie immer hat sie an alles gedacht. Zuhause wird sie dann die verschwitzten Handtücher waschen und dafür sorgen, dass sie bei der nächsten Probe bereitstehen. Sie ist echt ein Goldstück.

„Mann, Leute, ihr seid so geil gewesen!", ruft uns Dexter zu und klatscht nochmal, während er näherkommt. Ulli und sein Kollege Maik pfeifen auch anerkennend.

„Das war keine fucking Probe, das war eine richtig geile Show", sagt Dexter sichtbar begeistert, als er vor uns stehenbleibt.

„Du musst uns einfach öfter auf einer richtigen Bühne proben lassen", erwidere ich grinsend und lege meine Gitarre vorsichtig ab.

„Ja, es war unvergleichbar geil, hier zu proben", sagt Vic und zieht sein T-Shirt wieder an.

„Leute, ich habe null Kritik, es war einfach perfekt", sagt Dexter anerkennend und sieht Lola an.

„Da kann ich Dex nur zustimmen", bestätigt sie. „Gerade habt ihr gezeigt, was ihr wirklich draufhabt, und vor dem Publikum werdet ihr es nur noch besser machen.“

Die Fotografin, die uns bei der Probe abgelichtet hat, kommt auch näher und lächelt uns an.

„Danke, dass ich dabei sein durfte. Es war wirklich eine fantastische Probe und ich habe eine Menge richtig gute Fotos auf der Kamera“, sagt sie und mustert uns alle vier. An Vic bleibt ihr Blick etwas länger hängen. Na klar, unser Herzensbrecher lässt keine Frau kalt.

„Ah, übrigens, das ist Katja, von der Zitty. Ich hab vergessen zu erwähnen, dass sie ein paar Fotos machen wird. Aber das hat euch nicht gestört, oder?“

„Im Gegenteil, das hat uns nur zusätzlich inspiriert“, antwortet Vic charmant und schickt der Frau diesen Fuck-me-Blick, den ich mittlerweile schon gut kenne. Katjas Reaktion zeigt unmissverständlich, dass sie sehr wohl empfänglich für seine Anmache ist, und ich wette, die beiden werden später in der Kiste landen.

„So Jungs, wir gehen jetzt zusammen was Leckeres essen und noch ein paar Sachen besprechen“, kündigt Dexter an und blickt auf die Uhr. „Katja kommt mit und wird euch noch einige Fragen stellen. Danach habt ihr Feierabend.“

Auf dem Weg zu dem Italiener, wo Dex den Tisch reserviert hat, denke ich wieder an Noemi. Wie gern wäre ich nun bei ihr. Ich muss sie morgen wiedersehen. Aber privat, nicht als meine Hundesitterin. Egal, ob das gut gehen wird. Bald bin ich für lange Zeit weg von Berlin und muss mich ganz der Tour widmen. Also will ich sie bis dahin aus meinem Kopf haben. Was hat Oscar Wilde gesagt? *Versuchungen sollte man nachgeben. Wer weiß, ob sie wiederkommen.*

Da ich am Fenster sitze, hole ich unauffällig mein Smartphone aus der Tasche und schreibe ihr eine Nachricht. Sie antwortet sofort.

„Na, hat jemand eine Nachricht von seiner Herzensliebsten bekommen?", fragt Vic, der neben mir sitzt, und grinst dämlich.

„Fresse! Kümmer dich um deinen eigenen Kram", antworte ich schroff und nicke in Katjas Richtung, die neben Dexter sitzt.

„Oh ja, das mach ich nachher mit Vergnügen", erwidert Vic selbstgefällig.

Scheiße! Hat er doch auf mein Display geschielt, während ich geschrieben habe? Noemi muss auf jeden Fall mein Geheimnis bleiben. Ich will nicht, dass sie das Objekt von schmutzigen und anzüglichen Bemerkungen wird, wenn jemand von den Jungs Wind davon bekommt. Besonders Vic und Kim reden über ihre Bettbekanntschaften in einer Art, die ich in Verbindung mit Noemi nicht dulden werde. Um potenzielle Konflikte zu vermeiden, dürfen sie nicht von ihr erfahren.

Den restlichen Abend verbringe ich in Gedanken versunken und verziehe mich nach Hause, sobald ich meine Pflicht erfüllt und die Interviewfragen beantwortet habe. Vic und Katja fahren noch weiter in einen Club, und es ist ziemlich klar, was danach folgen wird. Dex rollt mit den Augen, als er versteht, dass die beiden aufeinander abfahren. Denn er hat permanent Schiss, der unberechenbare und rebellische Vic könnte mit seinen Frauengeschichten für negative Schlagzeilen sorgen und damit dem Image der Band schaden. Für un-

sere weiblichen Fans müssen wir die Illusion aufrecht-
erhalten, unerreichbar zu sein, sodass sie weiter unge-
stört von uns träumen können.

Zuhause angekommen, spiele ich mit Gedanken, Noemi anzurufen oder ihr kurz zu texten, doch ich beherrsche mich. Ich sollte besser nicht den Eindruck vermitteln, mich ernsthaft für sie zu interessieren.

6. Noemi

Mit Luna auf dem Arm begebe ich mich auf den sonnigen Südostbalkon, der ziemlich groß ist. Es überrascht mich nicht, dass statt Blumentöpfe mehrere Kisten mit Getränken und Pfandflaschen zur Ausstattung gehören. In einer Ecke liegen ein Skateboard und ein paar Sportschuhe. Zwei verblasste, mit Plüsch überzogene Sessel dienen als gemütliche Sitzgelegenheit.

Ich setze mich mit Luna hin und mein Blick schweift in die Ferne. Ich bin noch ganz aufgewühlt von der Knutscherei mit Myles, und die Schmetterlinge in meinem Bauch wollen nicht aufhören zu flattern. Er hat also extra auf mich gewartet, obwohl die Probe schon angefangen hat! Trotz der guten Vorsätze von gestern hat er wieder angefangen, mich zu verführen.

Na ja, ich habe ihn daran nicht gerade gehindert. Wenn er nicht weggemusst hätte, hätten wir uns bestimmt nicht beherrschen können ... „Luna, mein Schätzchen, dein Herrchen und deine Hundesitterin benehmen sich ziemlich ungezogen", sage ich zu der Hündin, die ungeduldig von meinem Schoß springt und mit ihrer süßen Schnauze mein Bein anstupst. „Ah, entschuldige, wir wollten doch rausgehen!" Sie läuft schon schwanzwedelnd zur Tür. Ich folge ihr, hole die Hundeleine, die auf dem Garderobenhaken im Flur hängt, und befestige das Halsband um Lunas Hals. Lieber leine ich sie jetzt schon an. Ich kenne ihr Verhalten auf der Straße noch nicht und will nichts riskieren.

Mit dem Schlüssel, den ich von Myles bekommen habe, schließe ich die Wohnung ab und befestige ihn sorgfältig an meinem Schlüsselbund. Es wäre zu dumm, ihn zu verlieren. In letzter Zeit bin ich ziemlich gut darin, kleinere Sachen zu verlegen. Zum Leidwesen meiner ordentlichen und wohlorganisierten Mitbewohnerin Naty, die stets mitsuchen muss, wenn ich wieder mal nicht weiß, wo ich meine Schlüssel oder Sonnenbrille abgelegt habe.

Luna und ich machen einen Spaziergang um den Block. Die Büsche am Helmholzplatz blühen üppig und duften verschwenderisch. Die Luft ist mild, und wenn man in die Sonne blickt, spürt man die Frühlingswärme auf dem Gesicht. Nächste Woche ist schon der erste Mai! Luna läuft brav an der Leine, doch ich entscheide mich trotzdem, sie beim ersten gemeinsamen Gassigehen noch nicht freizulassen. Vor dem Eingang zum Spielplatz bleiben wir stehen und Luna schaut sehnsuchtsvoll zu den Kindern, die hinter dem Zaun Ball spielen. Das nächste Mal muss ich einen Ball mitnehmen, anscheinend mag sie Bälle gerne.

Nach einer halben Stunde kehren wir zurück in die Wohnung und ich bade Luna. Sie ist nicht besonders begeistert darüber, doch sie lässt es über sich ergehen. Am Ende trockne ich mit dem Fön ihr wunderschönes grauweißes Fell, und nun sieht sie wie ein flauschiger Cheerleader-Pompon aus. Sie bekommt von mir noch ihr Abendessen, und dann lasse ich sie alleine. Myles wollte gegen neun zurück sein und es ist schon acht.

Mein Handy meldet sich mit einer SMS und ich hole überrascht Luft, als ich Myles' Namen erblicke. Wenn das nicht ein Zeichen ist!

Würdest du morgen mit mir ausgehen wollen? Nach der Probe etwas essen? Myles

Mein Puls beschleunigt sich spürbar. Das habe ich jetzt echt nicht erwartet. Er fragt mich nach einem Date! Meine Finger schreiben wie von alleine:

Gerne! Soll ich dann morgen warten, bis du zurück bist?

Seine Antwort folgt prompt:

Ja, bitte. Ich freu mich schon.

Ich kann's nicht lassen und schreibe zurück:

Ich freue mich noch mehr!

Scheiße, das war jetzt echt nicht nötig! Er weiß ja schon, dass ich scharf auf ihn bin. Mein unüberlegter Text ärgert mich, doch die Nachricht ist schon weg. Aber was soll's, *er* hat ja angefangen und nicht ich.

Myles' Einladung sorgt sofort für Schmetterlinge in meinem Bauch. Er will erst mal ein Date! Bevor wir … Ziemlich gentlemanlike für einen Rockstar. Wenn ich ganz ehrlich bin, bin ich davon richtig begeistert. One-Night-Stands sind nicht so richtig mein Ding. Genauer gesagt, bin ich noch nie mit jemandem ins Bett gestiegen, ohne vorher wenigstens ein Date mit ihm gehabt zu haben. So cool und abgebrüht wie bei dem Girls-Talk gestern im Frieda bin ich in Wirklichkeit nicht.

Was aber nicht heißt, dass ich mich nicht nach Sex sehne. Von einem attraktiven Typen flachgelegt zu werden steht ganz oben auf meiner momentanen To-do-Liste. Wenn wir uns vorher beim Essen näher kennenlernen und uns vielleicht sogar gut unterhalten, wird die ganze Sache noch viel interessanter. Ich werde mich ganz bestimmt nicht in ihn verlieben, er ist ja kein Kandidat für eine richtige Beziehung. Nein, ich werde schön auf dem Teppich bleiben und meinen Spaß haben. Wenigstens etwas Vertrautheit und Sicherheit brauche ich aber schon, um einen Mann ganz an mich heranzulassen. Daher kommt mir seine Idee mit dem Essengehen umso mehr entgegen. „Tschüss, meine Süße! Wir sehen uns morgen wieder", verabschiede ich mich von Luna, als ich sie in ihr Körbchen im Flur ablege. Luna scheint müde zu sein, da sie überhaupt nicht protestiert, und lässt ihren Kopf gleich auf ihre Pfoten sinken. Wie mit Myles abgesprochen, schließe ich vorsichtshalber die Türen der Zimmer. Man weiß ja nicht, was so einem jungen, wilden Ding einfallen könnte, wenn es alleine bleibt.

7. Noemi

Natalie, mit der ich mir die kleine Zweizimmerwohnung teile, lernt schon wieder. Oder immer noch, ich blicke da nicht mehr durch. Sie sitzt an ihrem Laptop und bemerkt mich erst, als ich den Kopf in ihr Zimmer stecke.

„Mensch, Natalie, du würdest nicht mal einen Einbrecher bemerken", kommentiere ich.

„Sorry! Wenn ich mich konzentriere, registriere ich meine Umgebung nicht so richtig." Natalie sieht mich entschuldigend an. Sie wirkt müde, ihr kastanienbraunes Haar hängt ihr strähnig und ungewaschen über die Schultern.

„Wann ist die Biologieprüfung? Morgen?", erkundige ich mich.

„Ja, morgen um zehn Uhr." Gähnend legt sie ihre dicke Brille ab. Ihr hübsches Gesicht ohne eine Spur von Make-up verrät mir, dass sie die Wohnung wieder den ganzen Tag nicht verlassen hat. Sie möchte seit ihrer Kindheit Tierärztin werden und arbeitet hart, um sich diesen Traum erfüllen zu können.

„Du brauchst eine Pause. Komm in die Küche, ich mache dir eine Tasse Tee", schlage ich vor.

„Ungern, aber wahrscheinlich wird mir die kurze Pause guttun." Natalie seufzt und erhebt sich vom Schreibtisch. Nein, sie war bestimmt nicht draußen, sie hat diesen grässlichen, ausgeleierten, dunkelgrauen

Jogginganzug an, den sie immer trägt, wenn sie für die Außenwelt nicht ansprechbar ist. Gähnend folgt sie mir in die Küche und setzt sich an den großen Esstisch, an den locker zwölf Partygäste passen – alles schon ausprobiert.

„Wie war dein Tag?", fragt sie mich und greift nach der Banane in der Obstschale.

„Oh, ganz gut. Ich habe einen neuen Job. Ich wollte dich gestern Abend nicht stören, deswegen weißt du noch nichts davon."

„Tatsächlich? Und was machst du?" Sie blickt mich interessiert an, bevor sie geschickt die Bananenschale in den Mülleimer wirft.

„Ich bin Hundesitterin einer total süßen und liebenswerten Husky-Hündin. Sie ist noch ein Baby", erzähle ich ihr und merke, wie ich dabei strahle.

„Das ist ja schön, ich liebe Huskys!", erwidert Natalie und lächelt. „Ihre blauen Augen machen mich ganz schwach."

Und mich machen gewisse dunkelbraune Augen schwach ...

„Luna hat tatsächlich wunderschöne Augen, klar und hell wie ein Gletscher."

„Und wie ist ihre Familie so? Kommst du mit ihr auch klar?", fragt sie und nimmt dankbar die Tasse grünen Tee entgegen.

„Sie hat nur ein Herrchen, einen jungen Musiker. Der ist sehr nett und wir verstehen uns ganz gut", antworte ich und drehe mich um, um mein Grinsen zu verheimlichen.

„Noemi, schau mich an!“, verlangt Natalie entschlossen. Trotz ihrer Müdigkeit spürt sie wohl, dass sich hinter meiner Antwort noch etwas anderes verbirgt. Ich wende mich ihr wieder zu und kann meinen selbstzufriedenen Gesichtsausdruck beim besten Willen nicht unter Kontrolle bringen.

„Erzähl schon, was läuft zwischen dem Herrchen und dir?“

„Wir kennen uns doch erst seit gestern. Aber es funkt ordentlich zwischen uns und wir haben schon ausgiebig geknutscht. Morgen Abend haben wir ein Date, wir gehen zusammen essen“, beichte ich ihr und genieße die Aufregung, die ich dabei verspüre. Auf die Schnelle erzähle ich Natalie von Myles und versetze sie damit ins Staunen.

„Wow, Respekt, ein Rockstar! Wie geil ist das denn! Mensch, du lässt aber auch nichts anbrennen!“ Natalie sieht mich mit ihren großen Augen fasziniert und ungläubig an. Ich weiß, meine Geschichte ist schon irgendwie abgefahren. Ich meine, wie oft trifft man ein berühmtes Bandmitglied und kommt ihm gleich so nah?

„Also, ich bin etwas baff, aber ich freue mich total für dich“, sagt sie schließlich und reibt sich ihre müden Augen. „Ein Date wird dir guttun, du bist schon so lange alleine.“

„Du aber auch! Wann hattest du zuletzt ein Date?“ Herausfordernd schaue ich ihr in die Augen.

„Puh, lass mir überlegen.“ Natalie wickelt eine Haarsträhne um den Finger und blickt kritisch auf die gesplissten Haarspitzen. „Ist schon lange her, genau wie der letzte Frisörtermin“, murmelt sie abwesend. „Aber ich komme einfach nicht dazu, jemanden kennenzulernen, das Studium nimmt einfach zu viel Zeit in Anspruch", ergänzt sie mit einem dramatischen Seufzer.

„Quatsch! Du hattest gerade Semesterferien und genug Zeit. Du willst es einfach nicht, weil du diesem Arschloch von Moritz immer noch nachtrauerst", erwidere ich etwas streng.

Mit Moritz war sie fast ein Jahr zusammen, bis er sie mit der Schwester seines WG-Kumpels betrogen hat. Natalie beendete die Beziehung sofort und blieb standhaft, obwohl er lange um eine zweite Chance bettelte. Ich denke, die Tatsache, dass diese Frau eine fast dreißigjährige, vollbusige Barbara-Schöneberger-Doppelgängerin war, hat Natalies Selbstvertrauen zu sehr beschädigt. Sie leidet unter ihrer knabenhaften Figur und beneidet Frauen mit Kurven, wie ich sie habe. Was eigentlich absurd ist. Wir Frauen sind echt verrückt, weil wir uns immer eine andere Figur wünschen und uns nie damit zufriedengeben, was wir haben.

„Nein, nein, ich denke nicht länger an den Arsch!" Sie schüttelt ihren Kopf. „Wenn diese Prüfung vorbei ist, gehe ich wieder aus und bin bereit für eine neue Männerbekanntschaft, zufrieden?"

„Klar. Wir ziehen zusammen um die Häuser oder gehen auf ein Konzert. Moritz hast du auch bei einem Konzert kennengelernt." Ich versuche sie aufzumuntern, weil sie mit ihren müden Augen ziemlich verzweifelt aussieht.

„Ist gut, machen wir. Und jetzt musst du mich entschuldigen, ich muss weiter lernen. Morgen erzählst du mir mehr über diesen Typen und euer Date, okay?"

„Mach ich gerne", versichere ich ihr, als sie aufsteht und mit der Teetasse in ihr Zimmer verschwindet.

Auch ich setze mich an meinen Laptop und versuche, noch etwas an meiner Arbeit zu schreiben. Alma Mahler war eine sehr faszinierende Frau. Sie verliebte sich ausnahmslos in begnadete Künstler, die auf sie äußerst erotisierend wirkten – Musiker, Maler, Schriftsteller, Architekten. Die Kreativität ihrer Liebhaber war ihr Lebens- und Liebeselixier.

Zwangsläufig erscheint vor meinen geistigen Augen Myles, wie er mit der Gitarre auf der Bühne steht und mit verzücktem Gesicht sein Solo spielt. Ich muss zugeben, diese Vorstellung macht mich an. Ein sehr maskulin wirkender Mann, der sich vor Publikum präsentiert und nicht nur sexy aussieht, sondern auch durch leidenschaftliches und intensives Gitarrenspiel seine tiefsten Gefühle entblößt, wirkt wie eine Droge auf mich. So langsam verstehe ich all diese Mädchen und Frauen, die bei Rockkonzerten in den ersten Reihen hysterisch kreischen und ihre heiß begehrten Idole bis aufs Äußerste anhimmeln.

Myles sieht ohne Gitarre schon extrem attraktiv aus, aber ich kann mir denken, dass seine Anziehungskraft noch zunimmt, wenn er auf der Bühne steht und rockt.

Unser Date macht mich zugegebenermaßen noch viel nervöser, jetzt wo ich weiß, dass ich es mit einem Rockstar zu tun habe. Zum Glück habe ich ihn kennengelernt, ohne einen blassen Schimmer zu haben, wer er eigentlich ist und was er macht. So habe ich zumindest nicht den Eindruck erweckt, dass ich bloß eine Tussi bin, die auf seinen Berühmtheitsfaktor abfährt.

Ich bemühe mich, meine Recherchen über Alma Mahler fortzusetzen, doch die Erinnerung an Myles' samtige Augen verfolgt mich die ganze Zeit.

Auch als ich später im Bett liege, kreisen meine Gedanken um ihn. Immer wieder spüre ich das lustvolle Zusammenziehen in meinem Bauch, wenn ich mich an unsere leidenschaftlichen Knutschereien erinnere. Mein Körper sendet mir eindeutige Signale, und es wäre ziemlich unverschämt gelogen, wenn ich behaupten würde, ein nettes Essen mit Myles wäre schon alles, was ich mir von unserem Date erhoffe.

Pünktlich um eins klingele ich an Myles' Tür. Ich trage eine eng anliegende schwarze Hose zu einer ziemlich tief ausgeschnittenen, blauen Tunika und Stiefeletten mit hohen Absätzen. Das Haar habe ich mir zu einem Zopf geflochten, der über meiner rechten Schulter hängt. Mit dem Make-up wollte ich so früh am Tag nicht übertreiben, deswegen habe ich nur die Augen mit Lidstrich und Wimperntusche betont. Myles öffnet die Tür und Luna springt mich begeistert an.

„Hey, ihr beiden", begrüße ich sie und lächle Myles an, während ich mich zu Luna beuge und ihr über das Köpfchen streichle.

„Hey. Du siehst klasse aus", erwidert Myles meine Begrüßung und lässt mich in die Wohnung. Ich spüre seine Blicke im Rücken und wette, er mustert meinen Hintern. Als ich im Flur stehen bleibe und mich zu ihm umdrehe, begegnen sich unsere Blicke. Wortlos tritt er einen Schritt näher und greift wie gestern nach meinem langen Zopf.

Er mag mein Haar anscheinend sehr. Verspielt und verführerisch zugleich wickelt er den Zopf um sein Handgelenk.

„Wie wär's mit einem Begrüßungsküsschen?", murmelt er dicht an meinem Gesicht. Unfähig zu sprechen, genieße ich seinen glühenden Blick, mit dem er mich fixiert. Seine andere Hand legt er an meinen Rücken, an die Stelle, wo die großzügige Wölbung meines Hinterns beginnt. Unsere Lenden berühren sich nun und ich erzittere vor wohliger Aufregung. Ich kann ihm nicht ausweichen und will es auch nicht. Meine Lippen öffnen sich von alleine, als sein Mund sich langsam nähert, und ich atme flach und heftig zugleich. Die Spannung zwischen uns könnte gefühlt eine halbe Stadt mit Strom versorgen, so heftig nehme ich sie wahr.

Myles küsst mich weiter und seine Zunge spielt zärtlich und sinnlich mit meiner. Seine Küsse schmecken so gut, so köstlich. Seine Hände rutschen tiefer. Genüsslich packen sie meine festen Pobacken, und ich spüre seine Härte auf meinem Bauch, als er sich vorsichtig an mich presst. Damit löst er wohlige Schauer in meinem ganzen Körper aus und die Muskeln in meinem Unterleib ziehen sich fast schmerzlich zusammen. Wir beide atmen mittlerweile stoßartig und werden immer erregter. Myles' Zunge dringt tiefer, noch verlangender in meine Mundhöhle ein und erstickt mein lustvolles Aufstöhnen. Doch statt weiterzumachen, löst er sich plötzlich von mir und lässt mich los.

„Verdammt, du bringst mich völlig durcheinander", sagt er mit leidenschaftlichem Blick aus seinen Glutaugen. „Du bist einfach zu sexy und ich krieg mich nur schwer unter Kontrolle", fügt er hinzu und grinst unwiderstehlich.

Etwas enttäuscht bin ich schon, zugegeben. Es ist schon das dritte Mal, dass wir unsere Knutscherei so abrupt beenden. Ist das vielleicht seine Taktik, um mich noch williger zu machen? Wenn ja, ist die sehr effektiv.

„Tja, dein Begrüßungsküsschen war etwas intensiv", murmele ich schmunzelnd, und es entgeht mir nicht, wie lange seine Blicke in meinem Ausschnitt verweilen. Denkt er das Gleiche wie ich? So gerne würde ich jetzt seinen heißen Mund an meinen Brustwarzen spüren ... Ich bin immer noch außer Atem, doch ich gebe mir Mühe, meine Erregung zu verbergen. Man soll einem Typen nicht zu deutlich zeigen, dass man ihn begehrt, oder?

„Sorry. Ich übertreibe gerne, bin halt ein ziemlich impulsiver Mensch." Myles zuckt fast entschuldigend mit den Schultern.

„Dann haben wir was gemeinsam. Ich bin auch nicht gerade eine zurückhaltende Person", erwidere ich offenherzig und senke meinen Blick.

„Das ist mir nicht entgangen", sagt Myles bedeutungsvoll.

„Muss Luna gleich raus?", frage ich rasch, um meine Verlegenheit zu überspielen.

„Ja, das wäre vernünftig. Wir waren vor drei Stunden kurz Gassi, aber in ihrem Alter muss sie noch öfter", antwortet er und streicht sich die dunklen Haarsträhnen, die ihm in die Augen fallen, nach hinten. Die Geste ist nicht kokett oder gar selbstverliebt, sondern einfach nur sexy. Wie alles an ihm.

„Gut, dann gehen wir spazieren." Nickend drehe ich mich um und hole die Hundeleine von der Garderobe.

„Ich schick dir eine SMS, wenn ich so weit bin. Ich schätze, in etwa drei Stunden sind wir fertig mit den Proben. Falls es doch länger dauert – magst du trotzdem auf mich warten?" Er schaut mir tief in die Augen, mit diesem glühenden und intensiven Blick, der meine Knie schwach macht und in mir den Wunsch weckt, ihm das T-Shirt vom Leib zu reißen.

„Ja, kein Problem, ich werde auf dich warten", versichere ich ihm und wende mich nur mit Mühe von ihm ab. Meine Güte! Brauche ich so verzweifelt und dringend Sex? Oder verdreht mir dieser unverschämt heiße Musiker so sehr den Kopf? Ich weiß, ich bin schnell entflammbar, wenn ein Mann mir richtig gefällt. Trotzdem habe ich es bis jetzt immer geschafft, etwas mehr Zurückhaltung zu wahren und zeigte sonst nicht so offenherzig, wie sehr ich jemanden will! Männer wollen doch jagen und erobern, oder? Wenn Myles merkt, wie leicht er mich haben kann, werde ich für ihn schnell meinen Reiz verlieren. Das will ich auf keinen Fall!

„Aber ich warne dich – wenn es zu lange dauert, stelle ich dir die Stunden einfach in Rechnung. Ich hasse es, wenn ein Mann mich warten lässt", sage ich noch mit einem gespielt strengen Blick.

„Das mit der Rechnung ist natürlich selbstverständlich, du bist schließlich nicht zum privaten Vergnügen hier. Aber ich werde mich auf jeden Fall beeilen. Ist mir schon klar, dass man so eine Frau wie dich nicht warten lassen darf", antwortet Myles ernst. Doch ich könnte wetten, ein Anflug von einem frechen Lächeln umspielt dabei seine Lippen. *Da sind wir uns beide nicht so sicher, ob ich nicht auch zum privaten Vergnügen hier bin.*

„Ich muss jetzt gehen, sonst meckern die anderen wieder. Neuerdings komme ich immer als Letzter." Myles seufzt mit einem hastigen Blick auf seine Uhr, öffnet die Tür und nimmt zwei Gitarrenkoffer, die bereits griffbereit im Flur liegen. „Also, bis später!" Er wendet sich doch noch mal mit einem leicht abwesenden Blick um. Plötzlich wirkt er gestresst und sogar genervt.

„Bis später", verabschiede ich ihn mit einem unverbindlichen Lächeln und bemühe mich, ihm nicht hinterherzusehen. Hoffentlich lenke ich ihn nicht zu sehr von seiner Arbeit ab! Das wäre echt blöd. Es reicht schon, dass er wegen mir gestern zu spät bei der Probe erschienen ist. Aber er war schließlich derjenige, der wieder sofort angefangen hat, rumzumachen! Also muss ich mir echt nichts vorwerfen. Dass ich selbst ordentlich abgelenkt bin, ist zum Glück nicht so schlimm. Außer, dass mein Höschen völlig feucht ist ...

Luna kommt auf ihren dicken Pfötchen angerannt, als sie uns an der Tür hört, und ich schaffe es noch, sie aufzuhalten, ehe sie mir aus der Wohnung entwischt und Myles in den Fahrstuhl folgt.

„Halt, halt, junge Dame! Wir gehen gleich raus, doch erst muss ich dir noch dein Halsband anlegen." Ich halte sie fest, während ich die Tür schließe. Sie lässt sich von mir ihr mit Nieten besetztes, lilafarbenes Halsband über das Köpfchen streifen und leckt mir dabei ausgiebig die Hände ab. Ihr Charme ist unglaublich und ich schmuse eine Weile mit ihr, bevor ich sie wieder herunterlasse. Sie und ihr Herrchen sind ein echt außergewöhnlich charmantes Doppelpack.

„Luna, hol doch deinen Ball!", sage ich und warte auf ihre Reaktion. Sie versteht mich tatsächlich und rennt begeistert in die Küche, um ihren bunten Baby-Ball zu holen. Er passt gerade so in ihr Maul und sie muss ihre Kiefer weit auseinanderreißen, um ihn halten zu können. Dabei sieht sie zum Anbeißen niedlich aus! Ich leine sie an, und endlich können wir die Wohnung verlassen.

Auf der Straße wartet auch schon die erste herausfordernde Überwindung auf mich. Luna macht unter dem Baum ein Häufchen und ich hantiere, noch etwas ungeschickt, mit der Plastiktüte herum. Bald habe ich jedoch den Dreh raus und ernte lobende Blicke zweier Muttis, die ihre Babys in Kinderwagen vor sich herschieben und meine Handlung sorgsam verfolgen. Luna finden alle einigermaßen tierlieben Menschen überaus süß, doch ein hinterlassenes Hundehäufchen im Szenekinderbezirk wäre schon fast ein Umweltverbrechen.

Na ja, Lunas Geschäft wegzuräumen ist eine sauberere Sache als Windelwechseln bei den Zwillis. Auch sonst ist sie pflegeleichter und weniger anstrengend, stelle ich bald fest, als ich vor dem Parkeingang zwangsläufig den verzweifelten Erziehungsversuchen einer typischen Prenzelbergmutti zusehen muss. Mit ruhiger Stimme versucht sie vergeblich, ihrer laut brüllenden, etwa zweijährigen Tochter, die sich angeschnallt und hysterisch im Buggy hin und her wirft, zu erklären, warum ein Stück Bioapfel viel gesünder und auch leckerer als Gummibärchen ist. Und das, obwohl die kleine Prinzessin in handgestricktem Ökojäckchen jede angebotene Scheibe Apfel zwar annimmt, jedoch nur, um sie sofort demonstrativ auf den Boden zu werfen. Dabei läuft sie vom Schreien ganz rot an.

„Hummibächen haben!", brüllt sie.

„Komm Luna, nicht trödeln, wir wollen Ball spielen." Ich ziehe leicht an der Leine, als Luna vor dem Buggy stehen bleibt und die Apfelstücke auf dem Boden interessiert beschnuppert.

„Schau, Kaya-Josefine, sogar der Wauwau mag Apfel gern." Die Mutti lächelt ihrer Tochter mit einer Engelsgeduld zu, mit der sie ihren aufsteigenden Zorn zu überspielen versucht. Tatsächlich hört Kaya-Josefine auf zu schreien und beobachtet entsetzt, wie Luna an ihren Apfelscheiben schnuppert.

„Meine Afa!", schreit sie Luna an. Luna zuckt zusammen und versteckt sich eingeschüchtert zwischen meinen Beinen.

„Hier, Schätzchen, ich habe noch mehr davon." Die Mutter hält ihrem Kind sofort die Dose mit den Apfelscheiben vor die Nase. Kaya-Josefine greift mit beiden Händen danach und steckt sich gleich zwei Scheiben in den Mund, kaut demonstrativ und schluckt sie tatsächlich runter.

„Das hast du toll gemacht!", lobt ihre Mutter sie laut und sieht uns dankbar an. Ich lächle sie freundlich an und ziehe Luna weiter. Die noch frischen Erinnerungen an meine Zeit mit den Zwillingen kommen bei dieser Szene hoch und ich bin froh, die Branche gewechselt zu haben.

„Wauwau haben!", höre ich die entschlossene Stimme von Kaya-Josefine hinter uns. Ich beschleunige mein Tempo.

„Prinzessin, das geht nicht, wir haben keine Zeit für einen Wauwau", erklärt ihre Mutter gelassen.

„WAUWAU HABEN!", brüllt das Kind schon wieder aus voller Lunge und Luna legt ihre Öhrchen flach an den Kopf. Jetzt zieht *sie* schneller an der Leine, um wegzukommen. Ich überlege schon, wie ich höflich ablehnen soll, falls die Mutter mich bittet, dass ihre Tochter Luna streicheln darf, doch nun höre ich ein nicht mehr so entspanntes Zischen: „Jetzt reicht's mir, kleines Fräulein! Wir fahren nach Hause und du machst einen ordentlichen Mittagschlaf! Und morgen melde ich dich in der Kita an!"

Nein, Hundesitterin zu sein ist definitiv einfacher und nervenschonender. Neben den Tischtennisplatten finden Luna und ich ein wenig Platz und spielen Ball. Ich traue mich, Lunas Leine abzunehmen, und sie enttäuscht mich nicht. Als sie mir zum geschätzten fünfundfünfzigsten Mal den Ball zurückbringt, lässt sie sich wieder anleinen und wir spazieren noch eine Runde um den Block. Auf einer Bank vor der Eisdiele machen wir eine Pause und ich gönne mir das erste Eis in diesem Frühling. Luna scheint müde zu sein und schläft in meinem Schoß ein, während ich genüsslich ein Schokoeis verspeise und dabei das Gesicht in die Sonne halte. Ich muss zwangsläufig an Myles denken und in meinem Bauch kribbelt es vor Aufregung.

Es ist mittlerweile halb drei und die Hälfte der Probezeit ist schon um. Ich kraule Lunas Fell und lasse sie noch eine Weile schlafen. Ich überprüfe meine SMS und beantworte die wichtigsten. Emma will wissen, wie es zwischen Myles und mir läuft und ob es schon was zu erzählen gibt. Und mein Bruderherz fragt, wie ich mit Luna und ihrem Herrchen klarkomme. Alles bestens, lautet meine Antwort an die beiden. Ich kann's nicht lassen und ich schreibe noch eine SMS an meine drei Mädels:

In zwei Stunden beginnt mein Date mit Myles.

Ich komme mir dabei zwar etwas kindisch vor, besonders, weil ich einige Smileys anhänge, aber ich weiß, dass alle drei mitfiebern und ein ausführliches Update von mir erwarten. Lunas Mittagschlaf wird abrupt beendet, als ein Feuerwehrauto mit Sirene vorbeifährt und sie erschreckt. Ich beruhige sie und wir machen uns auf den Heimweg.

Während sie in der Küche gierig ihre Mahlzeit frisst, erhalte ich eine neue SMS. Es ist Myles! Mein Puls beschleunigt sich augenblicklich, als ich lese:

Magst du Sushi?

Wenn das nicht ein Zeichen ist! Zurzeit gehört Sushi zu meinen absoluten Lieblingsspeisen, und ich schreibe aufgeregt zurück:

Sehr sogar!

Prima! Ich hol dich in etwa zehn Minuten ab.

Scheiße! Schon in zehn Minuten! Um Himmels willen, ich wollte mich vorher noch ausgehfertig machen! Ohne weitere Zeit zu verlieren, springe ich ins Bad und schnuppere an meinen Achseln. Das Deo hält, was es verspricht. Ich ziehe meine kleine Kosmetiktasche aus der Handtasche und putze mir schnell die Zähne. Danach erneuere ich den Lidstrich und löse den Zopf. Myles steht auf meine langen Haare. Der Zopf hat sanfte Wellen in den Strähnen hinterlassen und ich fahre nur vorsichtig mit dem Kamm hindurch, um sie nicht zu zerstören.

Die neue blaue Tunika steht mir gut, stelle ich zufrieden fest, als ich mich im großen Spiegel betrachte. Sie lenkt die Blicke auf mein Dekolleté und lässt meine Hüfte schmaler erscheinen. Gut, dass ich Myles tatsächlich gefalle, so wie ich bin, auch ohne fünf Kilo abzuspecken!

Fast überhöre ich Myles' Schlüssel in der Tür und verlasse schnell das Bad. Luna springt begeistert an ihrem Herrchen hoch und Myles schmust ausgiebig mit ihr. Er ist so süß dabei! Und gleichzeitig wahnsinnig sexy!

Noemi, reiß dich zusammen! Du weißt doch, dass ein Typ, der süß und gleichzeitig sexy ist, eine extrem gefährliche Kombination darstellt!

„Hi", grüßt er mich strahlend lächelnd, als er sich wieder aufrichtet. Seine Augen wirken zwar ein bisschen müde, doch er scheint bestens gelaunt zu sein. Er trägt eine schwarze Jeanshose, ein dunkelgraues Kapuzenshirt und eine abgetragene, schwarze Bikerjacke, die seine breiten Schultern zusätzlich betont.

„Hey. Wie wars?"

„Bestens. Nach der gestrigen Probe auf der richtigen Bühne haben wir jetzt auch den kniffligsten Song drauf und ausnahmsweise haben wir uns nicht gestritten. Schon fast unheimlich." Er grinst und bringt die Gitarren ins Wohnzimmer.

„Bist du bereit?", ruft er mir zu.

„Ja, das bin ich. Luna ist auch versorgt, wir können von mir aus los", antworte ich und greife nach meiner Handtasche.

Myles schließt alle Zimmertüren, sodass Luna neben dem geräumigen Flur mit ihrem Korb nur freien Zugang zur Küche hat. Dort hat er gestern ein Gitter eingebaut. Ich streichle Luna noch mal über ihr rundes Köpfchen und verabschiede mich von ihr. Als sie erkennt, dass wir ohne sie ausgehen, sieht sie uns mit einem so traurigen und fast vorwurfsvollen Blick an, dass sie mir gleich leidtut. Myles holt einen großen Gummifrosch aus dem Regal und reicht ihn ihr als Trost. Sie nimmt ihn zwar an, kaut jedoch nur mäßig begeistert an ihm, als sie sich ihrem Schicksal ergibt und zu ihrem Körbchen trottet.

Im Fahrstuhl neigt sich Myles mit einem zärtlichen Kuss zu mir.

„Wir haben uns noch gar nicht richtig begrüßt", murmelt er. Die ganze Zeit habe ich sehnlichst auf einen Kuss gewartet und nutze die Gelegenheit, um seine verführerischen Lippen noch mal zu kosten. Diesmal küssen wir uns schon leidenschaftlicher, doch Myles hat sich gut im Griff.

„Und wie war dein Nachmittag mit Luna?", erkundigt er sich, nachdem er sich viel zu früh meinem gierigen Mund entzieht.

„Ganz entspannt. Sie war echt lieb und einfach zu handhaben, was ich von einigen Kindern im Park nicht behaupten kann." Ich lächle und versuche, normal zu atmen, um zu verbergen, wie heftig er mich schon mit einem einzigen, kurzen Kuss erregen kann.

„Das freut mich. Sie kann nämlich manchmal echt bockig sein und lässt sich nicht wieder anleinen, wenn wir zurück nach Hause gehen wollen."

„Gut zu wissen. Dann werde ich ihr demnächst lieber nicht allzu sehr vertrauen."

„Ist vielleicht besser, sie ist sehr schlau. Übrigens, ich dachte, wir gehen zu Fuß zum Sushiladen, ist nur ein paar Blocks von hier entfernt und wir sind schneller als mit dem Auto." Myles hält mir höflich die Haustür auf, was bei ihm keineswegs künstlich oder gestellt wirkt.

„Klar, ich laufe gerne ein Stückchen, der Tag ist heute echt schön." Draußen empfängt uns strahlende Sonne und ein fast wolkenloser Himmel. Myles blinzelt einige Male, als das helle Sonnenlicht uns blendet.

„Ich muss mich an so starkes Tageslicht erst mal gewöhnen. Seit Monaten lebe ich fast wie ein Vampir. Unser Proberaum ist ein richtig düsteres Loch, und wenn ich nach Hause komme, ist es meist schon dunkel." Myles zieht eine Sonnenbrille aus seiner Jackentasche und setzt sie auf. „Und es müffelt dort. Nach Männerschweiß, Pizzaresten, Bier und Kippen jeglicher Art", grinst er unter der dunklen Brille. Die steht ihm gut und unterstreicht zusätzlich sein rockiges Image. Mit seiner attraktiven Erscheinung und dem Sexappeal eines Rockstars, den er so großzügig versprüht, sticht er aus der Masse heraus und zieht die Aufmerksamkeit auf sich. Es entgeht mir nicht, wie die vorbeilaufenden

Menschen ihn anschauen, besonders die weibliche Bevölkerung. Auch ich würde mich nach ihm umdrehen, wenn ich ihm auf der Straße begegnen würde. Wegen der dunklen Brille erkennen ihn die meisten wahrscheinlich nicht, aber als so ein schöner und attraktiver Mann ist er trotzdem ein echter Blickfang.

Zweifellos muss er ein sehr guter Gitarrist sein, um in einer Band wie *Black Sunday Desire* spielen zu dürfen. Doch ich wette, dass seine äußerlichen Attribute auch ein entscheidender Faktor bei der Auswahl des Leadgitarristen gewesen sind. Wie ich aus dem Internet erfahren habe, hat das Management zwischen drei potenziellen Kandidaten gewählt. Das passende Äußere spielt nicht nur bei den gecasteten Boygroups eine große Rolle. Gut aussehende Sänger und Gitarristen sind auch im Rockbereich immer ein zusätzlicher Anreiz, wenn es darum geht, die Aufmerksamkeit des Publikums und der Medien zu gewinnen.

Diskret schiele ich zu ihm rüber. Im Sonnenlicht fällt mir zum ersten Mal auf, dass sein glänzendes Haar nicht schwarz ist wie meins, sondern dunkelbraun. Myles lächelt mir zu.

„Danke, dass du so locker damit umgehst, was ich beruflich mache", sagt er plötzlich.

„Meinst du deine Band und eure plötzliche Berühmtheit?", frage ich vorsichtig.

„Klar. Du musst es mir nicht sagen, aber ich gehe davon aus, dass du mich gegoogelt hast. Oder dein Bruder hat dir erzählt, wer ich bin."

„Also ... Ben hat dich genauso wenig erkannt wie ich und ja, ich habe dich gegoogelt", gebe ich verlegen zu und erröte.

„Kein Problem. Ich finde es einfach cool, dass du daraus kein großes Ding machst oder mich wie einen Promi behandelst. Du weißt schon, was ich meine.“

„Keine Angst. Ich werde mich ganz bestimmt nicht als ein kreischendes Groupie entpuppen. Als ich dich getroffen habe, kannte ich nämlich nur einen Song von euch und kann mich daher nicht als Fan bezeichnen. Aber das kann noch kommen“, erwidere ich ernst.

„Das ist doch gut“, antwortet Myles mit einer Mischung aus Erleichterung und Staunen über meine aufrichtige Antwort. „Du musst nicht auf meine Band stehen. Du sollst mich, Myles, kennenlernen und mit mir als Privatperson klarkommen. Alles andere ist irrelevant.“

„So sehe ich das auch“, entgegne ich locker.

„Weißt du, ich will nicht, dass ein Fan für mich arbeitet. Und noch weniger will ich, dass die Frau, die mein Interesse geweckt hat, bloß mit mir rummacht und mit mir essen geht, weil ich in dieser Band spiele. Seit wir auf dem Weg sind, auch weltweit berühmt zu werden, törnt mich der Gedanke ziemlich ab, dass viele Frauen nur deswegen was mit mir zu tun haben wollen. Es ist mir sogar unangenehm.“

„Myles, du kannst diesbezüglich wirklich beruhigt sein“, versichere ich ihm. „Ich habe den Job als Lunas Hundesitterin angenommen, als ich noch keinen blassen Schimmer hatte, wer du bist. Und für unsere, unsere ... wie soll ich es sagen ... Knutscherei gilt dasselbe. Ich habe mit dir rumgemacht, weil du mir gefällst und nicht, weil du ein ziemlich berühmter Rockstar mit vielversprechender Zukunft bist. Und ich habe Hunger und mag Sushi, daher freue ich mich auf das Essen mit dir", sage ich und lächle ihm zu. Ich hoffe, dass ich überzeugend klinge. Myles hat mir vom ersten Augenblick an gefallen, und ich würde mit ihm knutschen, auch wenn er nur ein unbedeutender Roadie wäre.

„Das freut mich zu hören, Noemi. Eine große Bitte habe ich aber trotzdem." Der Blick aus Myles' tiefgründigen Augen ruht ernst auf mir und er spannt sich leicht an. „Trotz der Anweisung meines Managers will ich von dir nicht verlangen, dass du eine Geheimhaltungsvereinbarung unterschreibst. Ich vertraue dir auch so und verlasse mich darauf, dass du den Einblick in mein privates Leben diskret behandeln wirst."

„Aber selbstverständlich! Du kannst dich völlig auf mich verlassen, ich gebe dir mein Wort, ich werde schweigen. Und danke für dein Vertrauen!" Zur Bestätigung strecke ich ihm eine Hand entgegen und Myles schlägt ein. Wir schütteln uns die Hände und ich spüre, dass er sich wieder entspannt.

„Ich habe zu danken! Es freut mich, dass wir das auch noch geklärt haben", sagt er immer noch ernst blickend, bevor er meine Hand wieder loslässt.

Ich kann mir gut vorstellen, wie wichtig es für ihn ist, dass er sich auf mich und meine Diskretion verlassen kann. Die Tatsache, dass er mir einfach so vertraut, ohne einen Vertrag, erfüllt mich mit Stolz und stiller Freude.

„Ich werde mich aber trotzdem freuen, wenn du unsere Musik einigermaßen gut finden würdest", sagt er dann und grinst frech.

„Diese Option ist durchaus vorstellbar", erwidere ich schmunzelnd.

Nach wenigen Schritten erreichen wir den Helmholzplatz. Ich weiß nicht, wie die blühenden Büsche am
Rande des Parks heißen, doch ihr Duft zwingt buchstäblich dazu, tiefer und bewusster einzuatmen. Wir
beide schnuppern genüsslich, als wir an ihnen vorbei-
laufen, und schauen uns lächelnd an.

„In diesem Sandkasten bin ich quasi aufgewachsen."
Myles zeigt mit dem Kopf nach links, zu dem Spielplatz,
der um diese Zeit noch voller geworden ist.

„Echt? Du wohnst schon so lange hier? Ich dachte, du
bist erst vor Kurzem hergezogen", wundere ich mich.
„Wegen der Kisten in der Wohnung und der wenigen
Möbel", füge ich hinzu.

„Die Wohnung meiner Eltern, wo ich groß geworden
bin, befindet sich in der Stargarder Straße", erklärt er
mir. „Nach dem Abi bin ich nach Kreuzberg in eine WG
gezogen und dann nach Wedding, zusammen mit meiner Ex. Erst vor wenigen Monaten bin ich zurück nach
Prenzelberg gezogen. Jetzt kann ich mir die Miete hier
endlich leisten." Myles lächelt breit. „Einer der Vorteile,
wenn die Band, in der du spielst, einen Plattenvertrag
bekommt. Ich mag diesen Kiez sehr. Dazu kommt, dass
viele meiner Freunde hier wohnen. Und es ist auch
praktisch wegen meiner Eltern. Mein Vater ist ernsthaft erkrankt und Mama freut sich natürlich, wenn ich
öfter vorbeisehe und einfach da bin, wenn sie mich
brauchen."

Dieses Geständnis finde ich irgendwie rührend. Er
scheint Familiensinn zu haben, was ich zusätzlich sympathisch finde.

„Wo wohnst du eigentlich?“, fragt er mich und setzt die Sonnenbrille wieder ab, als wir in eine schattige Straße einbiegen.

„In einer WG in Friedrichshain, Samariterkietz“, antworte ich.

„Bist du in Berlin aufgewachsen?“

„Nein“. Ich zögere etwas mit der Antwort und Myles sieht mich herausfordernd an.

„Meine Familie stammt aus dem Spreewald. Aus dem Lübben genauer gesagt“, erkläre ich und es ist mir irgendwie unangenehm, als ob ich mich für meine Herkunft schämen müsste. Ich bin halt ein Kind aus der tiefsten Provinz, und so mancher geborene Berliner hat mich schon belustigt oder sogar überheblich gemustert, als ich erzählt habe, woher ich komme.

„Spreewald ist doch ein schönes Fleckchen Erde“, sagt Myles, vielleicht bemerkt er meine Verlegenheit. „Etwas gottvergessen und in der Zeit zurückversetzt, jedoch idyllisch“, ergänzt er charmant und aufmunternd. „Ich habe dort als Kind einige Male meine Sommerferien verbracht, zusammen mit meinen Großeltern.“

„Ja, es ist schön dort. Wenn du ein Kind oder ein Rentner bist. Aber für alle Altersgruppen dazwischen ist es ein bisschen wie im Exil“, versuche ich zu scherzen.

„Das glaube ich gerne“, lacht er und mustert mich aufmerksam. „Fühlst du dich hier in Berlin wohler?“

„Auf jeden Fall. Es ist einfach eine andere Welt, die so viele verschiedene Möglichkeiten bietet. Natürlich vermisse ich meine Familie manchmal, aber Spreewald ist ja nicht weit und ich kann öfter hinfahren. Daher ist es für mich ideal, hier zu leben. Auch nach dem Studium habe ich nicht vor, zurückzukehren.“

„Was studierst du eigentlich?“

„Kunstgeschichte und Slawistik“, erkläre ich ihm.

„Das klingt … interessant!“ Seine Augenbrauen wandern nach oben. „Kunstgeschichte kann ich verstehen, aber wieso gerade Slawistik?“

„Ich habe slawische Wurzeln“, antworte ich. „Meine Großmutter mütterlicherseits ist eine Sorbin und mein Vater ist halb Russe. Seine Mutter stammt aus Petersburg. Sie war eine bekannte Balletttänzerin, und als sie bei einem Gastspiel in Westberlin meinen Opa getroffen hat, wollte sie nicht mehr zurück in ihre Heimat. Es war trotz der schwierigen und komplizierten Situation Liebe auf den ersten Blick, und sie sind immer noch glücklich miteinander.“

„Cool, was für eine dramatische Liebesgeschichte. Daher also dein leicht exotisches Aussehen.“ Myles blickt mich fasziniert an.

„Ich werde öfter gefragt, ob ich südländischer Herkunft bin.“

„Weil du schwarzes Haar hast?“

„Keine Ahnung. Wahrscheinlich.“ Ich zucke mit den Schultern.

„By the way, ist dein Haar gefärbt oder von Natur aus so dunkel?“, erkundigt sich Myles und berührt sanft meine lange Mähne.

„Ich habe mein schwarzes Haar von der Oma geerbt, genauso wie ihre Augenfarbe. Meine Eltern sind aber beide dunkelblond.“

„Ich stehe auf hübsche, schwarzhaarige Frauen.“ Myles schenkt mir einen bewundernden Blick und seine Augen glänzen dabei. „So, da wären wir auch schon.“

Wir bleiben vor dem kleinen und unauffälligen Sushi-Restaurant stehen, das außerdem türkische Spezialitäten bietet. Weil draußen alles voll ist, setzen wir uns an den Tisch am Fenster und bestellen zwei Teller mit verschiedenen Sushisorten und ich genehmige mir noch Baklava als Nachtisch.

„Wann geht ihr denn auf Tour?", frage ich ihn ganz direkt, als wir mit Cola anstoßen.

„Schon im Sommer." Myles blickt mich bedeutungsvoll an, greift nach meiner Hand und hält sie eine Weile fest. Seine Augen hypnotisieren mich geradezu mit ihrer Tiefe und Intensität. Mein Herzschlag beschleunigt sich, und nur mit Mühe halte ich Myles' Blick stand. Das heißt, wir werden nicht viel Zeit haben. Handelt er deswegen so schnell und impulsiv, weil er die Zeit nutzen will, so lange er noch in Berlin ist? Er will doch auch, dass wir …

Die Bedienung unterbricht den aufregenden Augenblick und serviert unsere Bestellung. Myles lässt mich rasch los und wir widmen uns dem Essen. Wir schweigen eine Weile und kommentieren nur kurz die leckeren Sushiröllchen. Ich bin schon bald satt. Wahrscheinlich bin ich zu aufgeregt, um mir den Magen vollzuschlagen, und lasse die Hälfte liegen.

„Schmeckt's dir nicht?", wundert sich Myles, als ich den Teller wegschiebe.

„Doch! Es schmeckt super lecker, nur ich kann nicht mehr", erkläre ich ihm.

„Darf ich?" Er zeigt auf meinen Teller, und ehe ich antworten kann, greift er nach meinen übrig gelassenen Makis.

„Klar. Wenn es dich nicht stört, von meinem Teller zu essen?“ Ich lächle leicht verlegen.

„Nö, nicht im Geringsten.“ Myles lächelt verschmitzt mit vollem Mund. Er ist so süß. Nicht nur schön und sexy, sondern auch wirklich süß. Vorsichtig beiße ich von der Baklava ab, die nur so vor Fett und Zucker trieft.

„Lass mir davon auch was übrig, ich möchte es probieren“, sagt er immer noch lächelnd und verschlingt das letzte Sushiröllchen.

„Bitte sehr, bedien dich.“ Ich schiebe die Schale mit der Süßigkeit zu ihm rüber. Er beißt davon ab und leckt sich den süßen Saft von den Fingern. *Das hätte ich gerne getan.*

„Mmh, echt lecker! Das habe ich schon sehr lange nicht mehr gegessen.“ Myles schmatzt genüsslich und führt das restliche Stück zu meinem Mund. „Das hier ist noch für dich“, murmelt er, und ich öffne die Lippen. Dabei spüre ich seine Fingerspitzen, und unwillkürlich berühre ich sie für einen Augenblick mit der Zunge.

Myles' Augen flackern auf und werden anschließend noch dunkler.

Ich will ihn. Am liebsten noch heute Abend. Zum Teufel mit diesen dummen Spielregeln, wie *gevögelt wird erst nach dem dritten Date!* Warum sollte ich ihm was vormachen und mich zurückhalten, nur damit er denkt, ich bin nicht so schnell zu haben? Uns bleibt eh nicht viel Zeit für solche Spielchen. Myles unterbricht meine Gedanken und beugt sich über den kleinen Tisch zu mir. Sein Mund nähert sich meinem Gesicht und ich küsse ihn. Unsere Lippen und Zungen schmecken zuckersüß nach der Baklava und wir kosten uns gegenseitig ausgiebig. Myles küsst mich auf einmal so begierig, als ob er mich wie eine köstliche Süßigkeit vernaschen möchte. Seine forschende Zunge dringt tief in meinen Mund und liefert sich zusammen mit meiner einen leidenschaftlichen Dialog. Nur mit Mühe unterdrücke ich mein Aufstöhnen. Die Muskeln tief in meinem Bauch ziehen sich immer wieder lustvoll zusammen und ich spüre, wie mein Schoß augenblicklich überflutet wird. Ich erwidere die Küsse mit gleicher Intensität, bis er sich irgendwann zurückzieht und ich völlig außer Atem wieder die Augen öffne.

„Noemi, ich denke, wir sollen jetzt lieber gehen“, schlägt er leise und mit verschleiertem Blick vor. Ich wette, er ist schon ganz hart. Mein Höschen ist jedenfalls völlig feucht und meine erregten Brustwarzen zeichnen sich deutlich unter meinen Klamotten ab.

„Ja, das denke ich auch“, stimme ich ihm zu und versuche, ungerührt auszusehen.

Wow, das war ziemlich geil und unbeherrscht! Wir sitzen zwar alleine in der Ecke, doch der Ladenbesitzer an der Theke konnte uns die ganze Zeit beobachten. Vielleicht hat er es tatsächlich getan. Oder bilde ich mir nur ein, dass er irgendwie irritiert zu uns herübersieht? Jedenfalls fühle ich mich ziemlich unwohl, mein Verlangen nach Myles in der Öffentlichkeit so zur Schau zu stellen. Wir stehen auf und er legt das Geld auf den Teller mit der Rechnung. Eilig verlassen wir das Restaurant und laufen eine Weile schweigend zum Helmholzplatz zurück.

„Noemi, ich will dir was sagen“, meldet sich Myles als Erster und bleibt stehen.

Der Wind weht ihm die Haare ins Gesicht. Er schiebt sie mit der Geste, die seinen beeindruckenden Bizeps immer so schön in Szene setzt, nach hinten. Ich finde diesen Mann einfach unwiderstehlich und hänge an seinen verführerischen Lippen, während ich auf seine Worte warte.

„Ich mag dich sehr. Du hast mir von Anfang an gefallen, und wenn ich deine Körpersprache nicht völlig falsch deute, habe ich das Gefühl, ich bin dir auch nicht gerade gleichgültig." Myles lächelt bei seinen Worten und legt seinen Kopf schief. Die langen Haarsträhnen fallen ihm dabei wieder in die Augen, was ihn gleichzeitig sexy und jungenhaft wirken lässt.

„Ja, das stimmt, ich mag dich auch", antworte ich ehrlich. Nach allen Regeln der Verführungskunst und des Anstands sollte ich jetzt zurückhaltend sein und mein Interesse an ihm verbergen, um ihn zappeln zu lassen. Aber ich pfeife auf solche Spielchen! Ich will ihn doch genau so, wie er mich will. Oder sogar noch mehr!

„Das freut mich", sagt Myles und greift nach mir. Er umarmt mich und zieht mich fest an sich. Verhalten murmelt er: „Ich möchte gerne mit dir schlafen, das gebe ich ganz klar zu. Doch ich kann dir im Augenblick nicht mehr bieten als das, wenn du verstehst, was ich meine."

Ich atme den Duft seiner Haut ein, der mit dem Ledergeruch seiner Jacke eine fast animalisch-erotische Kombination bildet, und versuche klar zu denken. Was schwierig ist, wenn mein ganzer Körper von prickelnder, lustvoller Erwartung bebt und ich das heiße Begehren in Myles' Stimme höre.

„Hast du etwa eine Freundin?", höre ich mich fragen. Zum Glück ist mein Gesicht an seiner Schulter versteckt und mein Atem stockt für einen Augenblick.

„Nein, ich bin solo. Aber ich hatte eine Freundin, und die hat mir das Herz gebrochen. Deswegen bin ich vorsichtig und lasse mich nicht so schnell auf jemanden ein. Wenn du das so nicht willst oder kannst, verstehe ich das und werde deine Entscheidung respektieren. Es ist nur so – ich kann dir nicht mehr als eine unverbindliche erotische Beziehung anbieten. Auch wegen meines Jobs. Ich habe einfach keine Zeit für eine feste Freundin. Ich will dich sehr, doch ich will dir nichts vormachen, deshalb rede ich ganz offen mit dir. Es liegt an dir, ob wir jetzt gemeinsam zu mir gehen ... oder wir verabschieden uns und sehen uns morgen, wenn du wieder zu Luna kommst, und ich verspreche dir, ich werde dich nie mehr anfassen."

Myles hält mich weiter in seinen Armen und meine Gedanken rasen. Er will also mit mir schlafen, doch er will keine Beziehung. Aber das war doch klar! Auch unabhängig von der Geschichte über seine Ex-Freundin. Er hat so gut wie keine Zeit, und bald verschwindet er auf die Tournee. Alles, was ich von ihm bekommen kann, ist eine zeitweilige, aber bestimmt höchst aufregende Affäre, die mich meinen untreuen Ex endgültig vergessen lassen wird. Da gibt's nicht viel zu überlegen.

Ich sehe ihn an und berühre zärtlich sein vom Wind zerzaustes Haar. „Wir gehen zu dir", hauche ich mit klopfendem Herzen.

Myles küsst mich sanft und entlässt mich wortlos aus seiner Umarmung. Er nimmt meine Hand und hält sie fest, während wir weiterlaufen. Wir spazieren wieder am Park vorbei und lassen uns erneut von dem Duft der weißen Büsche betören. Die Sonne hat sich mittlerweile verabschiedet, und im Schatten wird es allmählich kühler. Ich erzittere, nicht so sehr wegen des frischen Windes, sondern vielmehr vor Aufregung. In wenigen Minuten werde ich mit diesem schönen, faszinierenden Mann schlafen, der meinen Hormonhaushalt mächtig durcheinanderbringt. Und nicht nur das! Dieser Mann wird schon bald in vielen Ländern von unzähligen Mädchen angehimmelt und heiß begehrt sein! Ist das nicht eine Nummer zu groß für mich?

„Ist dir kalt? Willst du meine Jacke haben?", fragt Myles, als er mein Zittern bemerkt.

„Danke, ich habe selbst eine dabei", antworte ich und ziehe meine Strickjacke aus der Tasche. Myles hilft mir, sie überzuziehen, auf eine natürliche und fürsorgliche Art, die ich sehr zu schätzen weiß.

„Ich denke, wir müssen noch kurz mit Luna Gassi gehen", meint Myles, als er vor der Eingangstür die Schlüssel aus der Tasche holt.

„Das denke ich auch", stimme ich ihm zu. „Dann hol sie und ich warte hier draußen auf euch."

„Mach ich. Bis gleich." Schon verschwindet er im dunklen Flur, und die Tür fällt laut hinter ihm zu. Ich zucke zusammen und merke, wie angespannt ich bin. Ich versuche mich zu sammeln und bekomme fast Angst vor Aufregung, die immer stärker in mir aufsteigt. Mein ganzer Körper sehnt sich nach Myles' Berührung, und die verheißungsvollen Bilder, die vor meinem geistigen Auge langsam verrücktspielen, verraten mir, wie ausgehungert ich bin. Aber wäre es nicht vernünftiger, ich haue ab und erspare mir Komplikationen und Kummer, die mit Beziehungen jeglicher Art verbunden sind?

Noch bevor ich es mir anders überlegen kann, geht die Tür wieder auf und Myles erscheint mit Luna an der Leine. Sie springt mich freudig an, als sie mich entdeckt, und wir überqueren gemeinsam die Straße, wo sie gleich neben dem Glascontainer Pipi macht.

„Na, das ging aber schnell, anscheinend sind wir gerade noch rechtzeitig gekommen." Myles lobt kurz Luna, dass sie so brav auf ihn gewartet hat. Wir drehen gleich wieder um.

Im Fahrstuhl beugt sich Myles mit einem verlockenden Kuss zu mir. „Ich kann's kaum erwarten ... bin ziemlich aufgeregt", flüstert er mir zu. Damit überrascht er mich total. Ich habe nicht erwartet, dass so ein heißer Typ wie er auch aufgeregt ist, bevor er mit einer Frau im Bett landet! Doch sein offenherziges Geständnis gefällt und schmeichelt mir.

„Und ich erst", gebe ich leise und mit gesenktem Blick zu, als wir aussteigen. Myles greift darauf nach meiner Hand und drückt sie beruhigend, während er mit der anderen seine Wohnung aufschließt. Er befreit Luna von ihrem Halsband und schickt sie in ihr Körbchen. Ganz brav hört sie auf ihn und macht es sich sofort auf ihrem Schlafplatz gemütlich.

„Wir werden die Tür schließen müssen, sie kommt nämlich nachts gerne zu mir ins Bett." Er lächelt auf seine süße, bezaubernde Art und zieht seine Jacke und Stiefel aus.

„Das kann ich ihr nicht übel nehmen. Welche junge Dame würde nicht gerne zu dir ins Bett steigen?", entgegne ich und sehe ihn bedeutungsvoll an.

Das Prickeln zwischen uns verdichtet sich zu einem unsichtbaren Magnetband, das uns immer gewaltiger zueinander zieht. Ich kann mich nicht erinnern, wann ich mich zuletzt so stark zu einem Mann hingezogen gefühlt habe. Nicht mal Paul hat das geschafft. Obwohl er als angehender Schauspieler sehr wohl wusste, welche Register er ziehen muss, um einer Frau den Kopf zu verdrehen. Myles muss gar nichts tun. Es reicht schon, ihn bloß anzusehen, dem leicht heiseren Timbre seiner Baritonstimme zuzuhören und sich in den Tiefen seiner ausdruckstarken Blicke zu verlieren.

„Magst du noch was trinken? Ein Glas Wein? Oder Bier?" Er nähert sich mir mit glänzenden Augen, und seine Stimme klingt noch eine Nuance dunkler, noch verführerischer.

„Einen Schluck Bier vielleicht, aber nicht die ganze Flasche", antworte ich leise und merke, wie trocken sich meine Kehle anfühlt. Diesmal fallen wir nicht gleich gedankenlos übereinander her, denn wir beide ahnen, dass das, was wir vorhaben, einiges ändern wird.

„Gut, dann teilen wir uns eine Flasche". Myles streicht mir mein Haar aus dem Gesicht und küsst mich verlockend auf den Hals. Die sinnliche Berührung seiner Lippen löst ein heißes Ziehen in meinem Unterbauch aus. Ich atme tief durch und lege meine Jacke ab. Myles tritt einen Schritt zurück und beobachtet mich dabei. Ich sehe, wie er aufmerksam meine absichtlich langsamen Bewegungen verfolgt und besonders meine Rundungen betrachtet. Wie ich diese Blicke genieße! Ich hänge die Jacke auf und Myles nimmt meine Hand. Er führt mich ins Wohnzimmer, wo er mich vor der Couch loslässt, um aus der Küche eine Flasche Bier zu holen. Mein Magen spielt verrückt vor Aufregung und ich setze mich lieber, bevor ich zu weiche Knie bekomme.

Myles kommt mit seinem lässigen, selbstbewussten Gang zurück und bleibt vor mir stehen. Meine Augen befinden sich in der Höhe seines Schrittes, und ich bemühe mich, den Blick abzuwenden und zu ihm aufzusehen. Ich würde am liebsten sofort nach ihm greifen, sein T-Shirt hochziehen und meinen Mund auf seine Bauchmuskeln pressen, die sich so sexy unter dem dünnen Stoff abzeichnen. Ich möchte seine Haut schmecken, mit meiner Zunge genüsslich über sein Sixpack gleiten und mich an seiner männlichen Schönheit laben.

Bevor ich das tun kann, bietet mir Myles die Flasche an. Er setzt sich zu mir und ich hoffe, er bemerkt nicht, wie sehr meine Hand zittert. Ich trinke mit langen, durstigen Schlucken, das Sushi war ziemlich salzig. Als ich ihm die Flasche reiche, berühren sich unsere Finger kurz, und schon wieder durchfährt mich ein kleiner, heißer Blitz. Myles trinkt nur einen, aber dafür großen Schluck. Er lässt mich dabei nicht aus den Augen. Ich versinke tiefer in der weichen Couch und versuche, mich zu entspannen. Mein Herz klopft laut vor Aufregung, als Myles die Flasche auf dem Tisch abstellt und sich über mich beugt.

„Magst du vielleicht das Licht ausmachen?", bitte ich ihn ein wenig schüchtern, als der missmutige innere

Zensor sich gleich meldet. Die Lampe über uns ist nämlich sehr hell ...

„Nein, dann sehe ich dich doch nicht." Myles schüttelt energisch den Kopf und lächelt verlockend. Okay, das ist eine klare Aussage, und ich kann ihm nicht widersprechen. Er fasst mich am Nacken, und unsere Lippen vereinen sich zärtlich und verlangend zugleich. Es ist offensichtlich, dass wir beide unsere brennende Leidenschaft nicht länger zurückhalten wollen. Wir küssen uns so sehnsuchtsvoll und heftig, als ob das Bestehen unserer Existenz von diesen Küssen abhängig wäre. Myles' fordernde Zunge macht mich rasend vor Begehren, und ich stöhne immer wieder leise auf, während ich sie schmecke. Er zieht mich dabei noch näher zu sich. Intuitiv folge ich seiner stummen Aufforderung und setze mich rittlings auf seinen Schoß. Mit beiden Händen packt er meinen Hintern, und ich spüre die harte Ausbuchtung in seiner Hose, die den Kontakt mit meinem Schritt sucht. Keuchend löse ich mich von seinem Mund und hole tief Luft, schon ganz außer Atem. Mein Becken bewegt sich von alleine lasziv vor und zurück, und trotz der doppelten Schicht Stoff zwischen uns spüre ich ihn so intensiv, dass ich mir auf die Lippe beißen muss, um nicht laut aufzustöhnen. Myles schaut zu mir herauf, mit Augen, die vor Lust und Leidenschaft regelrecht glühen.

Wenn er nur wüsste, wie sehr es mich anmacht, sein Begehren zu spüren! Ich neige mich noch näher zu ihm, und er vergräbt sofort sein Gesicht an meiner Brust. Sein heißer Atem brennt durch den leichten Chiffonstoff wie Feuer auf meiner Haut. Ich spüre, wie sich meine Brustwarzen noch mehr aufrichten, als sein

Mund sie erreicht und er sie das erste Mal mit der Zunge ertastet. Doch das reicht uns beiden nicht. Als ich einladend die Arme hebe, greift er hastig nach meiner Tunika und zieht sie mir aus. Ich trage einen schwarzen, spitzenbesetzten BH, der mein üppiges Dekolleté zu einem Blickfang macht. Myles befeuchtet lasziv seine Lippen und verliert keine Zeit. Geschickt öffnet er den BH-Verschluss und streift die Träger langsam von meinen Schultern. Er entblößt meine Brüste mit einem bewundernden Blick, der mir den Atem verschlägt, und lehnt sich zurück, um mich besser betrachten zu können. Noch kein Mann vor ihm hat mich auf diese Art betrachtet, fast andächtig, als ob ich eine Göttin wäre.

„Ich habe geahnt, dass sie wunderschön sind", murmelt er heiser, als er meine Brüste in die Hände nimmt und etwas anhebt. Mein Atem stockt, während sein Gesicht sich mir langsam nähert. Noch einen kurzen, quälenden Augenblick, und seine heißen Lippen umschließen eine Brustwarze samt Vorhof. Ich stöhne ungehemmt auf, und die Liebesmuskeln in meinem Innersten ziehen sich noch stärker zusammen. Myles liebkost mich zärtlich und heftig zugleich. Er gleitet mit der Zunge über die harten Knospen und saugt daran, bis ich immer wieder aufstöhne. Seine Liebkosungen machen mich wahnsinnig vor Verlangen. Das Brennen und das Pochen zwischen meinen Beinen werden fast unerträglich, und ich sehne mich nach noch stärkeren Reizen. Nach seinen Fingern, die meine mittlerweile dick angeschwollene Lustperle berühren. Nach seinem Schwanz, der mich ausfüllt und mir die Erlösung schenkt ...

Sein T-Shirt stört mich und ich will es ihm ausziehen. Myles hebt seine Arme an und ich nehme seinen sehr dezenten Körpergeruch wahr. Es gefällt mir auf Anhieb, wie er riecht. Ein Mann kann mich mit seinem Schweißgeruch sofort in die Flucht treiben oder er betört mich mit seinen Pheromonen. Das passiert äußerst selten, und ich habe gehofft, dass es bei Myles der Fall sein wird. Umso glücklicher berühre ich seine harten, breiten Schultern und gleite mit meinen Händen über seine tätowierten Oberarme. Seine Muskeln sind fest und schön definiert. Einige dunkle Härchen um seine Brustwarzen und in der Mitte der Brust betonen seine männliche Ausstrahlung.

Was für ein schöner Mann er ist! Während ich ihn noch stürmischer küsse, öffnet er meine Jeans. *Endlich!*

„Steh kurz auf", befiehlt er mir und hilft mir auf die Beine. Mir ist schwindlig vor Lust. Myles küsst meinen Bauch und zieht mir dabei die Hose aus. Die Art, wie er mich liebkost, gibt mir ein befreiendes Gefühl. Ganz offensichtlich mag er meinen Körper, so wie er ist, mit all seinen Rundungen und Unvollkommenheiten. Und das ist verdammt heiß! Bebend vor Erregung bleibe ich nur in meinem durchsichtigen schwarzen Höschen zwischen seinen Knien stehen. Myles liebkost mit der Zunge meinen Bauchnabel und zieht dabei sanft mein Höschen herunter. Seine Überraschung, als er meinen behaarten Venushügel erreicht, ist unübersehbar. Ich mag keine Komplettrasur, schließlich will ich wie eine erwachsene Frau aussehen und nicht wie ein kleines Mädchen oder eine Pornodarstellerin. Ich rasiere nur die Haare auf den Venuslippen, aber das dunkle Trigon, das für mich ein Symbol der Weiblichkeit ist, bleibt erhalten, nur hübsch getrimmt. Ich zittere am ganzen Körper, als seine Hände meine nackten Pobacken festhalten und sein Mund auf meinem Bauch tiefer gleitet.

„Wow, dass es tatsächlich noch Frauen gibt, die sich nicht komplett rasieren, hätte ich nicht gedacht. Du faszinierst mich nur noch mehr", murmelt Myles und schaut mit seinen Glutaugen zu mir herauf.

„Ist es okay für dich?", frage ich doch etwas unsicher.

„Mehr als okay …", flüstert er angetörnt, mit seiner Nase in meinen Härchen und meinen Geruch einatmend. Langsam spreizt er mir die Beine. Vor Erwartung zum Zerbersten angespannt, spüre ich seine forsche Zunge, die sich zwischen meinen weichen Falten den Weg sucht und meine Feuchtigkeit kostet. Ich halte seinen Kopf fest und stöhne unkontrolliert auf, als er meine Lustknospe erreicht und sie mit der Zungenspitze ganz zart umspielt. Dabei zerfließe ich noch mehr und meine Beine können mich kaum noch halten.

„Du bist so heiß, Noemi. Du machst mich wahnsinnig an", sagt Myles heiser und erhebt sich. Er drückt mich sanft auf die Couch und kniet sich zwischen meine weit gespreizten Schenkel. Mein ganzer Körper pocht vor entflammter Lust, die mich in immer heißeren Wellen umspült und überwältigt. Vergeblich versuche ich, mich etwas zu beruhigen, langsamer zu atmen. So furchtbar aufgeregt war ich noch bei keinem Mann, und das macht mich noch unsicherer. Myles scheint das zu spüren und streichelt zärtlich und sanft über meine überflutete, angeschwollene Spalte, um mich zu beschwichtigen.

„So feucht ... das ist so geil", murmelt er und küsst nochmal lasziv meine Brustspitzen, eher er sich tiefer beugt und sein Kopf zwischen meinen Schenkeln verschwindet.

Ein heiserer Lustschrei entweicht meiner Kehle, als seine Zunge diesmal mit mehr Druck genießerisch über meine Venuslippen fährt und sie teilt. Er liebkost mich ohne Eile, als ob er mich in aller Ruhe kosten und schmecken möchte. Erst als ich ihm unwillkürlich mein Becken entgegenwölbe, beschleunigt er sein Tempo etwas. Mit einer Hand greift er nach meiner Brust und spielt mit der angeschwollenen Brustwarze, um meinen Genuss noch zu verstärken. Sanft zupft er an ihr und drückt sie behutsam mit seinen sensiblen Fingerspitzen. Er weiß verdammt gut, wie er mit einem weiblichen Körper umgehen muss. Entweder ist er ein sehr erfahrener oder ein besonders begabter Liebhaber.

Wahrscheinlich beides.

Die ganze Zeit stöhne ich leise, unfähig, mich still meinen Empfindungen hinzugeben. Das, was Myles gerade mit mir anstellt, ist ein himmlischer Genuss, den ich noch nie so intensiv und beglückend erfahren habe. Er sieht zu mir auf, und die Glut in seinen Augen macht mich wahnsinnig an. Es ist so offensichtlich, dass er es genießt, mich zu lecken und zu schmecken, und das nimmt mir die letzten Hemmungen und Unsicherheiten. Ohne die kleinste Spur von Scham oder Verlegenheit will ich mehr von ihm, ich will seine Berührungen überall spüren, auch tief in mir ...

„Deine Finger ... nimm bitte noch die Finger", verlange ich mit vor Lust belegter Stimme, und Myles erfüllt mir den Wunsch sofort. Aufgelöst spüre ich, wie er mit zwei

Fingern in mich eindringt, geschickt und forschend. Neue, noch heißere Wellen der Lust überfluten mich augenblicklich, ich höre mich noch lauter aufstöhnen.

Die heißen Empfindungen steigern sich rascher, immer heftiger, sie werden fast unerträglich. Myles' Zunge auf meiner Lustperle, seine Finger tief in mir und seine andere Hand auf meiner Brust bringen mich langsam an den Punkt, wo mein Verstand von alleine runterfährt und ich völlig frei werde. Ich kralle mich fest in das kalte Leder der Couch und spanne meine Beckenbodenmuskeln noch stärker an. Es ist so weit ... Eine weitere Steigerung der lustvollen Anspannung in meinem Körper ist nicht möglich, ich muss loslassen, um nicht zu zerbersten, ich will mich in diesen ekstatischen Empfindungen verlieren und die Kontrolle über mich aufgeben.

Die erlösenden Kontraktionen in meinem Unterleib bringen mich zum Schreien und ich gebe mich dem überwältigenden Orgasmus völlig hin. Das heiß-süße Pulsieren in mir dauert ein gefühltes Millennium. Losgelöst und mit geschlossenen Augen schwimme ich in dem rauschenden Ozean der Ekstase, und mein Schrei wird allmählich zu einem Wimmern.

Myles' Mund und Hände lassen mich los, und ich höre das typische Reißen einer Kondompackung. Noch völlig außer mir öffne ich die Augen und beobachte, wie er eilig seine Hose herunterzieht und das Kondom auf seinem aufgerichteten Schwanz abrollt.

„Du bist der Wahnsinn", flüstert er mir angetörnt zu, als er sich zu mir beugt und mich begierig küsst. Sein Kinn ist noch ganz feucht und glänzend von meinen salzig-süßen Liebessäften, die ich nun auch auf meinen Lippen und der Zunge schmecke.

„Oh ja, komm jetzt zu mir, ich will dich in mir spüren", verlange ich und spreize meine Schenkel noch einladender, noch schamloser.

„Nichts lieber als das", murmelt er mit vor Lust rauer Stimme und führt kniend seinen Schwanz an meine Spalte. Mit einem kräftigen Stoß dringt er in mich ein und entlockt mir einen neuen Lustschrei. Gott, wie gut er sich anfühlt! Er dehnt und weitet mich genüsslich, füllt mich gänzlich aus, und mit jedem neuen Stoß taucht er noch tiefer in mich ein. Wir schauen uns dabei in die Augen, so nah, so verbunden. Myles küsst mich auf meine geöffneten Lippen und stöhnt in meinem Mund auf, während er mir ein paar heftigere Stöße versetzt.

„Oh ja, das ist gut, mach weiter so", sporne ich ihn laut an. Meine Reaktion beflügelt ihn und er nimmt mich hart und heftig. Er bohrt sich bis zum Anschlag in mich hinein, ohne mir dabei wehzutun. Wir scheinen wie geschaffen füreinander zu sein, sein Schwanz passt einfach perfekt! Myles hält mich an den Hüften fest und sieht hemmungslos zwischen meine Beine. Er genießt den Anblick, und seine Bewegungen, die anfangs noch langsam und geschmeidig waren, werden rascher. Ich liebe es, wie er zusammen mit mir stöhnt, so sinnlich, so lasziv, so hemmungslos!

„Ich kann mich nicht zurückhalten ... es ist einfach zu geil, dich zu ficken", sagt er mit verschleiertem Blick und stößt mich noch schneller, noch heftiger. Es gefällt mir, wenn er so versaut redet. Myles presst seinen

Mund auf meinen und erstickt auf diese Weise sein lautes Stöhnen, als er schließlich bebend und zuckend kommt und tief in mir versinkt. Sein Herz pumpt heftig und rasend, ich spüre deutlich sein hartes Pochen, als ich ihn umarme und an meine Brust ziehe. Er atmet angestrengt an meinem Ohr, und seine Arme, mit denen er sich am Ende auf die Couch gestützt hat, zittern leicht. Ich drehe mich auf die Seite und ziehe ihn mit mir. Er gleitet aus mir heraus und entfernt dabei das Kondom, ehe wir eng beieinander liegen bleiben.

Wir halten uns fest und warten schweigend, bis sich unsere Herzfrequenzen beruhigt haben und wir wieder normal atmen können. Myles streichelt mit der Hand über meinen Rücken und meinen Hintern und sein warmer Atem liebkost meine Stirn. Mein Haar ist völlig zerzaust und auch seine dichten Strähnen bilden einen bezaubernden After-Sex-Look. Sein Körper ist heiß und mit einer hauchdünnen, glänzenden Schweißschicht bedeckt. Er riecht jetzt noch besser, noch verlockender! Begeistert berühre ich seinen Hintern und überprüfe genießerisch die knackige Rundung seiner muskulösen Pobacken. Ein amüsiertes Lächeln huscht über sein Gesicht.

„Hey, was machst du da? Begrapschst du etwa meinen Arsch?“

„Ja, das tue ich. Du kannst deine Finger auch nicht von meinem Allerwertesten lassen“, antworte ich kichernd. Als Reaktion packt er mich fest an einer Pobacke.

„Das ist bei diesem sexy Hintern auch nicht besonders schwer nachzuvollziehen“, raunt er lüstern. „Es ist echt unmöglich zu sagen, ob deine Vorder- oder Hinterseite mich mehr verrückt macht", sagt er und greift mit der anderen Hand zärtlich nach meiner Brust. „Du bist die Verführung pur ... so üppig, so sinnlich, so leidenschaftlich", flüstert er und sucht meinen Mund. Diesmal küssen wir uns in aller Ruhe, und unsere Zungen spielen besänftigt und zärtlich miteinander.

„Ich warne dich – ich werde so eine klasse Frau wie dich nicht so schnell gehen lassen", murmelt er zwischen zwei Küssen. Seine Worte lösen ein warmes, seliges Gefühl in meiner Brust aus. Ein Gefühl, das ich schon ewig lange nicht mehr empfunden habe ...

„Auch ich habe es nicht eilig, auf einen so aufregenden Liebhaber zu verzichten", raune ich zurück und schmiege mich noch fester an ihn.

„Dann wissen wir jetzt beide, was wir demnächst *nicht* tun werden. Nämlich voneinander lassen. Nicht, so lange ich noch in Berlin bin." Myles küsst mich wieder, liebevoll und zärtlich, und schließt mich noch fester in seine Arme. „Das fühlt sich so verflucht gut an", murmelt er kaum hörbar mit seinen Lippen an meiner Stirn.

„Was meinst du damit?" Ich verstehe den Sinn seiner Worte nicht ganz.

„Na, du! Und das, was zwischen uns passiert ist." Seine Antwort schmeichelt nicht nur meinen Ohren, sie füllt mich auch mit diesem verrückt-glückseligen Gefühl, das ich eigentlich nur empfinde, wenn ich verliebt bin. Aber ich kenne Myles Flemming kaum! Obwohl ich gerade mit ihm geschlafen habe und er mir einen geilen Orgasmus beschert hat. Dafür, dass wir uns erst vor drei Tagen begegnet sind, reagiere ich ziemlich untypisch auf ihn.

„Ich finde es auch unglaublich schön mit dir", erwidere ich überwältigt von Zuneigung für Myles, die ich plötzlich ganz stark empfinde. „Und wie geht's jetzt weiter? Behältst du mich als deine Hundesitterin?", frage ich schnell, beunruhigt über meine Empfindungen.

„Warum sollte ich das nicht? Wenn dich dieses geschäftliche Detail nicht stört, sehe ich keinen Grund, dich Luna wegzunehmen."

„Nein, mich stört es keineswegs! Ich mag Luna schon viel zu sehr, um jetzt einen Rückzieher zu machen, nur weil wir zufällig miteinander im Bett gelandet sind", versuche ich, ganz sachlich zu klingen.

„So siehst du das also? Wir sind nur zufällig miteinander im Bett gelandet?" Myles zieht sich ein wenig zurück, um mir ins Gesicht schauen zu können. Ein kleines Lächeln umspielt erst seine schönen Lippen und erreicht dann auch seine Augen.

„Wie sollte ich es sonst nennen?", frage ich ernst.

„Ich kann nur für mich reden – das war ein sehr aufregender, vielversprechender Anfang, und ich würde mich freuen, wenn es keine einmalige Angelegenheit bleibt. Ich bin kein Mann für One-Night-Stands, nur dass du es weißt. Es wäre doch viel zu schade, wenn es bei diesem einem Mal bleiben würde. Dafür war der Sex viel zu geil." Er lächelt entwaffnend und küsst mich auf die Nasenspitze.

„Das freut mich. Ich bin nämlich auch keine Frau für One-Night-Stands, dafür bin ich mir zu schade. Schließlich bin ich keins von deinen Groupies. Ich kenne deine Musik nicht mal richtig“, sage ich scherzhaft.

„Aha. Das heißt, um uns selbst treu zu bleiben und uns gegenseitig nicht zu kränken, haben wir keine andere Wahl, als das hier öfter zu wiederholen, nicht wahr?“

„Ja, diese Option wäre durchaus akzeptabel.“ Ich nicke und blicke gespielt ernst.

„Okay, jetzt wo wir eine beidseitig zufriedenstellende Lösung gefunden haben, schlage ich vor, wir treffen uns morgen gegen zwanzig Uhr und wiederholen das Ganze. Einverstanden?“

Myles schaut mich erwartungsvoll an.

„Das könnte klappen. Ich bin zwar schon mittags hier, wegen Luna, aber ich komme später gerne noch mal privat vorbei.“ Liebevoll streichle ich ihm über die Wange und strahle.

„Darauf freue ich mich jetzt schon.“ Myles verbirgt sein Gesicht in meiner Brust. „Rein theoretisch könntest du aber auch bei mir übernachten, mein Bett ist groß genug. Dann müssten wir mit einer Wiederholung nicht so lange warten ...“

„Wir wollen nichts überstürzen, Myles Flemming. Wenn ich bei einem Mann übernachte, muss ich schon ziemlich sicher sein, dass ...“ Ich suche vergeblich nach einer passenden Erklärung.

„Ist schon klar, Noemi, ich versteh, was du meinst. Dann überlasse ich es dir, ob und wann du bei mir übernachten möchtest.“ Er küsst mich auf den Mund, ehe er sich mit dem Gesicht an meinen Brüsten einkuschelt.

„So würde ich gut einschlafen können", murmelt er und küsst meine nun weichen Brustwarzen.

„Bist du etwa müde?", frage ich überrascht. Es ist nicht mal zehn Uhr und er unterdrückt nur mühsam ein Gähnen.

„Ein bisschen. Die Proben sind ziemlich anstrengend und verlangen alles von mir. Dazu kommt, dass ich nachts nicht besonders gut schlafe, es gibt so vieles, was mir durch den Kopf geht. Kennst du das Gefühl, wenn du an einem Punkt im Leben stehst, wo dir plötzlich klar wird, bald ändert sich alles und nichts wird mehr wie früher sein?"

Es ist eine rhetorische Frage, daher antworte ich nicht darauf. Myles redet weiter: „An so einem Wendepunkt befinde ich mich jetzt. Als Mitglied einer Band, der alle eine verdammt große Karriere prophezeien, steuere ich direkt auf die Erfüllung meiner langjährigen Träume von Erfolg, Ruhm und Geld zu. Ich kriege eine Wahnsinnschance, um der ganzen Welt zu beweisen, dass ich ein guter Gitarrist und Songwriter bin. Das macht mich stolz, aber auch unsicher. Ich werde mich demnächst nie mehr zurücklehnen können und sagen, ich mach mal eine Pause und tue für eine Weile nur das, worauf ich Bock habe. Diese Zeiten sind endgültig vorbei, ich muss ab jetzt das tun, was das Management und die Plattenbosse von uns verlangen, egal wie schwer es mir fällt oder worauf ich dabei verzichten muss. Ich vernachlässige jetzt schon meine besten Freunde, weil ich einfach keine Zeit habe, sie zu treffen und mit ihnen abzuhängen. Immer wieder Proben, Meetings, Fotoshootings, Interviews, Fernsehauftritte und so weiter. Wenn die große Tour losgeht, wird es noch schlimmer werden. Und am schwersten fällt es mir, meine Eltern im Stich lassen zu müssen. Mein Vater ist unheilbar krank und meine Mutter opfert sich für ihn auf. Sie brauchen mich mehr als zuvor, und gerade jetzt haue ich ab, um ein Rockstar zu werden. Sie freuen sich zwar riesig für mich und stehen voll hinter mir, doch es belastet mich schon stark, dass sie ohne mich klarkommen müssen."

Myles schweigt eine Weile, bevor er den Kopf hebt und mich entschuldigend lächelnd anschaut: „Sorry, dass ich dich so vollgetextet habe, ich rede manchmal zu viel." Er wirkt irgendwie verlegen, als ob ihm seine offenen Worte peinlich wären.

„Alles okay, ich bin eine gute Zuhörerin und fühle mich geschmeichelt, dass du mir all das erzählt hast. Ich will dich ja besser kennenlernen, und dazu gehört auch, über sich und sein Leben zu reden." Ich blicke direkt in seine Augen, die mich mit ihrer Tiefe stets aufs Neue bezaubern.

„Aber bestimmt bist du jetzt enttäuscht. Ein Rockstar, der mit seinem Schicksal hadert und sich Gedanken über die Konsequenzen seines zukünftigen beneidenswerten Lebens macht, ist nicht gerade aufregend, oder?"

„Ganz im Gegenteil! Ich halte nichts von hohlen, selbstverliebten und gefühlskalten Typen, die sich um niemanden und um nichts außer um den eigenen Arsch scheren. Ich kann deine Bedenken sehr wohl nachvollziehen, und sie machen dich in meinen Augen umso sympathischer", erwidere ich ehrlich. Myles' Gesichtszüge entspannen sich und seine schokoladenbraunen Augen strahlen mich an. Er zieht mich mit beiden Armen eng an sich und atmet tief ein und aus. Alles in mir tanzt vor Glück, dass er sich mir so schnell öffnet und mir vertraut, und ich finde ihn nur noch liebenswerter.

„Ich weiß nicht, wie du das machst, Noemi. Aber du gibst mir das Gefühl, dass ich bei dir so sein kann, wie ich wirklich bin. Du weißt schon – ohne dass ich mich verstellen oder eine coole Rolle spielen muss, nur um dich zu beeindrucken. Du bist einfach anders als die Frauen, die ich sonst kennenlerne."

„Mir geht's genauso. Ich fühle mich bei dir sicher und angenommen, so wie ich bin", sage ich leise und küsse ihn auf den Hals.

Das meine ich wirklich so. Diese schnell aufgebaute Nähe zwischen uns überschreitet die Grenzen des rein Körperlichen, und ich weiß nicht, ob ich mich darüber freuen oder lieber die Sicherheitsabstandknöpfe drücken sollte.

Ich bin immer noch völlig überrascht, dass ich schon beim ersten Mal mit ihm gekommen bin. Mit anderen Liebhabern habe ich stets eine Weile gebraucht, bis ich mich fallen lassen konnte. Das war immer erst möglich, wenn ich mich in einer festen Beziehung befunden habe. Und es ist auch nur bei zwei Männern der Fall gewesen. Bei meinem ersten Freund Andy, mit dem ich von der achten Klasse an bis zum Abi zusammen war, und danach bei Paul, in den ich wahnsinnig verliebt gewesen bin. Wir waren schon über einen Monat lang ein Paar, und ich hatte immer noch keinen Orgasmus mit ihm. Erst als er in leicht betrunkenem Zustand endlich sagte, er liebe mich und wünsche sich eine richtige Beziehung mit mir, passierte es noch in derselben Nacht. Anscheinend muss ich mich emotional abgesichert fühlen, um mich einem Mann ganz hingeben zu können.

Kathleen meinte einmal, es sei der Oxytocin-Mechanismus. Das Bindungshormon, das nach dem Orgasmus in großen Mengen ausgeschüttet wird, bewirkt, dass Frauen sich emotional an den Mann binden. Viele Frauen spüren das instinktiv und lassen sich daher nicht bei jedem Mann fallen, egal wie gut er im Bett ist, sondern nur bei jemandem, der sich ihr Vertrauen verdient hat. So verhindern sie, sich in den falschen Mann zu verlieben. Offenbar gehöre ich in diese Kategorie.

Dieser Theorie nach würde es bedeuten, ich bin bereit, mich emotional an Myles zu binden. So ein Blödsinn. An einen Mann, bei dem alle meine Alarmglocken längst Amok laufen müssten – beziehungsgeschädigt, Frauenschwarm, ein Rockstar, der keine Zeit für eine Beziehung hat. Jemand, der demnächst nur noch von bildschönen Models und Schauspielerinnen umgeben sein und schon jetzt als Sexsymbol auf der Bühne angebetet wird. Was stand neulich in einer Klatschzeitschrift über ihn?

Der heiße Gitarrist mit den geilen Muskeln ist sogar für den sexy Mädchenschwarm und Frontman Vic ein gefährlicher Konkurrent um die Gunst seiner weiblichen Fans.

Da hat sich meine Körperintelligenz oder was auch immer bei der Kontrolle der Hormonausschüttung das Sagen hat echt einen beschissenen Witz mit mir erlaubt. Dazu verwirrt mich Myles völlig mit der Unstimmigkeit zwischen seinen klaren, nüchternen Aussagen und seinem Verhalten. Er gibt offen zu, dass er keine Beziehung haben will, aber gleichzeitig verleiht er mir schon beim ersten Sex das Gefühl, dass er mehr von mir möchte als bloß das. Er mag mich und er will mich weiter sehen. Ob das gut gehen wird? Naiverweise habe ich geglaubt, ich kann das, Sex ohne Gefühle. Aber jetzt, nachdem ich mit ihm geschlafen habe, spüre ich deutlich, dass auch mein Herz involviert ist. Scheiße. Ich will mich nicht in jemanden verlieben, nur um ihn ein paar Wochen später zu verlieren, wenn er in den Tourbus steigt. Doch ich will jetzt auch nicht darüber nachdenken. Ich schmiege mich lieber an seinen warmen Körper und suche seine vollen Lippen, um sie noch mal genüsslich zu kosten, bevor ich aufstehen und nach Hause gehen werde. Egal, wie schwer es mir auch fällt.

„Ich muss jetzt los", sage ich entschlossen, als wir uns von dem langen Kuss lösen, der wieder das Feuer in uns entfacht.

„Wenn du wirklich musst ..." Myles macht ein enttäuschtes Gesicht und hilft mir aufzustehen. Er seufzt tief, als ich den BH schließe. „Schade, den Anblick könnte ich ewig genießen." Er schmeichelt mir mit seinen Worten und mit dem Schlafzimmerblick seiner Glutaugen.

„Wir sehen uns morgen also erst mal rein geschäftlich, wenn ich Luna abhole, und am Abend bin ich gegen acht bei dir. Oder?" Ich schließe die Knöpfe der Tunika. Fertig angezogen trete ich ans Bett zu Myles, der mich die ganze Zeit aufmerksam beobachtet.

„Ich muss morgen schon um zehn weg, also werden wir uns nicht sehen, wenn du gegen zwölf kommst. Ist vermutlich auch besser so, weil ich sonst wieder zu spät sein werde ... Aber ich freu mich schon auf den Abend mit dir.“

Er greift nach meiner Hand und führt sie an seinen Mund, um sie zärtlich zu küssen. Er ist immer noch nackt und sieht verdammt heiß aus. Von diesem Körper werde ich nicht so schnell genug kriegen.

Myles entgehen meine bewundernde Blicke nicht. Mit einem verschmitzten Lächeln nimmt er seine Jeans vom Boden und zieht sie an. Sein Sixpack zeichnet sich verlockend unter seiner Haut ab. Nicht zu übertrieben ausgeprägt, sondern so, wie ich es am liebsten mag – knackig, jedoch natürlich wirkend. Er steht auf und schließt mich zärtlich in seine Arme, vergräbt sein Gesicht in meinem Haar.

„Du bist so ein schöner Mann, du verdrehst mir völlig den Kopf“, raune ich und gleite mit beiden Händen über seine breiten Schultern den Rücken entlang bis zu der festen Wölbung seines Hinterns.

„Danke. Es freut mich sehr zu hören, dass es nicht nur mir mit dir so geht“, raunt er unverblümt zurück. „Ich bekomme nämlich seit unserer ersten Begegnung kaum deine heißen Kurven aus dem Kopf und denke die ganze Zeit an dich ...“ Sein Geständnis bringt mein Herz zum Hüpfen.

„Dann bist du nicht der Einzige, der dieses Problem hat“, flüstere ich, und wir küssen uns innig.

„Ich danke dir für diesen unvergesslichen Abend.“ Myles hält meine Hände fest und lächelt mich an. Seine großen, leicht mandelförmigen Augen unter den dichten Wimpern glänzen nicht länger in der Glut der Leidenschaft, sondern strahlen Wärme und Zuneigung aus. Und einen Hauch Melancholie, fällt mir plötzlich auf.

„Ich danke dir auch, es war sehr schön mit dir." Ich stelle mich auf Zehenspitzen, um ihn ein letztes Mal zu küssen.

Myles bringt mich zur Tür und wir sind ganz leise, um Luna nicht zu wecken, die in ihrem Körbchen schläft. Noch ein letzter Kuss an der Türschwelle, und ich verlasse ihn mit einem seligen Dauerlächeln im Gesicht.

Die Nacht draußen ist frisch und ich knöpfe meine Strickjacke zu. Vertieft in die prickelnden Erinnerungen an die letzten Stunden muss ich eine Weile überlegen, wo ich mein Auto geparkt habe. Zum Glück finde ich es schnell. Es ist nicht das erste Mal, dass ich es suchen muss. Mein Kurzzeitgedächtnis ist nicht gerade meine Stärke, besonders wenn ich mit den Gedanken woanders bin.

Ich schalte das Radio ein und fahre los. Samu von *Sunrise Avenue* singt *Little bit love*.

An der roten Ampel höre ich dem Text genauer zu und werde noch nachdenklicher. Letztendlich suchen wir alle nach etwas Liebe, oder? Egal, wie sehr wir versuchen, uns einzureden, es sei alles bloß Spaß und Erfüllung gewisser körperlicher Bedürfnisse, wenn wir uns mit jemandem auf Sex einlassen. Tief in uns schlummert die ganze Zeit der Wunsch, zu lieben und geliebt zu werden. Wenigstens ein bisschen. Doch um das sich selbst und dem anderen zu gestehen, erfordert es eine Menge Mut, Offenheit und Bereitschaft, uns verletzlich und verwundbar zu zeigen. Wenn uns jemand das Herz gebrochen hat, fällt es uns schwer, unsere Sehnsucht nach Liebe zuzulassen. Myles und ich sind da perfekte Beispiele.

Da haben sich die zwei Richtigen zusammengefunden! Offenbar lecken wir noch die Wunden, die unsere letzten Beziehungen bei uns hinterlassen haben. Es scheint einer mehr verkorkst als der andere zu sein ...

Aber vielleicht ist das auch gut so. So erwartet keiner von uns irgendwelche Märchengeschichten mit Happy End. Ich werde versuchen, mit dem klarzukommen, was er mir bieten kann. Lieber nur Sex, als auf Myles ganz zu verzichten. Dafür bin ich schon zu sehr verknallt ...

Natalie liegt schon im Bett, als ich nach Hause komme. Sie öffnet jedenfalls nicht die Tür, um mich auszuquetschen, sie muss also echt erledigt sein. Ich trinke noch ein paar Schlucke Schokomilch aus dem Tetra Pak und mache mich auch langsam fertig fürs Bett. Ich könnte noch etwas lesen. Oder mit offenen Augen träumen ... Mein Handy meldet sich mit einer SMS und ich hoffe, sie ist von Myles.

Gute Nacht, meine Schöne! Träum was Süßes!

Ich muss zugeben, es fühlt sich gut an, seine kurzen Worte zu lesen. Ich tippe gleich zurück:

Gute Nacht! Schlaf schön und träum von mir ...

Scheiße, war das wieder zu übertrieben!? Egal, es ist zu spät. Wann werde ich endlich lernen, erst zu überlegen und dann zu handeln? Mit einem Seufzer werfe ich mich auf mein Bett mit Bettwäsche in rosaroten Tönen.

Mein alter Plüschhund Dodo, den ich seit der Kindheit habe, schläft immer noch bei mir. Nur wenn ich einen Lover habe, muss er auf dem Schrank übernachten und zugucken, wie jemand anderes seinen Platz einnimmt und mit mir kuschelt. Schön albern, oder? Ich streichle kurz über sein flauschiges Fell, bevor ich ihn in die Ecke stelle.

Ich befürchte, bald musst du aus meinem Bett weichen ... Natürlich kann ich lange nicht einschlafen. Genüsslich und mit warmem Kribbeln im Bauch gehe ich in Gedanken jedes Detail meines Dates mit Myles durch. Als ich an unseren Sex denke, wird mir richtig heiß. Es steht fest – er ist der beste Liebhaber, den ich je hatte! Besser als Paul es war. Dabei war Paul nicht schlecht im Bett. Er war nur anders. *Obwohl* ... Zum Beispiel hat er mich sehr selten geleckt. Und wenn, dann auf eine Art, die in mir immer das Gefühl geweckt hat, er mache es nur, weil ich es mir wünsche, wobei es ihm selbst aber eher unangenehm ist. Das war echt seltsam. Eher abtörnend. Aber bei Myles habe ich gespürt, wie angetörnt er dabei war und mit welcher Leidenschaft er es getan hat. Das war verdammt geil. Bei der Erinnerung an den Höhepunkt, den er mir beschert hat, wird mir wieder heiß, und die Muskeln in meinem Unterleib ziehen sich sehnsuchtsvoll zusammen. Morgen Abend sehe ich ihn zum Glück wieder.

8. Noemi

Nach dem Aufwachen gegen acht Uhr morgens habe ich das diffuse Gefühl, dass mir heute irgendwas bevorsteht, was nichts mit Myles zu tun hat. An die Uni muss ich nicht. Einen Arzttermin habe ich auch nicht. Ich putze mir die Zähne und starre mich dabei im Spiegel an, um mir auf die Sprünge zu helfen. Aber ja! Es ist Donnerstag! Das Frühstück mit den Mädels! In meinem rauschähnlichen Zustand habe ich völlig vergessen, dass wir heute Morgen zu viert bei mir und Natalie frühstücken wollen. Wir sind um halb zehn verabredet und jede bringt etwas mit.

Seit zwei Monaten ist das unser neues Ritual. Jeden zweiten Donnerstag treffen wir uns abwechselnd bei einer von uns, um entspannt zu quatschen und die Neuigkeiten auszutauschen. Nebenbei sparen wir noch Geld für teure Brunchs in der Stadt. Außerdem ist es gemütlicher, uns zu Hause zu treffen, als immer nur in unseren Lieblingskaffees und Restaurants rumzuhängen, meinte Emma pragmatisch.

„Natalie, haben wir überhaupt irgendwas im Kühlschrank?", rufe ich in die Küche, als ich meine Mitbewohnerin höre.

„Ich wollte die Brötchen aufbacken, und Milch für Kaffee ist ausreichend vorhanden. Die anderen bringen den Rest mit", ruft Natalie zurück, und ich atme erleichtert auf. Ich stecke mir die Haare hoch und steige in die Duschkabine. Die Haare wasche ich mir am Nachmittag, um ganz frisch für Myles zu sein …

Natalie duscht nach mir und ich beruhige mein schlechtes Gewissen, weil ich gestern nichts für das gemeinsame Frühstück besorgt habe, indem ich den Tisch besonders ordentlich decke. Ich hole sogar den Blumentopf mit Tulpen aus meinem Zimmer und stelle ihn in die Mitte.

„Das sieht aber hübsch aus!" Natalie begutachtet begeistert den Tisch. „Du übrigens auch." Sie verzieht die Lippen zu einem anzüglichen Lächeln. „Ich befürchte, ich muss auf die detaillierte Beschreibung deines Abenteuers gestern Abend warten, bis alle angekommen sind."

Darauf schmunzele ich selbstzufrieden. „Ja, ich erzähl euch allen zusammen, was ihr wissen wollt."

Kathleen und Emma klingeln überraschenderweise pünktlich um halb zehn an der Tür. Sie platzen herein, als Natalie aufschließt, und jede schleppt eine volle Tüte mit. So wie die beiden mich angrinsen, ist sofort klar, was sie hinter meiner guten Laune vermuten.

„Meine Güte, es ist bloß ein Frühstück und keine mehrtägige Expedition zu den Lofoten!" Natalie staunt, als die beiden die Sachen auspacken. Sie hat recht. Auf dem großen Tisch liegen bald Mengen an Futter, von dem man eine ganze Schulklasse viele Tage lang satt bekommen würde. Mehrere Marmeladensorten, Nutella, Käse in verschiedenen Ausführungen, Salami, Tofuwürstchen für Natalie, die sich strikt vegan ernährt, zwei Packungen Orangensaft, viele Joghurtsorten, kiloweise Obst und natürlich Unmengen an Keksen und Schokolade, dass einem ganz warm ums Herz wird.

„Mensch, ihr seid verrückt! Warum habt ihr so viel Geld ausgegeben? Wir wollten doch alle sparen, oder?", schimpfe ich kopfschüttelnd.

„Du, wir haben nur unsere Regale und Kühlschränke etwas ausgemistet", verteidigt sich Kathleen. „Man hat so viel Zeug in der Küche, dass man irgendwann den Überblick verliert."

„Genau. Das einzige, was wir gekauft haben, waren Tofuwürstchen und Schokolade", bestätigt Emma und zeigt auf die Schokolade, die sie gerade aus der Tüte herausfischt. „Schau mal, ich habe eine neue Sorte entdeckt – Zartbitter mit Ingwer! Die müssen wir doch ausprobieren, oder?"

Natalie stellt die lecker duftenden, noch heißen Brötchen auf den Tisch, und das Wasser für den Kaffee kocht auch schon. Unser Frühstück kann also beginnen. Wir scheinen alle richtig Hunger zu haben, so wie wir uns auf die Brötchen stürzen und uns hastig die Gläser, Dosen und Verpackungen reichen. Erst als der Kaffee trinkbare Temperatur erreicht, hebt Kathleen bedeutungsschwer ihre Augenbrauen.

„Meine Süßen, ich habe die ganze Zeit so ein komisches Gefühl, dass unter uns eine junge Dame sitzt, die uns einige extrem unterhaltsame Details aus ihrem Privatleben vorenthält. Wollen wir diesem unverschämten Benehmen nicht langsam ein Ende setzen und sie ordentlich verhören?"

Die Blicke aus drei mehr als neugierigen Augenpaaren ruhen plötzlich auf mir. Mir ist bewusst, dass meine

Freundinnen mit ihrem Eifer, das ausführliche Geständnis aus mir herauszupressen, der spanischen Inquisition in nichts nachstehen werden.

„Ja, ja, ich verstehe schon. Was wollt ihr denn zuerst wissen?" Ich seufze ergeben.

„Na, alles! Was für eine Frage!" Emma verdreht empört die Augen.

„Genau! Erzähl uns einfach alles!", stimmt ihr Natalie zu und legt erwartungsvoll ihr Marmeladenbrötchen ab.

„Wann, wie und wie oft habt ihr es getrieben, du weißt schon! Lass uns bloß nicht länger zappeln. Schon schlimm genug, dass du gestern Abend nach dem Date nicht angerufen hast", sagt Kathleen und zieht vorwurfsvoll eine Schnute.

„Gut, ich erzähle es euch. Aber das bleibt streng unter uns, in Ordnung? Schließlich bin ich an eine Verschwiegenheitsabmachung gebunden." Ein bisschen wichtig muss ich mich vor meinen Mädels schon machen. Wie oft schläft man denn schon mit einem berühmten Rockstar! Mit der Kaffeetasse in der Hand lehne ich mich in aller Ruhe zurück und genieße eine Weile den Anblick meiner Freundinnen, die mir buchstäblich an den Lippen hängen.

„Wir sind erst mal Sushi essen gegangen und haben uns dabei ausgiebig unterhalten, um etwas mehr voneinander zu erfahren. Myles ist einfach klasse und hat überhaupt null Starallüren. Wenn ich nicht wüsste, wer er ist, könnte ich auch denken, er ist ein ganz normaler Student, der zwar überdurchschnittlich attraktiv ist, aber eben auch verdammt interessant und sympathisch. Ihr wisst schon, ein Full-Package-Typ. Also jemand, der nicht nur einen geilen Arsch und Sixpack hat, sondern auch andere Qualitäten besitzt."

„Ich fass es nicht! Sie ist schon total verknallt in den Typen, der sie einmal flachgelegt hat", unterbricht mich Kathleens Murmeln, während sie ungläubig ihren Kopf schüttelt.

„Halt die Klappe und lass sie weitererzählen!" Emma sieht mich aufmunternd an.

„Als wir mit dem Essen fertig waren, haben wir uns geküsst", fahre ich fort und meide Kathleens misstrauischen Blick. „Na ja, wir haben ziemlich heftig geknutscht und sind dann lieber abgehauen, der Restaurantbesitzer war nicht gerade amüsiert. Draußen hat Myles gefragt, ob ich zu ihm gehen möchte. Vorher hat er aber noch Klartext mit mir geredet. Als Rockstar und so kurz vor der Tour kommt eine richtige Beziehung für ihn nicht in Frage. Dazu hat ihm seine Freundin das Herz gebrochen und er ist dadurch nicht gerade beziehungsfähig. Er möchte aber, dass wir so ganz locker und unverbindlich eine schöne Zeit miteinander verbringen und einfach Spaß haben. Ich war einverstanden. Es war mir doch schon von Anfang an klar, dass er bloß ein Mann für eine heiße Affäre ist und ich nichts anderes von ihm will." Es entgeht mir nicht, wie skeptisch Natalie bei meinen letzten Worten ihre Lippen spitzt. „Nun, wir sind zu ihm gegangen und dann ist es passiert. Wir hatten Sex und es war mega geil. Er ist ein großartiger Liebhaber und ich hatte einen Orgasmus mit ihm. Zufrieden?"

„Wow, einen Orgasmus beim ersten Sex! Dann muss er aber echt gut gewesen sein!" Emma reagiert als Erste und sieht mich anerkennend an.

„Mensch, das ist ja toll! Ich freue mich für dich!" Natalies Gesicht wird von einem breiten Lächeln erhellt. Auch Kathleen zeigt mir deutlich, dass sie sich trotz ihrer Skepsis für mich und meinen Höhepunkt freut. Sie gibt mir ein High five und ich werde bejubelt, als ob ich am Berliner Marathon teilgenommen und es unter die ersten zehn geschafft hätte. Eigentlich müssten sie dafür Myles bejubeln.

Kathleen wäre natürlich nicht Kathleen, wenn sie mich nicht nach ausführlicheren Details fragen würde, und ich darf sie nicht enttäuschen. Wir erzählen uns meistens alles über unser Sexleben und verschweigen normalerweise nicht mal das intimste Detail. Jede von uns weiß Bescheid, dass Kathleen am schnellsten kommt, wenn sie sich in der Reiterstellung dabei selbst streichelt, dass Natalie anal noch eine Jungfrau ist, dass Emma es nicht hinbekommt, Sperma zu schlucken, weil sie Angst hat, sie wird sich übergeben müssen und so weiter. Oder dass Kathleens letzter Liebhaber, der würdevolle Herr Professor Kaiser, am liebsten zwischen ihren Brüsten gekommen ist. Und, wie wir neulich erfahren haben, dass Emmas Freund Lukas besonders scharf wird, wenn er ihr beim Sex die Augen verbinden darf. Also habe ich keine Chance, die Einzelheiten vom Sex mit Myles zu verschweigen, obwohl mir das merkwürdigerweise in diesem Fall lieber wäre.

„Wie bist du denn gekommen?", will Natalie wissen und macht ein so unschuldiges Gesicht, als ob sie sich nach meiner Lieblingsmarmeladensorte erkundigt. Ich weiß, dass solche Details zwischen uns bleiben werden, und ich vertraue meinen Mädels völlig. Wir haben uns in der Vergangenheit gegenseitig absolutes Schweigen geschworen und bilden quasi einen geschlossenen Kreis. Trotzdem fällt es mir nicht leicht, über Myles und das, was er mit mir angestellt hat, zu reden. Ich würde die prickelnden Erinnerungen an unser erstes Mal lieber für mich behalten und niemanden daran teilhaben lassen. Nicht mal meine besten Freundinnen. Doch ich tue es trotzdem.

Die Mädels frohlocken über Myles' orale Fähigkeiten, und Kathleen ist ganz entzückt darüber, dass er gerne fest und hart zustößt. Ganz ihr Geschmack. Sie kommentieren meine Beichte weiterhin völlig aufgeregt und mit großer Begeisterung und Anteilnahme. Nur ich werde immer schweigsamer und in mich gekehrt. Ich vermisse meinen Liebhaber in diesem Augenblick und sehne mich nach seiner Berührung ...

„Noemi? Alles okay?" Emmas Stimme reißt mich aus meinen Gedanken.

„Ja, ja, alles okay", versichere ich ihr rasch und lächle bemüht.

„Das glaub ich jetzt nicht!" Kathleen stellt laut ihre Tasse ab und schüttelt den Kopf. „Du hast dich in ihn verliebt, nicht wahr? Es ist nicht bloß Sex! Du kannst es uns sagen."

Ich halte ihrem leicht besorgten Blick stand, doch dann gestehe ich es: „Ja, ich denke, ich habe mich verliebt. Obwohl der Sex mit ihm wahnsinnig gut war, ist da mehr zwischen uns. Auch er benimmt sich wie jemand, der mehr von mir will, das spüre ich ganz genau.

Aber wir wissen beide, dass eine Beziehung keine Chance hat."

„Du hast es auf den Punkt gebracht und es ist gut, dass du das noch mal laut sagst, Noemi!" Natalie sieht mich ziemlich entgeistert an, als ob ich gerade gestanden hätte, dass bei mir eine unheilbare Krankheit diagnostiziert wurde. „Auf so einen Typen wir ihn darf man sich niemals gefühlsmäßig einlassen, da sind Ärger und Kummer vorprogrammiert! Ihr habt tatsächlich keine Chance auf eine Beziehung, also fang besser gar nicht an, darüber nachzudenken."

Ich kauere mich in meinem Stuhl zusammen. Ich hätte es wissen müssen, dass sie mich gemeinsam von meiner Wolke sieben runterziehen werden. Nicht, dass sie unrecht haben ... Ich will meine Affäre einfach noch eine Weile unbeschwert genießen und die Vernunft mal abschalten, das ist alles. Trotzig versuche ich innerlich, ihre Argumente abzuwehren, doch es gelingt mir nicht.

„Noemi, ich kann Natalie nur zustimmen", meldet sich Emma und holt vorsorglich Taschentücher aus ihrer Tasche, ehe mir die Tränen, die verräterisch meine Augen trüben, die Wangen herunterkullern.

„Hier, nimm das." Sie drückt mir die Packung in die Hand. „Süße, wir alle können uns sehr wohl in dich hineinversetzen, glaub uns!", sagt sie liebevoll, doch bestimmt. „Du hast mit einem Mann geschlafen, der nicht nur rattenscharf aussieht, sondern auch ein berühmter Musiker ist. Er wird schon bald ein weltweit gefeierter Rockstar sein, dem die Frauenwelt zu Füßen liegt, und er wird ständig im Fernsehen und in den Zeitschriften zu sehen sein. Er wird nur noch unterwegs sein, wenn die große Tour im Frühsommer losgeht. Auch wenn er sich in dich verliebt und dich als feste Freundin haben will, er wird einfach keine Zeit für dich haben. Und du würdest keine ruhige Nacht mehr verbringen können, weil du nie sicher sein wirst, mit welchem heißen Model er dich gerade betrügt. Und er wird dich betrügen. Er ist ein leidenschaftlicher Mann, er ist jung, er ist geil nach Ruhm und er wird sich gegen all diese sexy Frauen, die ihm ihre Muschis anbieten werden, nicht wehren können. Er mag ein netter Kerl sein, aber sein Rockstar-Leben wird ihn schon sehr bald verändern, und du wirst damit nicht klarkommen. Deswegen rate ich dir als Freundin ganz dringend – verlieb dich nicht noch mehr in ihn! Verzichte lieber auf weitere Nächte mit ihm, gib dich mit diesem einem Mal zufrieden und kündige den Job bei ihm. Wenn du aber meinst, du bist stark genug, dann lass dich noch ein, zwei Mal von ihm ordentlich durchvögeln und beende dann das Verhältnis, bevor er es tut. Er wird es nämlich tun, glaub mir."

„Ich hasse dich", fauche ich sie mit einem gequälten Lächeln durch die Tränen an.

„Ich weiß, Schätzchen. Und ich weiß auch, dass du zu mir dasselbe sagen würdest, wenn ich an deiner Stelle wäre."

„Emma hat schon alles gesagt, ich kann mich ihr nur anschließen", meldet sich Kathleen mit nüchterner Stimme. „Wenn ich du wäre, würde ich noch einige Male mit ihm ficken und dann den Kontakt abbrechen. Nur, ich habe das Gefühl, du solltest das vielleicht lieber lassen, weil du jetzt schon völlig von ihm eingenommen bist. Aber ich kann dich verstehen. Manche Männer schaffen es, dich schon mit dem ersten Sex so zu benebeln, dass du nicht in der Lage bist, von ihrem Schwanz lassen zu können …“

Ihre etwas derbe Art, mit der sie oft versucht, ihre Gefühle und Verletzlichkeit zu überspielen, überrascht mich nicht sonderlich. Es ist ihr Gesichtsausdruck, der Bände spricht. In ihren großen, runden Augen spiegeln sich unterdrückter Schmerz und Kummer, und ihr schöner, sinnlicher Mund hat einen bitteren Zug bekommen. Sie liebt den Mistkerl von Professor immer noch! Er gehört anscheinend in diese Kategorie Männer, von der sie gerade redet. Und Myles definitiv auch. Wenn ich nur an unseren Sex denke, bin ich bereit, alles zu vergessen, was meine Freundinnen mir ans Herz zu legen versuchen. Es hat mich noch niemand so gut geleckt. Und niemand hat es mir je so besorgt. So intensiv, so hemmungslos, so leidenschaftlich. Ich will mehr davon. Ich. Will. Ihn. So einfach ist das.

Wir alle schweigen eine Weile und widmen uns wieder unserer üppigen Mahlzeit. Mir ist der Appetit jedoch vergangen.

„Und? Wie hast du dich entschieden, jetzt wo du unsere Meinung kennst?“ Kathleen blickt mich herausfordernd an und beißt in ihr Nutellabrötchen. Drei Augenpaare ruhen wieder gespannt auf meinem Gesicht und ich zucke lässig mit den Schultern, während ich mir lustlos den leckeren Himbeeraufstrich auf mein Brötchen schmiere.

„Ich werde auf jeden Fall noch mal mit ihm schlafen. So einen guten Liebhaber muss man doch voll auskosten. Aber ich werde mich gefühlsmäßig stark zurückhalten, versprochen!“ Als Bestätigung schaue ich jede kurz an und hoffe, sie werden mir mein Versprechen abkaufen.

„Wer's glaubt wird selig“, murmelt Emma, doch wir hören sie alle gut.

„Ich gönne Noemi den heißen Sex mit dem Rockstar von ganzem Herzen“, sagt Natalie und zwinkert mir zu. „Ich hätte nichts dagegen, von so einem Typen flachgelegt zu werden!“ Sie kichert leicht verlegen. Sie ist definitiv die Unschuldigste von uns und ihr Sexleben verläuft noch bescheidener als meins.

„Ich auch nicht“, meldet sich Kathleen mit vollem Mund. „Vielleicht machst du uns demnächst mit den anderen Bandmitgliedern bekannt, ich meine, die Alleinstehenden unter uns.“ Schmunzelnd schaut sie zu Emma, die als Einzige einen festen Freund hat. „Du bist was Sex angeht ja gut versorgt. Jetzt sogar ohne Erdbeergeschmack.“ Sie bricht in lautes Gelächter aus, und auch ich kann mich nicht zurückhalten.

Emma verdreht genervt ihre Augen und klärt Natalie, die unseren Insiderwitz nicht versteht, auf.

„Ah so!“ Naty kichert erneut und errötet ein wenig. Sie ist so süß und unverdorben, man würde fast denken, sie ist noch Jungfrau.

„Und jetzt genug von mir! Jetzt seid ihr dran mit euren Updates!“ Entschlossen beende ich die Gespräche über meine Affäre mit Myles. Zum Glück sind die Mädels bereit, das Thema zu wechseln. Nur halbherzig höre ich ihnen zu, als sie über Belanglosigkeiten wie Prüfungsstress, einen Schuhfehlkauf und eine neue Foundation, die Emmas Sommersprossen perfekt abdeckt, reden. Dabei denke ich an Myles. An seinen heißen Mund, der mich so wunderbar verwöhnt hat. An seinen harten

Körper zwischen meinen Schenkeln. An seinen Schwanz tief in mir. Wie er meinen Blickkontakt sucht, kurz bevor er kommt. Wie er hemmungslos stöhnt. Mein Unterleibt pocht und zuckt und ich lache nur automatisch mit, als Kathleen eine schlüpfrig-geschmacklose Anekdote aus dem Anatomievortrag erzählt. Ich sehne mich nach ihm. Nach diesem warmen, samtigen Glanz in seinen schönen Augen. Nach seinem entwaffnenden Lächeln, das seine Lippen sanft kräuselt. Nach seiner festen Umarmung, die mir ein Gefühl der Sicherheit und Vertrautheit gibt, obwohl wir uns kaum kennen.

Trotzdem spüre ich, dass sich hinter der Oberfläche des Verführers ein sensibler und tiefgründiger Mensch verbirgt, der eine Reife besitzt, die weit über sein Alter hinausgeht. Jemand, der mehr Lebenserfahrung hat als viele gleichaltrige Männer. Jemand, der etwas Geheimnisvolles in sich trägt, was seine Aura als Rockstar nur noch betont. Und das macht ihn in meinen Augen umso interessanter und unwiderstehlicher. Er weckt in mir den Wunsch, ihn richtig kennenzulernen. Tiefer in ihn vorzudringen, als eine flüchtige Geliebte es schaffen kann. Ich weiß, ich steigere mich in meine Fantasie hinein und romantisiere meinen Liebhaber. Vielleicht ist er in Wirklichkeit emotional geschädigt und kompensiert sein inneres Chaos mit seinem Beruf, der ja eine große Projektionsfläche bietet. Vielleicht lese ich einfach zu viele Bücher.

Vergiss also Alma Mahler und ihren Fetisch für kreative Männer, die waren doch letztendlich ziemlich kaputte Typen, jeder auf seine Art. Der Normalste von allen in ihrer

Sammlung war der Bauhausgründer Walter Gropius, aber gerade den liebte sie am wenigsten ...

Nein, ich sollte mich vor Myles lieber hüten, egal wie anziehend er auf mich wirkt.

9. Myles

Beim Duschen bekomme ich Noemi einfach nicht aus dem Kopf, obwohl ich in Gedanken auch noch beim heutigen Arbeitstag bin. Die Probe war anstrengend wie immer, weil wir ja alle unser Bestes geben wollen. Die Tour rückt immer näher und der Leistungsdruck wird dementsprechend immer größer. Der Opening act für *Thirty Seconds to Mars* zu sein ist eine geile Sache, aber für uns als Band heißt das: Entweder nutzen wir die Chance und schaffen den großen Durchbruch, oder wir verkacken es erbärmlich. Ich stemme die Hände gegen die gekachelte Wand der Dusche, genieße das heiße Wasser, das über meinen Rücken läuft, und versuche einfach abzuschalten.

Sie wird bald hier sein und ich will den Abend mit ihr ohne den Gedanken an meinen Job verbringen. Der Sex mit ihr war so, wie ich es erwartet habe – heiß, sinnlich und intensiv. Ich kann mich an keine Frau erinnern, die so heftig gekommen ist, als ich sie geleckt habe. Wie lasziv sich ihr Luxuskörper unter mir gewunden hat. Wie hemmungslos sie gestöhnt hat. Wie sie mich mit ihren Beinen umklammert hat, als ich sie gestoßen habe. Fuck, mein Schwanz ist wieder steinhart. Aber jetzt hole ich mir keinen runter, ich will in ihr kommen. Stattdessen brause ich mich kalt ab. Wenn es nur dieser geile Sex wäre. Aber sie fasziniert mich immer mehr auch mit ihrer Persönlichkeit. Ich kann mit ihr über alles reden und sie vermittelt mir das Gefühl, dass wir uns schon viel länger als ein paar Tage kennen. Irgendwie hat es schon am Anfang klick gemacht. Bei ihr bin ich einfach entspannt und genieße diese Wärme, die von ihr ausgeht. Sie ist definitiv eine Frau, mit der man zusammen sein will, weil sie einem verdammt guttut. Wenn unser Timing bloß nicht so ungünstig wäre!

Luna scheint müde zu sein. Sie liegt faul auf dem Teppich vor der Couch und beobachtet mich mit halb geschlossenen Augen, während ich mir Jeans und T-Shirt anziehe. Wahrscheinlich waren sie und Noemi lange draußen unterwegs. Hoffentlich wird das gut gehen, mit ihr als Lunas Hundesitterin, jetzt wo wir miteinander schlafen. Noemi scheint eine ziemlich bodenständige Frau zu sein, die versteht und akzeptiert, dass ich mit ihr keine richtige Beziehung anfangen kann. Aber wir können weiter wenigstens den geilen Sex genießen und eine schöne Zeit miteinander verbringen. Wir müssen uns nur davor hüten, Gefühle füreinander zu entwickeln, die den Rahmen einer lockeren Affäre oder Liebschaft sprengen. Einer Klassefrau wie ihr will ich nicht wehtun. Und genau so wenig will ich riskieren, mich in sie zu verlieben ...

In der Küche öffne ich eine Bierflasche und schaffe nur ein paar Schlucke, bis es an der Tür klingelt. *Scheiße, ich bin aufgeregt wie ein Teenager vor dem ersten Date. Wie schafft sie das bloß?*

Eilig öffne ich ihr die Tür und kann meine Blicke nicht von ihr abwenden. Unter der Jeansjacke trägt sie ein eng anliegendes, schwarzes Kleid, das ihre Wahnsinnskurven noch mehr betont. Ihr wunderschönes

Haar fällt ihr locker zusammengebunden über die Schulter und ihre dezent geschminkten Augen leuchten mich an.

„Hi, schön dich zu sehen. Komm rein! Du siehst fantastisch aus", begrüße ich sie und schließe die Tür hinter ihr.

„Danke!" Sie lächelt mich fast scheu an und tritt näher zu mir. Auch sie wirkt etwas aufgeregt, und das gefällt mir. Sie riecht verlockend und ich atme tief ihren Duft ein. Keine Ahnung, wonach sie riecht. Leicht süßlich und fruchtig. Und da ist noch diese moschusartige Note, die mich an ihren Schoß erinnert ... Beherrscht langsam greife ich nach ihr und ziehe sie noch näher zu mir. Mit leicht geöffneten Lippen bietet sie mir ihren sinnlichen Mund an, als sie ihren Kopf hebt und mir ihre beiden Hände an den Hals legt. Ich spüre ihren weichen Körper, wie er sich verführerisch an mich schmiegt, und ich küsse sie, um meine Sehnsucht nach ihr zu stillen. Sie erwidert meinen Kuss zärtlich und zurückhaltend. Ihre vollen Lippen sind ungeschminkt und fühlen sich köstlich an. Meine Hände gleiten wie von alleine ihren Rücken entlang, wo mich die perfekte Rundung ihres Hintern lockt.

Noemi umarmt mich enger und drückt ihre vollen Brüste an mich. In meiner Jeans herrscht zunehmend Platzmangel, besonders als ich durch ihr Kleid und mein T-Shirt ihre aufgerichteten Brustwarzen spüre. Ihr süßer Atem geht stoßweise, während ich mit der Zunge tiefer in ihren Mund vorrücke und meine Latte sanft an ihren Bauch presse.

Diese Frau wird so schnell erregt, das macht mich wahnsinnig! Verlangend vergräbt sie ihre Finger in meinem Haar und stöhnt leise auf. Unsere Zungen tanzen einen leidenschaftlichen Tango miteinander. Sie lässt sich wunderbar führen. Bevor ich sie noch gegen die Wand drücke und sie hastig im Stehen nehme, löse ich mich lieber von ihrem Mund und ziehe sie an der Hand mit mir. Ich darf ihr nicht das Gefühl vermitteln, ein egoistischer Arsch zu sein, der bloß an seine eigenen Bedürfnisse denkt.

„Komm, gehen wir diesmal in mein Schlafzimmer." Sie nickt nur und ihre hellen Augen sind matt vor Lust. Die leichte Röte in ihrem schönen Gesicht unterstreicht meine Annahme, dass sie schon völlig bereit für mich ist. Mein Schwanz zuckt heftig bei dem Gedanken und ich kann es nicht erwarten, ihn aus der engen Hose zu befreien. Ihn in ihr zu versenken ... Wie gerne würde ich ihre heiße Enge ohne Kondom spüren!

Das Schlafzimmer ist zum Glück einigermaßen ordentlich, die Bettwäsche habe ich vorher frisch aufgezogen. Ich führe Noemi an das Bett, wo wir stehen bleiben und uns wieder küssen. Diesmal noch wilder und ohne Zurückhaltung. Noemi greift nach meinem T-Shirt und zieht es mir aus. Sie presst ihren Mund auf meine Brust, und ich spüre erst ihren heißen Atem, dann ihre Zunge auf meiner nackten Haut. Sie ist wirklich scharf auf mich. Mein armer, eingequetschter Schwanz tut mir schon richtig weh. Wie bekomme ich sie aus dem Kleid heraus? Ich kann hinten keinen Reißverschluss ertasten, also muss die Knopfleiste vorne sein. Meine Finger zittern leicht, als ich die runden Knöpfe öffne und ihr das Kleid von den Schultern streife. Sie trägt einen schwarzen Body darunter und dazu halterlose, schwarze Strümpfe.

Sie ist so verdammt sexy! Dita Von Teese würde vor Neid erblassen, wenn sie sie jetzt sehen würde! Ihre harten Brustwarzen zeichnen sich einladend unter dem hauchdünnen, spitzenbesetzten Stoff ab, und ich beuge den Kopf, um sie zu küssen. Noemi stöhnt wieder leise, als ich mit der Zunge ihre Nippel umspiele, und ihre Hände greifen nach meinem Gürtel. Hastig, doch geschickt öffnet sie meine Hose und befreit meinen steinharten Ständer. Jetzt bin ich derjenige, der leise aufstöhnt, als ich ihre Hand an mir spüre. Sie hält meinen Schwanz fest, setzt sich auf das Bett und schaut mir herausfordernd in die Augen.

Will sie etwa ...? Ja, genau das hat sie vor! Mit der anderen Hand fährt sie über meinen Schenkel und kratzt mich dabei sanft mit ihren hellrot lackierten Fingernägeln. Ich fühle lustvolle Gänsehaut am ganzen Körper und zucke heftig in ihrer weichen Hand. Ihr Gesicht nähert sich meinem Bauch und ihre feuchten Lippen gleiten über meine Haut. Sie verteilt ihre Küsse links und rechts von meiner Latte und steigert damit meine Lust ins Unerträgliche.

Ihr Blick, mit dem sie mich die ganze Zeit festhält, ist voller Verlangen und Leidenschaft. Ich halte das nicht länger aus! Ich kann nicht anders, lege eine Hand an ihren Hinterkopf und dirigiere sie zärtlich zu meinem besten Stück. Ein freches Lächeln huscht über ihr Gesicht. Offensichtlich merkt sie meine kaum kontrollierbare Ungeduld und genießt es, mich zu foltern! Ganz langsam öffnet sie ihre Lippen, streckt ihre Zunge heraus und leckt mir lasziv die ersten Lusttröpfchen von der Eichel. Ich unterdrücke ein Aufstöhnen und beiße die Zähne zusammen. Sie verwöhnt mich weiter, bloß mit ihrer Zunge, geschickt und sinnlich. Noemi scheint eine Frau zu sein, die es selbst genießt, wenn sie den Mann auf diese Art verrückt macht. Wie mich das antörnt! Als sie meinen Schwanz plötzlich tief in ihren heißen Mund aufnimmt, stöhne ich unkontrolliert auf. Das fühlt sich so verdammt geil an! Wenn sie so weitermacht, komme ich viel zu schnell! Doch ich kann sie nicht aufhalten, ich möchte, dass sie weitermacht ...

Unsere Blicke begegnen sich wieder, sie sieht hemmungslos zu mir auf und steigert ihr Tempo, mit dem sie mich bearbeitet. Auch der Druck ihrer Hand an meinem Schaft wird noch fester. Meine Lenden bewegen sich unwillkürlich und mein ganzer Körper spannt sich an, als ich vorsichtig tiefer in ihren Mund vordringe. Die Muskeln in meinem Unterbauch krampfen sich noch mehr zusammen und ich höre mein Herz wild und laut pochen. Ich beiße wieder die Zähne zusammen und atme zischend die Luft ein.

Fuck, ich darf nicht kommen! Noch nicht ... Ruckartig ziehe ich meinen Schwanz aus ihrem Mund, und sie lässt mich sofort los. Gerade noch rechtzeitig. Doch auch ohne ihre Berührung befürchte ich, dass ich die beginnende Explosion nicht mehr aufhalten kann. Panisch denke ich an die burschikose, unfreundliche Krankenschwester Hilda. Wie sie mir nach meiner Blinddarm-OP vor zehn Jahren das Urinal ans Krankenhausbett gebracht hat und ich vor Verlegenheit in ihrer Anwesenheit nicht lospinkeln konnte. Sie hat damals über mich gelacht und gesagt, sie hätte schon einige Pimmel in ihrem Leben gesehen, also muss ich mich nicht so zieren.

Gott sei Dank, diese peinliche und abtörnende Erinnerung hilft, wie immer, meinen Orgasmus zu verhindern. Ich atme laut ein und aus und bekomme mich wieder unter Kontrolle.

„Du muss damit aufhören, ich kann es sonst nicht länger aushalten", murmele ich und schiebe ihre Hand weg, mit der sie wieder nach meinem Schwanz greift. Stattdessen lasse ich mich langsam vor ihr auf die Knie sinken und spreize ihre Schenkel. Wir küssen uns und ihr beschleunigter, flacher Atem verrät mir, dass sie selbst total angetörnt ist. Was für eine Frau! Ich koste ausgiebig ihren warmen Mund und ihre Zunge und mein Schwanz zuckt erneut vor Ungeduld. Ob sie sich bewusst ist, wie fantastisch sie blasen kann?

Ich streife die Träger ihres Bodys von ihren Schultern und entblöße ihre vollen, runden Brüste. Die hübschen Nippel sind völlig aufgerichtet und ich liebkose sie abwechselnd mit meiner Zunge. Noemi hält meinen Kopf fest und ihr Brustkorb senkt und hebt sich heftig. Als ich ihre angeschwollene Brustwarze in den Mund nehme, stöhnt sie lasziv. Erst leise, dann immer lauter. Ihre Lust schickt erneut das Blut aus meinem Kopf in viel niedrigere Regionen, und mir wird fast schwindelig vor Verlangen nach ihr. Ich will sie. So sehr wie noch keine andere Frau vor ihr.

Nicht mal Julia habe ich so begehrt. Im Bett war sie meistens zurückhaltend und beherrscht und hat mir oft das Gefühl gegeben, dass Sex für sie zwar angenehm, aber nicht so essenziell und wichtig ist wie für mich. Deswegen habe ich mich damals oft zurückgehalten und sie nie so hemmungslos gefickt, wie ich es eigentlich wollte. Aber Noemi ist anders. Sie verkörpert all das, was mich bei einer Frau am meisten aufgeilt – üppige Sinnlichkeit, ungebremste Lust, heiße Leidenschaft. Mit ungeschickten Fingern versuche ich den Bodyverschluss in ihrem Schritt zu öffnen. Sie erzittert, als ich dabei ihre weiche Vulva berühre, und spreizt ihre Beine noch mehr. Sie ist so willig. Sie bietet sich mir ganz an und ist bereit, sich ihrem Verlangen völlig hinzugeben. Die hungrige Begierde in ihren wunderschönen Augen macht mich verrückt nach ihr. Endlich schaffe ich es, diese verdammten Druckknöpfe zu öffnen und entblöße ehrfürchtig ihren Schoß. Fuck! Ihre Möse glänzt regelrecht, so feucht ist sie!

„Du bist so wunderschön", raune ich bewundernd und drücke sanft ihren Oberkörper nach hinten, bis sie sich ins Bett fallen lässt. Sie zieht ihre Beine an und stellt die Füße an das Bettende. Ihre Schenkel zittern vor Aufregung. Meine Hand, mit der ich über die seidigen Härchen auf ihrem Venushügel fahre, zittert auch. Sie ist wunderbar. Die weiße, glatte Haut ihrer Schenkel, der dunkelrosa Samt ihres Geschlechts, ihr langes schwarzes Haar, das ihr hübsches Gesicht umrahmt, ihre üppigen Brüste mit den großzügigen Vorhöfen. Diese Frau ist eine Augenweide. Kniend vor ihr tauche ich mein Gesicht in ihr Heiligtum wie ein entzückter Pilger am Ziel seiner Reise. Sie riecht so geil. Sie schmeckt so geil. Stöhnend wölbt sie mir ihr Becken entgegen, als ich mit der Zunge über ihre Spalte fahre, bevor ich sie in sie eintauche. Sie wimmert und keucht unter mir, sodass mein Schwanz vor unbeschreiblichem Verlangen regelrecht schmerzt. Ich spiele zusätzlich mit ihren Brustwarzen, die sich unter meinen Fingern steinhart anfühlen. Sie stöhnt immer heftiger. Die unkontrollierten Lustlaute aus ihrer Kehle zeigen mir unmissverständlich, wie sie es genießt, und sie spornt mich damit nur noch mehr an. Zärtlich sauge ich an ihrer kleinen Lustknospe, und sie wirft wild stöhnend ihren Kopf nach hinten. Das scheint sie am meisten zu mögen! Mit größter Hingabe fahre ich fort, und sie krallt ihre Finger fest in die Bettdecke.

„Myles, fick mich jetzt, bitte! Bitte, fick mich!", bettelt sie plötzlich mit heiserer Stimme und sieht mich fast verzweifelt an. *Sie bittet mich sie zu ficken!* Was heißt hier, sie *bittet* mich – sie fleht mich regelrecht an! Ich muss der glücklichste Mann auf diesem Planeten sein, diese Frau beglücken zu dürfen! Immer noch kniend greife ich rasch nach meiner Hose, in der ich schon vorher zwei Kondome verstaut habe. Ich versuche, Noemi den Wunsch so schnell wie möglich zu erfüllen. Mit aufgelöstem Haar und geöffneten Schenkeln liegt sie, gestützt auf ihre Ellbogen, vor mir. Meine Liebesgöttin. Erwartungsvoll und mit vor Lust glänzenden Augen kaut sie auf ihrer Unterlippe, während sie beobachtet, wie ich geübt das Gummi über meinen Schwanz stülpe. Ich richte mich auf und beuge mich zwischen ihren Schenkeln über sie. Sie zieht mich zu sich und führt mit einer Hand meinen Schwanz an ihre Lustpforte.

„Küss mich!", verlangt sie von mir. Ihre Zunge dringt fordernd in meinen Mund ein, und im selben Augenblick stoße ich in sie. Der Kuss erstickt unser Stöhnen, und ich versinke tief in ihrer feuchten Pussy. Trotz des verfluchten Kondoms spüre ich ihre herrlich heiße Enge und mit jedem Stoß dringe ich noch tiefer in sie vor. Sie umschlingt mich mit ihren Beinen und stöhnt laut in mein Ohr. Ihr Becken bewegt sich in meinem

Rhythmus, doch ich spüre, dass sie es schneller will. Ich beschleunige meine Stöße und ficke sie heftig bis zum Anschlag. Sie krallt ihre Finger in meinen Rücken und ihre Lustlaute werden immer unbeherrschter. Verdammt! Ich hoffe, sie kommt bald, sonst verliere ich die Kontrolle. Es ist einfach zu geil, sie zu spüren und zu beobachten, wie sie es genießt. Da wird auch die Erinnerung an Schwester Hilda nicht mehr helfen können!

Doch Noemi selbst verschafft mir plötzlich eine Pause.

„Warte!", haucht sie in mein Ohr und entzieht sich mir. Ich lasse sie los, gespannt auf das, was sie vorhat. Noemi dreht sich lasziv um und kniet sich auf allen Vieren vor mir hin. Über ihre Schulter sieht sie mich mit lustvoll geöffneten Lippen an und wartet. Oh du Scheiße! Damit macht sie es mir schlicht unmöglich, mich noch für eine Weile zu beherrschen! Ich starre wie gebannt auf ihren sexy Hintern, den sie mir so hemmungslos entgegenstreckt. Mein Schwanz reagiert unmittelbar. Ohne zu zögern dränge ich ihn wild zurück in ihre Pussy, die ich am liebsten nie mehr verlassen würde. Noemi empfängt mich mit einem unkontrollierten, animalischen Lustschrei und vergräbt ihr Gesicht im Kopfkissen. Fuck, diese Frau ist einfach ein Traum!

10. Noemi

Als ich Myles' harten Schwanz ganz tief in mir spüre,
höre ich meinen eigenen Lustschrei, der so laut ist, dass
ich mein Gesicht unwillkürlich in das Kopfkissen drücke. Was macht dieser Mann bloß mit mir? Ich kenne
solche hemmungslose Lust nicht, sie erschreckt und beflügelt mich zugleich. Alles, was ich noch will, ist zu
kommen, ich halte diese wahnsinnige Anspannung in
meinem Unterbauch nicht länger aus! Mehr instinktiv
als bewusst greife ich nach seiner Hand, mit der er
meine Hüfte festhält, und führe sie zwischen meine
Beine.

„Streichle mich bitte, ich brauche noch deine Finger",
verlange ich mit keuchender Stimme, die mir fremd erscheint. Ich fühle mich wie jemand, der am Verdursten
ist und um ein Glas Wasser bettelt. Die verzweifelte Suche nach Erlösung ist das Einzige, was ich noch wahrnehmen kann. Da ist kein Platz für Scham oder Zurückhaltung. Er muss mir das geben, wonach ich so sehr
lechze, und es ist mir egal, ob er mich für zu unersätt-
lich hält.

Myles reagiert sofort, und als seine feinfühligen Finger meine schmerzlich angeschwollene Klit berühren,
dämpft das Kopfkissen erfolgreich einen weiteren
Schrei. Seine Fingerspitzen fühlen sich brennend heiß
an, sie verursachen mir einen süßen, unerträglichen
Genuss, der zugleich qualvoll ist, weil er nach Erfüllung

schreit. Myles massiert mich mit genau dem richtigen Druck – nicht zu stark, nicht zu sanft, mal schneller, mal langsamer. Jede meiner Nervenzellen füllt sich mit flüssigem Feuer, das bereit für die Eruption ist. Die unerträgliche Spannung in meinen Liebesmuskeln zieht meinen ganzen Körper zusammen. Ich bebe und zittere nur noch, als die unaufhaltsam aufsteigende Ekstasewelle ihren Höhepunkt erreicht. Sie erwischt mich mit voller Wucht und ich schreie Myles' Namen, während das erlösende Pulsieren in meinem Unterleib mich wild durchschüttelt.

„Noemi, ich spüre es! Ich komme auch!", höre ich wie aus der Ferne seine heisere Stimme, die am Ende in unkontrolliertes Stöhnen übergeht. Er stößt noch ein paar Mal heftig zu, dann sackt er keuchend auf mich. Ich strecke meine bebenden Beine aus, bis ich auf dem Bauch liegen bleibe, immer noch mit Myles vereint, der schwer und laut atmend auf mir liegt. Noch völlig benommen von diesem unbeschreiblich intensiven Orgasmus, überfällt mich ein starkes Bedürfnis, den Mann, der mir solchen Genuss geschenkt hat, ganz fest zu halten. Ich seufze unter ihm und sofort rollt er sich von mir und bleibt neben mir liegen. Er zieht mich in seine Arme und küsst mich auf den Mund, schmeckt und riecht nach meiner Lust. Das gefällt mir. Sehr sogar.

Er gehört mir und ich will ihn nicht mehr hergeben ...

Ich erschrecke, als ich diese Stimme in mir höre, und mein Verstand schaltet sich langsam wieder ein.

Bleib schön auf dem Teppich! Bloß weil Myles mir gerade das Gehirn rausgevögelt hat, muss das nicht heißen, dass ich mich an ihn binden muss. Große Mädchen sind heutzutage sehr wohl fähig, sich ihren Spaß auch ohne den Romantikkram zu erlauben!

„Noemi?" Myles' Bariton reißt mich aus meinem Selbstgespräch, und ich sehe ihn an. Seine wunderschönen Augen, in deren Tiefe ich mich immer aufs Neue verlieren möchte, funkeln. Sein Blick ruht auf mir, und er streichelt mir zärtlich die Haarsträhnen aus dem Gesicht.

„Sag mal, bist du mit jemandem zusammen? Ich meine, ob du dich neben mir noch mit jemand anderem triffst?", fragt er betont lässig. Er verwirrt mich damit völlig.

Ich bin verwundert. „Was meinst du damit? Ob ich noch mit jemand anderem schlafe?"

„Ja, das meine ich." Er nickt und sein Adamsapfel bewegt sich sichtlich, als er laut schluckt.

„Nein, du bist der Einzige. Es ist irgendwie nicht mein Ding, mit mehreren Typen gleichzeitig was am Laufen zu haben", erwidere ich und lächle was verlegen. „Aber es ist mir klar, dass *du* neben mir noch andere Frauen triffst. Solange du Safer Sex praktizierst, ist es für mich völlig in Ordnung." Ich gebe mir große Mühe, ganz locker und unbeteiligt zu klingen, obwohl ich tief in mir weiß, dass ich lüge. Es wäre echt dumm von mir zu erwarten, ein Typ wie Myles würde nur mit einer einzigen Frau schlafen, nämlich mit mir. Trotzdem verspüre ich so ein kleines, ekliges und hinterhältiges Gefühl in meiner Magengegend, das ich nur zu gut kenne. Eifersucht. Das uncoolste und überflüssigste Gefühl, das ich mir in einem Verhältnis mit einem Rockstar erlauben sollte. Ich senke meinen Blick und halte mich an seinem schönen Körper fest.

„Noemi …“ Myles hebt mein Kinn an und blickt mir in die Augen. „Ich schlafe im Augenblick auch mit keiner anderen Frau und habe es auch nicht vor. Ich will dich. Nur dich. Und ich würde gerne wissen, ob du das auch so möchtest – eine exklusive, erotische Beziehung mit mir, so lange wir Lust aufeinander haben?“

Wow, das muss ich erst mal kurz verdauen. Ich hole tief Luft und merke, wie jede graue Zelle in meinem Gehirn jubelt, als ich endgültig die Bedeutung seiner Worte verstehe. Myles will in der knapp gemessenen Zeit, die uns verbleibt, nur mit mir schlafen! Dieser junge Mann überrascht mich immer mehr.

„Das wünsche ich mir auch“, antworte ich mit vor Rührung bebender Stimme. „Ich dachte nur, so ein Mann wie du und dazu noch ein Rockstar, der wird sich nicht nur auf eine Geliebte beschränken“, murmle ich und senke meinen Blick.

„Vergiss diesen Shit mit dem Rockstar und so! Ich scheiße darauf, ein Rockstar zu sein und irgendwelche abgedroschenen Klischees zu erfüllen! Dafür ist in unserer Band Vic zuständig. Ich mache Musik, weil ich nun mal Musik liebe, aber ich lebe mein Leben nach meinen Prinzipien. Ich bin nicht das, wofür du mich anscheinend hältst.“ Myles’ Augen funkeln leidenschaftlich. Ja, er scheint tatsächlich anders zu sein, als man es von einem berühmten Rockmusiker erwarten würde. Ich gestehe, das gefällt mir sehr. Und er gefällt mir mit jeder Minute, die ich in seiner Umarmung verbringe, noch mehr.

„Wollen wir was essen gehen? Ich habe nämlich Mordshunger." Myles wechselt plötzlich das Thema, bevor es zu emotional wird, und streckt sich im Bett aus. Ich setze mich auf und betrachte verliebt seinen Luxuskörper.

„Ich muss zugeben – ich auch", gebe ich lächelnd zu. „Eigentlich wollte ich für eine Weile auf Abendessen verzichten, um ein paar Kilos abzunehmen." Unmittelbar richte ich einen kritischen Blick auf meinen nackten Körper und ziehe den Bauch ein.

„Wage es nicht, abzunehmen!" Myles beugt sich mit drohendem Blick zu mir und küsst zärtlich eine weiche Brustwarze. „Ist dir nicht bewusst, welch einen wunderschönen, sexy Körper du hast?", sagt er mit Bewunderung in seinen Augen und seine Fingerspitzen zeichnen die Konturen meiner Brust und meiner Hüfte nach. „Du bist perfekt, so wie du bist! Und ich könnte schon wieder über dich herfallen, so sehr machst du mich an."

Seine Hand gleitet langsam über die Wölbung meines Hinterns und er küsst meine andere Brust. Seine Augen flackern auf, als er mit seiner Zungenspitze lasziv über meine mittlerweile aufgerichtete Brustwarze streift und ich den Atem anhalte. Mein Herz schlägt schneller und ein warmes Glücksgefühl breitet sich in mir aus. Die Art, wie er Gefallen an meinem Körper zeigt, benebelt mich wie ein hochprozentiger Cocktail. Dieser junge Mann weiß verdammt gut, wie er mit Frauen umgehen muss. *Und wie er ihnen genau das gibt, was sie am meisten brauchen ...*

„Komm, gehen wir erst essen! Wir haben noch die ganze Nacht vor uns." Er springt mit einem Satz aus dem Bett und zieht mich an der Hand hoch.

„Möchtest du, dass ich heute bei dir übernachte?", rutscht mir die Frage heraus, noch ehe ich richtig nachdenken kann. Damit breche ich eine meiner wichtigsten Regeln: Übernachte nie bei einem Liebhaber, wenn du nicht sicher bist, dass er dich liebt.

„Ich würde mich sehr freuen", raunt Myles und fährt mit der Hand zärtlich über mein Haar. „Ich habe nämlich noch einiges mit dir vor ..." Seine sexy Stimme streichelt mich und löst ein lustvolles Kribbeln in meinem Bauch aus. „Außerdem möchte ich am Morgen neben dir aufwachen." Und schon dreht er sich weg und verlässt nackt das Zimmer. Sprachlos sehe ich ihm hinterher und bewundere seine knackige Silhouette. Das beschwingende Gefühl in mir, das sich wie ein Ganzkörperlächeln anfühlt, kann ich nur mühsam unterdrücken.

11. *Myles*

Wir schlagen uns die Bäuche mit Pizza voll und ich kriege nicht genug von Noemis herzlichem Lachen. Ich stehe auf Frauen, die so wie sie gut gelaunt, entspannt und lebensfroh sind. Nur irgendwie treffe ich sie sehr selten. Ich kenne anscheinend nur die falschen Frauen. So viele zickige, launische und humorlose Exemplare des schönen Geschlechtes sind mir in letzter Zeit über den Weg gelaufen, dass ich Noemis Gelassenheit und ihre Fröhlichkeit mehr als angenehm empfinde. Sie ist wie eine erfrischende, duftende Sommerbrise an einem sonnigen Junitag.

In ihrer Gegenwart kann ich völlig loslassen und mich dem Augenblick hingeben. Wenn ich tief in ihre grünblauen, klaren Augen eintauche, vergesse ich den Stress und den Druck, der mir in letzter Zeit ziemlich zusetzt. Ich vergesse meine Sorgen um Papa und seine Scheißkrankheit. Ich vergesse mein schlechtes Gewissen, weil ich nicht jeden Tag vorbeifahre und Mama ein wenig entlaste. Oder ihren Kummer vertreibe, wenigstens für ein paar Stunden. Ich vergesse meine zerbrochene Beziehung mit der Frau, mit der ich früher mein ganzes Leben verbringen wollte. Ich vergesse, dass ich neuerdings in der Öffentlichkeit die Rolle eines Rockstars spielen muss, obwohl ich eigentlich nur Musik machen will und nichts anderes. Und ich wünsche mir, jede freie Minute, die ich habe, mit Noemi zu verbringen. Zuschauen, wie sie lächelt. Wie sie ausdrucksstark und temperamentvoll gestikuliert, während sie redet. Wie sie ihr langes, glänzendes Haar schüttelt. Vor allem wünsche ich mir aber, sie zu halten, sie zu küssen, ihren verführerischen Körper zu spüren. Den Duft ihrer Weiblichkeit einzuatmen, sie zu schmecken. In ihr zu versinken ...

Scheiße, ich kriege wieder einen Steifen, wenn ich nur daran denke, wie wir uns vorhin geliebt haben. Wie sie mich angefleht hat, sie zu ficken. Wie sie gekommen ist, so heftig, als ob es um Leben und Tod gehen würde. Ich greife nach dem Bierglas, und trinke einige Schlucke, um mich abzulenken. Es fällt mir immer schwerer, eine gewisse, bedrohliche Erkenntnis tief in meinem verkorksten Herz zu unterdrücken. Eine verfluchte Erkenntnis, vor der ich mich zunehmend fürchte. *Ich habe mich in Noemi verliebt.* Und das ist nicht gut. Es ist fucking schlimm!

12. Noemi

Im ersten Augenblick nach dem Erwachen schrecke ich hoch. Verzweifelt greife ich nach Myles, der neben mir schläft und den ich im abgedunkelten Zimmer unter der dunkelblauen Bettdecke kaum erkenne. Doch sofort ertaste ich seine nackte Schulter und seufze erleichtert auf. Natürlich wecke ich ihn damit auf.

„Wie spät ist es? Muss ich aufstehen?", murmelt er mit verschlafener Stimme.

„Es ist erst neun, schlaf weiter. Ich wollte dich nicht wecken, ich hab blöd geträumt und daher musste ich wissen, ob du noch da bist", erkläre ich entschuldigend und küsse ihn auf die Wange. Myles schläft auf dem Bauch und sein verwuscheltes Haar verdeckt das halbe Gesicht.

„Wo sollte ich denn sein?" Meine komische Antwort macht ihn neugierig.

„Ach, vergiss es, war wirklich nur ein blöder Traum." Ich schmiege mich an Myles, da ich jetzt seine Nähe brauche, und er legt seinen Arm um mich.

„Erzähl mir von dem Traum", verlangt er trotzdem. Ich zögere. Die Erinnerung an den Traum ist nicht schön und tut mir tief in meinem Herzen weh.

„Es war nur ein Traum, nicht der Rede wert." Ich presse meine Lippen zusammen, um die aufsteigenden Tränen zu unterdrücken. Zum Glück gibt er sich damit zufrieden und wir schweigen. Doch der Traum lässt mir keine Ruhe.

Vor meinen inneren Augen sehe ich ihn auf der Straße, zusammen mit einer schlanken, blonden Frau, die er umarmt und küsst, während ich tränenüberströmt auf der anderen Straßenseite stehe und stumm nach ihm rufe. Er blickt nur kurz zu mir rüber und widmet sich wieder strahlend lächelnd seiner Begleiterin. Mit der Hand an ihrer Hüfte führt er sie zu seinem Auto, sie steigen ein und fahren weg. Ich aber stehe immer noch da und weine herzzerreißend. Trotz Myles' warmem Körper, den ich so nah spüre, schmerzt mich der Traum weiter. Er vermittelt mir eine ganz klare Botschaft, die nicht deutlicher sein könnte. Ich werde ihn so oder so schon bald verlieren. Entweder an eine andere Frau oder seine Karriere, die ihn von mir wegtreiben und unsere Wege unvermeidlich trennen wird. Alles, was ich von ihm haben werde, sind einige Tage oder Wochen. Eine Kurzgeschichte ohne Fortsetzung. Einige unvergessliche Liebesnächte wie diese.

Als ich an die vergangene Nacht denke, regen sich die strapazierten Muskeln in meinem Unterleib. Myles' Worte vor dem Abendessen waren keine leere Versprechung. Kaum waren wir zurück, sind wir wieder ausgehungert übereinander hergefallen. Er hat mich im Bad genommen, auf der Waschmaschine. Wir zogen nicht mal unsere Klamotten aus, er streifte lediglich mein Kleid nach oben und riss die Druckknöpfe des Bodys auf. Diesmal hielt er sich nicht zurück und ich befahl ihm zu kommen, ohne auf mich zu warten. Danach tranken wir Wein auf dem Balkon, redeten dabei über

Gott und die Welt, hörten eine Weile Musik. Seine Lieblingsband, *The Cult. Sweet Salvation* und *She sells Sanctuary* gefielen mir am besten und versetzten mich in die richtige Stimmung. Mir wurde kalt und wir kuschelten weiter auf dem Sofa, bis die Leidenschaft uns wieder packte. Wir gingen ins Bett und nahmen uns ganz viel Zeit. Er leckte mich langsam und genussvoll, bis ich um Erlösung bettelte. Doch die verweigerte er mir. Erst als ich auf ihm saß und ihn im ungezügelten Tempo ritt, durfte ich kommen. Es war unbeschreiblich schön. Ich beugte mich zu ihm, sodass er meine Brüste küssen konnte, und er streichelte gleichzeitig meine Klit. Wir sind fast zeitgleich gekommen und anschließend eng aneinandergeschmiegt eingeschlafen. Eine perfekte Nacht mit einem perfekten Liebhaber ...

Ein Seufzer entweicht mir und ich kuschle mich fest an Myles' Brust, als er sich umdreht und mich an sich zieht.

„Alles okay, Süße?"

„Alles okay", beruhige ich ihn sofort. „Bin nur etwas verkatert, das letzte Glas Wein auf dem Balkon war wohl zu viel." Das stimmt übrigens. Mein Kopf schmerzt und mir ist ein bisschen schwindlig.

„Echt? Das tut mir leid." Myles umarmt mich fester und küsst mich auf den Kopf. „Dann sollte ich besser annehmen, du bist nicht in Stimmung für ..." Er nimmt meine Hand und führt sie unter die Bettdecke an seinen steifen Schwanz. „Er will dir nur guten Morgen sagen", flüstert er.

Ich halte ihn in meiner Hand und mein Körper meldet sich mit dem unverkennbaren Ziehen in den unteren Regionen. Es ist nur die Morgenlatte und muss nichts bedeuten. Doch als ich in Myles' Gesicht blicke, erkenne ich in seinen dunklen, waldhonigfarbenen Augen die glühende Leidenschaft, die mich so heiß macht. Unsere Lippen vereinen sich in einem verlangenden Kuss. Myles' Zunge drängt sich sofort in meine Mundhöhle und ich spüre, wie mein Schoß immer feuchter wird. Es ist überwältigend, wie heftig und schnell ich auf Myles reagiere. Als ob mein Körper die ganze Zeit nur darauf wartet, von ihm mit der kleinsten Berührung in lustvolle Schwingung versetzt zu werden. Myles' Hand wandert zwischen meine Schenkel und er taucht seine Finger in meine feuchte Spalte.

„Schon so nass …" Genießerisch leckt er sich die Fingerspitzen ab. „Und so köstlich", raunt er. In meinem Unterbauch steigt unerträgliche Hitze auf und die Bewegungen meiner Hand an seinem Schwanz werden schneller.

„Willst du ihn haben?", fragt Myles heiser, und sein bestes Stück zuckt in meiner Hand. Als Antwort drehe ich mich auf die Seite und drücke ihm einladend mein Hinterteil gegen den Bauch. Ohne zu zögern folgt Myles meiner Aufforderung. Rasch beugt er sich über die Bettkante und holt ein Kondom aus seiner Hose. Mit den Zähnen reißt er die Verpackung auf und zieht sich das Gummi blitzschnell über. Er führt seinen Schwanz zwischen meine angeschwollenen Falten, reibt eine Weile mit der Spitze daran und dringt langsam ein. Mein leises Aufstöhnen ermutigt ihn und er stößt tiefer zu. Verlangend fasst er mich an der Brust und liebkost meine zusammengezogenen Brustwarzen. Es fühlt sich alles so gut an. Sein Schwanz in mir. Seine Hände an meiner

Brust. Sein warmer, fester Körper, eng an meinen geschmiegt. Trotz meines Katers und der Müdigkeit erwachen alle meine Sinne, und ich genieße unsere innige Löffelchenstellung. Myles' Atem wird tiefer und schwerer, und schon bald dreht er mich bestimmend auf den Bauch, sodass ich unter ihm liege, unfähig, mich zu bewegen. Myles ist deutlich angetörnt von dieser Stellung und stößt mich immer härter, immer tiefer.

„Ich genieße dich so sehr", flüstert er an mein Ohr. „Gefällt dir die Stellung auch?"

„Sehr sogar", hauche ich und wölbe ihm mein Becken noch mehr entgegen. Wir stöhnen beide auf, als er seine Bewegungen beschleunigt. Er nimmt mich hart und ohne Zurückhaltung. Und ich liebe es. Mein Unterleib bebt, und die lustvollen Empfindungen tief in mir rauben mir den Verstand. Ich stöhne laut und hemmungslos, genau wie Myles. Ich hatte noch keinen Liebhaber, der seinen Genuss so laut zum Ausdruck gebracht hat. Vielleicht, weil er ein Musiker ist und es für ihn normal ist, starke Gefühle auszudrücken?

„So gut hat mich noch keiner gefickt!", platzt es unerwartet aus mir heraus. Myles beißt zärtlich in meine Schulter.

„Ja, Süße, lass es raus! Sag, dass du es willst!", feuert er mich an, und ich merke, wie angetörnt er ist.

„Ja, ich will dich! Mach weiter!", flehe ich ihn an, völlig aufgelöst und unfähig, mich zurückzuhalten.

„Oh ja, ich mach weiter, bis du kommst! Komm für mich!", keucht er an meinem Ohr, und ich spüre seinen heißen Atem. Er macht mich rasend vor Lust, wenn er so mit mir spricht, und mein Körper reagiert darauf mit dem unaufhaltsamen Zusammenziehen aller Muskeln in meinem Unterleib. Myles stößt mich tief und schnell und plötzlich passiert es. Auf dem Gipfel meiner Lust stürze ich in die unendliche Süße der berauschenden Kontraktionen, die ihn noch tiefer in mich hineinziehen. Mein Körper zuckt wild und gibt sich dem Genuss völlig hin. Myles folgt mir gleich darauf. Mit dem letzten Stoß verharrt er laut stöhnend und wie versteinert in mir. Ich spüre, wie er sich pulsierend in mir entlädt, bevor er seine Spannung verliert und entkräftet über mir zusammensackt.

„Du bist der reinste Wahnsinn …", murmelt er kaum hörbar, als er atemlos von mir gleitet, um mich von seinem Gewicht zu befreien.

Es gibt ihn also doch, den perfekten Liebhaber. Jemanden, der dich zu bedingungsloser Hingabe bringt und dich auf eine Art befriedigt, die du niemals im Leben vergessen wirst. Und den du immer wieder mit jedem anderen Mann, der ihm folgen mag, vergleichen wirst.

Myles legt seine Arme um mich und hält mich so fest, als ob er Angst hätte, ich könnte in einen tiefen Abgrund stürzen. In diesem intensiven Augenblick der Verschmelzung und Verbundenheit spüre ich, dass er mich genau so liebt, wie ich ihn liebe. Wenn die Liebe ein Fallschirmsprung aus mehreren tausend Metern Höhe ist, dann bin ich bereit zu springen, egal ob sich mein Fallschirm öffnet oder nicht.

Aufgewühlt blicke ich zu ihm auf. Myles hält seine Augen geschlossen, und auf seinen entspannten Zügen liegt überraschenderweise ein Hauch Melancholie. Es ist vielleicht bloß diese sonderbare Traurigkeit unmittelbar nach dem Sex, die einen ohne richtigen Grund manchmal überfällt. Doch ich spüre wieder einmal, dass Myles tief in sich etwas trägt, was er vor der Welt verheimlicht und was hin und wieder einen Schatten auf sein schönes Gesicht wirft. Ich habe diesen Schatten schon bei unserer ersten Begegnung bemerkt und er verstärkte mein Interesse an Myles nur noch. Er verleiht ihm die Ausstrahlung eines dunklen, gefallenen Engels und seinem Charakter Tiefe und Reife. Eine Frau wie Alma Mahler würde ganz bestimmt ihren Gefallen an solch einem romantisch-gequält wirkenden Musiker finden! Natürlich reizt es mich, Myles' Abgründe zu erforschen, sein Geheimnis zu lüften. Während ich verliebt in sein Gesicht blicke, würde ich ihn gerne so lange küssen, bis der bittere Zug um seine Mundwinkel verschwindet, bis sein unergründlicher Blick die Spur eines verborgenen Schmerzes verliert. Bis ich ihn mit meiner Liebe erlöst habe ...

Ich verkneife mir ein lautes Seufzen, als ich mich bei meinen romantischen Träumereien erwische, und ärgere mich über mich und meine Naivität. Wenn Myles tatsächlich irgendwelche schwerwiegenden Probleme haben sollte, gingen sie mich nichts an und es wäre jetzt höchste Zeit, einen sicheren, emotionalen Abstand zu ihm zu schaffen. Er könnte alles Mögliche sein – bipolar, depressiv oder sonst irgendwie geschädigt. Vielleicht nimmt er auch einfach nur Drogen. Was weiß ich schon über ihn! Seit ich mit ihm den Sex meines Lebens genieße, bin ich nicht länger in der Lage, ihn objektiv und nüchtern zu betrachten. Das geht nun mal nicht, wenn man, so wie ich, hoffnungslos verliebt ist. Und

ich befürchte, dagegen kann ich nichts mehr unternehmen.

13. Noemi

Ich liege unter dem alten Kirschbaum, der in voller Blüte seine Äste im warmen Wind tanzen lässt, und verspeise genussvoll Mamas Käsekuchen, den besten der Welt. Es ist schon mein drittes Stück an diesem Sonntagnachmittag. Die Sonne brennt für Mai ungewöhnlich stark, doch ich gebe mich der ersten Hitzewelle in diesem Jahr mit großer Freude hin. Meine nackten Beine sind seit gestern schon etwas braun geworden und meine Füße sind leicht grün von dem Barfußlaufen auf dem frisch gemähten Rasen. Die Luft duftet herrlich nach weißen und lila Fliederbüschen, die links von mir neben dem Gartenzaun um die Wette blühen.

„Es freut mich, dass dir mein Kuchen immer noch so schmeckt", meldet sich meine Ma, die neben mir auf einem zweiten Liegestuhl sitzt, und lächelt mich an. „Junge Frauen in deinem Alter achten meist auf die Kalorien, aber du lässt dir zum Glück nicht deinen Appetit verderben." Wenn sie das noch vor einem Monat gesagt hätte, hätte ich bestimmt den Teller abgestellt und mir Vorwürfe wegen meiner unkontrollierten Fresslust gemacht. Jetzt lächle ich aber nur entspannt und führe mir den vollen Löffel zum Mund.

„Es wäre eine Sünde, einem so leckeren Kuchen zu widerstehen", sage ich, bevor ich die Ladung sahniger

Käsemasse verschlinge. „Und außerdem stehen nicht alle Männer nur auf gertenschlanke Frauen." Ich wedele mit dem Löffel und versuche, dabei ganz sachlich auszusehen.

„Allerdings." Meine Ma beobachtet mich aufmerksam mit leicht gehobenen Augenbrauen. Ich kenne diesen Blick gut. Er ist einer von diesen Röntgenblicken, wie nur Mütter sie haben, der mir verrät, dass ich nichts vor ihr verbergen kann. So wie damals, als Paul und ich miteinander Schluss gemacht haben und ich versuchte, mich bei Papas Geburtstag zwei Tage später ganz sorglos und unbekümmert zu geben. Doch sie bemerkte sofort, dass mit mir etwas nicht stimmte. Sie führte mich in das Schlafzimmer und ich heulte los, als sie die Tür schloss und mich in die Arme nahm. Oder als ich vor vier Jahren dachte, ich sei schwanger. An dem Morgen, als ich wieder ohne Blutung aufwachte und mich bei dem Verdacht das blanke Entsetzen packte, folgte sie mir ins Bad. „Wie lange bist du fällig", fragte sie mich ganz ruhig, und anschließend fuhren wir zu der Drogerie, wo sie einen Frühschwangerschaftstest für mich gekauft hat. Der zum Glück negativ gewesen ist. Sie kann mit ihrer Intuition manchmal richtig unheimlich sein. Daher versuche ich sorgsam, mein Gesicht zu verbergen, und führe die nächste Ladung Kuchen zu meinem Mund.

„Noemi, kann es sein, dass du einen Mann kennengelernt hast?" Also doch. Mamas Frage klingt ganz unschuldig und beiläufig, doch ihre blauen Augen glitzern schelmisch. Ihr Gesicht ist immer noch schön und sie hat kaum Falten, fällt mir plötzlich auf. Sie ist dezent geschminkt und ihre Figur kann sich sehen lassen.

Schon als Kind war ich stolz auf sie, weil sie immer so schön und elegant war. Jetzt, mit ihren fünfzig Jahren, könnte sie locker für Anfang vierzig durchgehen, und ich kann nur hoffen, ihre guten Gene abbekommen zu haben.

„Ja, Mama, ich habe jemanden kennengelernt“, antworte ich schließlich. Es ist schon fast ein Monat vergangen, seit wir uns kennen und miteinander schlafen, aber ich wollte ihr von meiner aufregenden Liebschaft nicht am Telefon berichten. Erst an diesem Wochenende, wo Myles mit der Band bis Montag in Köln bei den Dreharbeiten für eine Musiksendung ist, habe ich Gelegenheit dazu gefunden, nach Hause zu meinen Eltern zu fahren.

Der erfrischende Wind lässt viele weiße Kirschblüten auf uns schneien und der Duft von frisch gemähtem Rasen weckt Kindheitserinnerungen in mir. So oft vergesse ich, wie schön es hier eigentlich ist. Der große Garten, der von beiden Seiten von einem kleinen Kanal der Spree abgegrenzt wird, ist ein richtiges Paradies. Viele Obstbäume und Sträucher sind älter als ich und ich kenne jeden einzelnen Ast und Zweig. Es hat sich kaum was verändert, seit mein Bruder und ich nicht mehr hier wohnen. Das kleine Baumhaus, das Papa für Ben und mich gebaut hat, steht immer noch auf dem Apfelbaum neben dem Kanal. Die etwas sperrige Hollywoodschaukel, die ich mir zum zehnten Geburtstag gewünscht habe, befindet sich noch immer an der Stelle zwischen den Hortensienbüschen, wo ich sie haben wollte, um von dort beim Schaukeln aufs Wasser schauen zu können. Nur das einst strahlend gelbe Sonnenblumenmuster des Polsterstoffes ist verblasst und nun pastellfarben.

Ob Ma und Pa sich einsam fühlen, jetzt wo sie ganz alleine hier leben? Komisch, das habe ich mich noch nie gefragt. Wahrscheinlich, weil es mir nie bewusst geworden ist, dass mein Bruder und ich richtig weggezogen sind und nicht nur zeitweise in Berlin wohnen. In meinem Herzen bin ich immer noch hier zuhause, doch für meine Eltern ist das Nest endgültig leer.

Der Gedanke macht mich fast traurig. Wir waren eine glückliche, liebevolle Familie, und ich kann mir keine schönere Kindheit als meine vorstellen. Doch diese Zeit ist für immer vorbei, und das tut irgendwie weh. Damals, vor fast vier Jahren, war ich überglücklich und aufgeregt, als ich endlich diesen kleinen Ort bei Lübben verlassen konnte und in die große Stadt gezogen bin. Dabei ignorierte ich die Tränen in den Augen meiner Mutter, als ich sie beim Abschied umarmte und mich in das große Umzugsauto neben Papa setzte. Ich war zu ungeduldig, endlich mein neues Leben weit weg von hier begrüßen zu können, sodass ich nicht daran denken konnte, was dieser Wendepunkt eigentlich für meine Eltern bedeutete.

Es ist nun mal so, dass Kinder irgendwann erwachsen werden und das Elternhaus verlassen. Aber den Schmerz beim Loslassen werde ich bestimmt erst dann nachvollziehen können, wenn ich eines Tages meine eigenen Kinder verabschiede.

Wenn ich hier zu Besuch bin, fühle ich mich teilweise noch wie das Mädchen von früher und weigere mich, ganz erwachsen und selbstständig zu sein. Es tut gut, wieder Kind sein zu dürfen und die Liebe und Fürsorge zu spüren, mit der mich meine Eltern jedes Mal überschütten.

„Noemi? Willst du mir nicht von ihm erzählen?" Mamas sanfte Stimme reißt mich aus meinen Gedanken.

„Doch, natürlich. Ich dachte nur, wie schön es hier bei euch ist und wie oft ich mein Zuhause vermisse." Ich flüstere fast vor plötzlicher Rührung.

„Schätzchen, das wird für immer dein Zuhause bleiben, egal, was in Zukunft noch passieren mag." Sie legt mir liebevoll eine Hand auf den Unterarm. Auch sie wirkt irgendwie aufgewühlt und bekümmert.

„Ich weiß." Ich sehe sie dankbar an. „Also, ich habe einen außergewöhnlichen Mann kennengelernt, und ich befürchte, ich habe mich stark in ihn verliebt", beichte ich gleich darauf.

„Wie schön! Aber wieso befürchtest du das?" Meine Ma neigt sich aufmerksam zu mir.

„Na ja, unsere Geschichte ist etwas kompliziert." Mit einem tiefen Seufzer setze ich mich aufrechter hin. Diese Tatsache wird mir jetzt noch mehr bewusst, als ich es laut ausspreche. Mit meiner Ma konnte ich immer schon über mein Liebesleben reden, also muss ich ihr auch diesmal nichts verschweigen. Ich erzähle ihr über Myles und über unsere leidenschaftliche Romanze, und merke, dass ich zu strahlen beginne.

Intuitiv wie sie ist, wird sie erkennen können, wie besonders diese Liebschaft für mich ist und welche Intensität und Leidenschaft ich mit Myles erlebe ...

Sie hört aufmerksam zu und ihre großen, blauen Augen ruhen die ganze Zeit auf mir. Die Augen einer Wassernixe, habe ich als kleines Mädchen gesagt. Als Enkelkind einer waschechten Lausitzer Sorbin bin ich mit Legenden und Sagen aus der slawischen Mythologie aufgewachsen, die für meine Großmutter mehr als nur das waren. Ich habe fest daran geglaubt, dass die Wassernixen manchmal ihre Babys bei menschlichen Müttern aufwachsen lassen, und meine Mutter musste einfach eine von ihnen sein – so schön, mit langem, goldenem Haar und klaren blauen Augen. Lachfältchen zeichnen sich nun um diese bezaubernden Augen, als sie mich anlächelt. Ihr Haar trägt sie jetzt schulterlang. Wenn ich genauer hinsehe, bemerke ich einige silbrige Fäden, die ihre weizenblonden Locken durchziehen. Ihre Jugend mag für immer vorbei sein, doch sie ist noch genauso schön wie eine Fee.

„Noemi, wenn ich dich richtig verstehe …" Sie meldet sich vorsichtig mit ihrer mädchenhaft klingenden Stimme, als ich endlich verstumme. „Ihr habt also keine Liebesbeziehung im üblichen Sinne, sondern eine Art Liebschaft?" Trotz eines kleinen Lächelns, das ihre herzförmigen Lippen umspielt, entgeht mir nicht der Hauch Besorgnis, der in ihrer Stimme mitschwingt.

„Nein, eine richtige Liebesbeziehung ist uns nicht gegeben. Myles ist bald weg, für mehrere Monate, und wird in Zukunft kaum noch Zeit für irgendetwas außer seinem Beruf haben. Die Band wird schon bald auf der ganzen Welt richtig berühmt sein", erkläre ich ihr und merke, wie ich versuche, Myles zu verteidigen. Sie darf nicht schlecht von ihm denken. Er gibt mir alles, was er mir in dieser Situation geben kann, und er macht mich glücklich. So glücklich wie noch keiner vor ihm.

„Ich verstehe", entgegnet sie nachdenklich. „Aber kannst du damit auch umgehen?" Ihr prüfender Blick fixiert mich.

„Ja, das kann ich", versichere ich ihr schnell. Doch verräterische Tränen füllen meine Augen und ein dicker Kloß im Hals zwingt mich, heftig zu schlucken.

„Mein Liebes, du machst dir was vor!" Ma umarmt mich liebevoll. Sie duftet nach Pfingstrosen, nach Zimt, nach Zuhause. Ich lasse meinen Tränen freien Lauf und genieße ihre Umarmung. „Du liebst ihn, nicht wahr?" fragt sie mich leise und drückt mir einen Kuss auf die Stirn.

„Ich weiß es nicht. Ich denke schon", gebe ich unter Tränen zu. „Aber wir beide wissen, dass unser Timing sehr schlecht für eine richtige Beziehung ist, deswegen versuchen wir, das Beste daraus zu machen."

Ich löse mich aus ihrer festen Umarmung und wische mir die Tränen weg. „Mama, wie weiß man, ob es Liebe ist? Ich meine, sich zu verlieben, ist nicht schwer. Doch wann wird aus der Verliebtheit richtige Liebe, um die es sich zu kämpfen lohnt?"

Diese Frage habe ich mir in den letzten Tagen oft gestellt, ohne eine Antwort darauf zu finden. Ich bin wahnsinnig verliebt in Myles, ich begehre ihn und kann nicht genug von ihm kriegen. Aber das ist nicht alles. Ich spüre auch eine tiefere, gefühlsmäßige Verbindung zwischen uns, die mehr als bloße körperliche Anziehung ist. Nur, ist es Liebe?

„Das ist keine einfache Frage." Meine Mutter gießt sich eine Tasse Kaffee ein. „Die Liebe zeigt sich bei jedem Menschen anders."

„Ich weiß. Aber trotzdem möchte ich es gerne von dir wissen ... Wann hast du bei Papa gewusst, dass es Liebe ist, was du für ihn empfindest?“ Ich schüttele den Kopf, als sie mir auch eine Tasse anbietet, und bin gespannt auf ihre Antwort.

„Erst als die größte Verliebtheit vorbei war, wusste ich, dass ich Alexander liebe“, erwidert sie nüchtern. „Ich war schon schwanger mit Ben, als diese Erkenntnis kam“, verblüfft sie mich weiter.

„Echt? Erst einige Monate nach der Hochzeit?“ frage ich fast entsetzt und kann meine Überraschung nicht verbergen.

„Vorher waren wir schrecklich verliebt, und als er mir den Antrag gemacht hat, sagte ich natürlich Ja. Die Vorstellung, ihn zu heiraten und mit ihm zusammenzuleben, war so romantisch und aufregend. Wir waren noch sehr jung, wie du weißt. Ich war nicht älter als du jetzt, als ich Ben bekommen habe. Aber ob das die große Liebe ist, die ein ganzes Leben lang halten wird, habe ich mich damals nicht gefragt. Es passierte einfach so, wie es passieren sollte. Eines Tages saß ich mit dem dicken Bauch unter diesem Baum und aß Kirschen, die dein Papa mir am Morgen gepflückt hatte. Es war ein heißer Tag und mein Kreislauf machte mir Probleme. Ich beobachtete ihn, wie er zusammen mit seinem Vater und den beiden Brüdern das Dach deckte. Er sah dabei so männlich, so stark und so verantwortungsbewusst aus. Neben dem Job als Tierarzt ackerte er jede freie Minute für das Zuhause, das er mir und unserem ungeborenen Kind bieten wollte, und da wusste ich plötzlich: Ich liebe meinen Ehemann und ich möchte mit ihm in diesem wunderschönen Haus alt werden.

Das erste Mal in meinem Leben empfand ich tiefe, wahre Liebe für einen Mann."

„Oh Mami, das ist so schön, so romantisch!" Ich seufze ergriffen und streichele über ihren Oberarm. Doch plötzlich dreht sie ihr Gesicht weg.

„Was hast du? Weinst du etwa?" Tatsächlich bemerke ich Tränen in ihren Augen, die sie vor mir zu verstecken versucht. Ich weiß auf einmal nicht, ob das die Rührung ist, hervorgerufen durch die schönen Erinnerungen, oder was anderes. Ja, sie weint tatsächlich. Ich habe sie schon länger nicht weinen gesehen. Das letzte Mal, als ich weggezogen bin.

„Mami, was ist denn los? Sag's mir bitte!" Mein Herz füllt sich mit Angst. Wenn eine Mutter vor ihren Kindern weint, heißt das meist nichts Gutes. Hoffentlich ist sie nicht krank? Die Gedanken rasen durch meinen Kopf. Egal was sie hat, sie muss es mir sagen!

„Noemi, mein Mädchen ..." Sie blickt mich endlich wieder an und versucht, durch die Tränen zu lächeln. „Ich wünschte, ich könnte dir ersparen, was ich dir sagen muss. Aber es geht nicht anders." Ihre Stimme klingt belegt und traurig und ich bekomme noch mehr Angst. Sie holt tief Luft und drückt fest meine Hand.

„Dein Vater und ich ... wir haben uns getrennt. Ich liebe einen anderen." Ich atme scharf ein und lehne mich wieder zurück. Im ersten Augenblick spüre ich Erleichterung, dass sie doch nicht schwer krank ist. Doch die bittere Bedeutung ihrer Worte hallt hart und gnadenlos in meinem Kopf und füllt mich mit Panik. Meine Eltern, die seit dreißig Jahren zusammen und immer ein harmonisches Ehepaar gewesen sind, trennen sich! Das kann doch nicht wahr sein! Sie waren so glücklich miteinander!

„Ihr wart doch so glücklich miteinander", spreche ich hilflos meine Gedanken aus und merke, wie meine Stimme zittert.

„Ja, das waren wir", stimmt sie mir zu. „Wir waren lange Zeit glücklich miteinander und wir liebten uns sehr. Doch während der letzten Jahre sind wir zunehmend unglücklicher geworden. Wir haben uns auseinandergelebt und wollten es nicht wahrhaben. Du kennst deinen Vater, er spricht ungern über seine Gefühle. Und ich hatte Angst, ihm wehzutun, wenn ich ihm sage, dass ich unzufrieden in unserer Ehe bin und eine Veränderung wünsche. Als ihr beide ausgezogen seid, fehlte uns plötzlich die gemeinsame Aufgabe. Dein Vater arbeitete noch mehr und die freie Zeit verbrachte er draußen auf der Spree, in seinem Kanu. Ich dagegen spürte, dass ich nicht bis zum Ende meines Lebens so weiterleben will. Ich wollte weg, in die Stadt ziehen, um die Welt reisen, meinen Arbeitsplatz wechseln, irgendwie neu anzufangen. Vielleicht sind auch die Wechseljahre der Auslöser gewesen, nicht nur das leere Nest. Jedenfalls überkam mich das Gefühl, dass ich es bedauern werde, wenn ich nicht tue, was ich mir wirklich wünsche. Doch mir war klar, dass dein Vater niemals nach Berlin oder in eine andere Großstadt ziehen würde. Er wird niemals seine Praxis aufgeben. Und statt auf einem Riesenschiff um die Welt zu reisen, bevorzugt er einsame Kanufahrten hier im Spreewald. Ich fühlte mich hin- und hergerissen zwischen meiner

Sehnsucht nach Veränderung und dem Wunsch, unsere Ehe zu retten. Ich wartete auf ein Zeichen oder auf ein Wunder ... Und es passierte etwas. Vor drei Monaten habe ich Markus kennengelernt."

Meine Mutter macht eine Pause und fährt sich aufgeregt durch das Haar. Ihre geröteten Augen fangen plötzlich an zu leuchten und ihr Gesicht erhellt sich. Sie wirkt um etliche Jahre jünger. Und verliebt! Mein Herz zieht sich wieder schmerzlich zusammen. Jedes Kind wünscht sich doch, dass sich die eigenen Eltern für immer und ewig lieben und zusammenbleiben, bis der Tod sie scheidet, oder? Ich will keine geschiedenen Eltern haben! Verdammt! Ich beiße mir auf die Lippe, um meine Tränen zurückzuhalten. Ich komme mir wie ein kleines, trotziges und verunsichertes Mädchen vor.

„Möchtest du mir von ihm erzählen?", frage ich trotzdem, als ich merke, wie sie mich ansieht. Nicht, dass der Typ, der meine Familie zerstört hat, mich wirklich interessieren würde. Doch meine Ma wirkt plötzlich so glücklich, wie ich sie schon seit Jahren nicht mehr erlebt habe!

„Natürlich möchte ich das." Sie ist sichtbar erleichtert. „Wir haben uns im Winter bei einer Fortbildung in Berlin kennengelernt. Er ist Lehrer an einer alternativen Gesamtschule und hat über pädagogische Konzepte berichtet. Ich fand ihn sofort sehr interessant und attraktiv. Wir kamen ins Gespräch und waren uns auf Anhieb sympathisch. Hast du schon mal bei jemandem das Gefühl gehabt, er ist dir völlig vertraut und nah, obwohl ihr euch gerade erst begegnet seid?"

Oh ja, dieses Gefühl kenne ich gut. Ich nicke nur und sie fährt fort. Mit freudig aufgeregter Stimme, als ob sie ein junges Mädchen wäre.

„Markus ist fünf Jahre jünger als ich, geschieden und Vater einer siebzehnjährigen Tochter. Er hat mir erzählt, dass der Hort seiner Schule ab den Sommerferien eine neue Erzieherin braucht. Ich habe das als ein Zeichen gesehen. Schon so lange wünsche ich mir einen Tapetenwechsel, ein neues Arbeitskollektiv, eine neue Herausforderung. Also habe ich sofort eine Bewerbung losgeschickt und Markus hat mir versprochen, bei der Schulleiterin ein gutes Wort für mich einzulegen. Wir verbrachten viel Zeit miteinander und am Ende des fünftägigen Seminars war mir klar, dass ich mich in ihn verliebt habe. Auch er offenbarte mir beim Abschied seine Gefühle für mich. Anfangs versuchte ich dagegen anzukämpfen, doch als wir uns nach zwei Wochen heimlich in Berlin getroffen haben, wussten wir beide, dass wir zueinander gehören. Ich erzählte es deinem Vater erst, als ich die Jobzusage bekommen habe. Ich wollte nämlich absolut sicher sein, dass ich ein neues Leben anfangen und mit Markus zusammenbleiben möchte. Mein Herz blutete dabei, er ist wirklich der letzte Mensch, dem ich wehtun möchte, und ich hatte furchtbare Gewissensbisse. Doch er nahm meine Hand, lächelte mich an und sagte: Anna, ich weiß es schon längst. Du bist endlich wieder glücklich, und ich will deinem Glück nicht im Wege stehen. Meinst du, ich habe es nicht geahnt, dass du nur mir zuliebe noch hierbleibst, obwohl du dich nach einem anderen Leben sehnst? Ich kann nicht von dir erwarten, dein Leben immer nach meiner Vorstellung zu führen. Nicht länger. Die Kinder sind aus dem Haus und wir sind beide noch jung genug, um neu anzufangen. Ich liebe diesen kleinen Ort, meine Praxis, die ich mir aufgebaut habe, und das beschauliche, unaufregende Leben hier. Du aber willst in die große Stadt, du möchtest neue Menschen um dich haben, Abenteuer erleben. Und dir fehlt die Leidenschaft, die uns beide einst verbunden hat und nun erloschen ist. Wir lieben uns immer noch, doch es ist mehr Freundschaft als Liebe und nicht das, was du brauchst. Ich denke, es ist für uns beide besser, wenn wir uns friedlich trennen und uns gegenseitig Glück wünschen." Sie lächelte. „Ich kann mich noch an jedes einzelne seiner Worte erinnern und werde das auch immer tun." Die Tränen überwältigen sie und auch ich kann mich nicht länger beherrschen. Wir fassen uns an den Händen und weinen eine Weile schweigend. Ich kann immer noch nicht akzeptieren, dass es aus und vorbei mit der Ehe meiner Eltern ist, doch langsam begreife ich, wie sie sich gefühlt haben.

Nichts ist so, wie es scheint. Ich habe ihre Ehe stark idealisiert und durch eine rosarote Brille betrachtet, weil ich es so haben wollte. Man denkt als Kind nicht daran, dass seine Eltern auch erotische Bedürfnisse haben. Aber das Schlimmste dabei ist, dass meine Vorstellung von der ewigen, wahren Liebe nun endgültig zerstört ist. Das tut am meisten weh.

„Moja lubka, bitte, weine nicht!" Meine Mutter versucht mich zu trösten, als sie meine Tränen und meine aufsteigende Verzweiflung sieht. Sie spricht schon lange nicht mehr sorbisch mit mir. *Mein Liebling* hat sie mich in meiner Kindheit genannt. Die scheint Jahrzehnte zurückzuliegen.

„Mama, ich wünsche dir und Papa natürlich auch, dass ihr glücklich seid, egal wie und mit wem. Aber durch all das, was du mir gerade erzählt hast, fällt es mir schwer, an die Liebe zu glauben. Wenn ihr beide es nicht geschafft habt, dann schafft das niemand. Erst recht nicht ich ...“ Den leisen Vorwurf kann ich nicht unterdrücken. Ich fühle mich richtig beschissen. Enttäuscht, verletzt, irgendwie im Stich gelassen. Bis zum heutigen Tag habe ich nicht einen Augenblick daran gezweifelt, dass meine Eltern glücklich ihre goldene Hochzeit feiern und immer verliebt Händchen halten werden. Und mir für immer die Sicherheit und Geborgenheit einer intakten Familie bieten werden ...

„Noemi, bitte, denk nicht so! Gerade weil wir uns lieben, geben wir uns gegenseitig frei! Wahre Liebe ist bereit, loszulassen!“ Unwillig schaue ich meine Mutter an und versuche, ihre Worte zu verstehen. „Schau mal, Liebes. Dein Vater und ich haben uns im Laufe unseres gemeinsamen Lebens weiterentwickelt, jeder für sich. Wir haben uns stark verändert. Man bleibt nicht für immer so, wie man am Anfang einer Beziehung war. Wir waren verliebt, wir haben euch gemeinsam großgezogen, wir waren glücklich mit unseren Berufen, miteinander und mit unserem gemeinsamen Leben. Doch das hat sich geändert. Als du und Ben erwachsen geworden seid, habe ich mich wieder mehr um meine eigenen Bedürfnisse gekümmert. Ich merkte, dass mich meine Arbeit in der Kita nicht länger zufrieden stellt. Auch das Leben hier auf dem Land wurde mir plötzlich zu eng, zu ruhig, zu abgeschieden. Ich träumte immer öfter von neuen beruflichen Herausforderungen, von einem Leben in der Stadt, wo sich mir so viele Möglichkeiten bieten."

Ich staune, als ich meiner Mutter zuhöre. Von ihren Wünschen und Sehnsüchten habe ich nichts gewusst. Ich habe sie immer nur als strahlende, liebevolle Mutter, Ehefrau und Hausfrau gekannt, die zwar halbtags in der Kita arbeitet, doch sonst völlig glücklich mit ihrem Familienleben ist. Wie konnte ich mich so täuschen? So oberflächlich sein? Machen das alle Kinder so, oder war nur ich geblendet und zu unsensibel, um sie nicht so wahrzunehmen, wie sie wirklich ist?

Meine Ma senkt den Blick, als ob sie befürchtet, ich könnte sie verurteilen oder es ihr übelnehmen. Sie ist zwar meine Mutter, doch in erster Linie ist sie eine Frau, erkenne ich in diesem Augenblick und liebe sie nur noch mehr. Ich musste erst erwachsen werden, um das so sehen zu können.

„Mami, du kannst mir alles sagen, ich werde es verstehen, schließlich bin ich kein Kind mehr." Bemüht gelassen versuche ich, ihr Mut zu machen, und sie schenkt mir ein dankbares Lächeln.

„Danke, Noemi. Ich weiß, wie sehr du deinen Vater liebst, und das Letzte, was ich möchte, ist dass du denkst, du musst irgendwie Partei für mich ergreifen, oder sogar glaubst, er wäre schuld an dem Scheitern unserer Ehe. Weißt du ... wenige Wochen, nachdem ich mit deinem Vater über alles gesprochen und ihm meine Affäre mit Markus gebeichtet habe, hat auch er sich mir geöffnet. Er erzählte mir, dass es auch in seinem Leben eine neue Frau gibt. Schon seit mehreren Monaten ist er heimlich in seine Praxishelferin Maria verliebt, doch aus Loyalität zu mir hat er nichts mit ihr angefangen. Aber jetzt gehen die beiden seit drei Wochen miteinander aus. Ich bin so froh darüber! Ich wünsche mir nämlich, dass dein Vater genau so glücklich ist, wie ich es bin. Maria ist eine tolle Frau. Sie passen so gut zusammen und ich bin überzeugt, dass sie ein harmonisches Paar sein werden."

Okay, jetzt muss ich mächtig schlucken. Nicht nur, dass meine Mutter einen Liebhaber hat und nach Berlin umziehen wird. Sogar mein Papa, der für mich der Inbegriff der Loyalität und Standhaftigkeit ist, ist verliebt und möchte sein Leben mit einer neuen Frau an seiner Seite verbringen. Ich kenne diese Maria gut. Sie ist einige Jahre jünger als meine Mutter, geschieden und alleinerziehende Mutter eines Sohnes im Teenageralter. Sie ist hübsch, doch nicht so schön wie meine Mutter, und wirkt sehr ruhig und zurückhaltend.

Was werde ich heute noch alles über meine Eltern erfahren müssen? Ich seufze wieder tief und meine Mutter streichelt mir zärtlich über die Wange.

„Es ist alles etwas viel für dich, oder?"

„Doch, schon. Ich muss das erst mal in Ruhe verdauen", gebe ich zu. „Wo ist eigentlich Paps?"

„Er paddelt schon wieder. Gestern hatte er einen anstrengenden Tag und war ständig unterwegs. Momentan bekommen viele Tiere auf den Bauernhöfen in der Umgebung Nachwuchs und er wird ständig angerufen. Und ich habe das Gefühl, er hat Angst davor, wie du es aufnehmen wirst. Er wusste, dass ich mit dir darüber sprechen werde."

„Verstehe. Weiß Ben schon Bescheid?"

„Nein, noch nicht. Wir wollten es ihm nicht am Telefon erzählen. Er kommt nächste Woche vorbei, sein Schulfreund Florian heiratet und er ist zur Hochzeit eingeladen. Sag ihm lieber noch nichts, wir möchten, dass er es von uns erfährt.“

„Klar, ich werde ihm nichts erzählen“, versichere ich ihr. „Und weiß Oma es schon?“

„Ja. Ich habe es ihr sofort gebeichtet, als ich mich in Markus verliebt habe.“

„Wie hat sie denn reagiert?“ Oma ist immerhin schon fünfundsiebzig und lebte mit Opa bis zu seinem Tod vor zwei Jahren glücklich zusammen.

„Deine Oma hat es großartig aufgenommen. Sie sagte, man soll stets der Stimme des Herzens folgen und nicht nur das tun, was von einem erwartet wird. Sie meinte noch, du und Ben seid zum Glück schon erwachsen und aus dem Haus, sodass ihr nicht so sehr unter der Scheidung leiden müsst.“

„Tja, so einfach wird das natürlich nicht sein.“ Ich zwinge mich zu einem Lächeln. „Immerhin bleibt ihr unsere Eltern, und ich will weiter mit euch Weihnachten und Geburtstage feiern.“

„Noemi, wir bleiben für immer eine Familie! Egal, ob dein Vater und ich neue Lebenspartner haben, wir werden trotzdem weiter wie bisher für euch da sein, und wir werden auch alle Feiertage wie bisher zusammen feiern. Wir werden uns nur gut organisieren müssen und vielleicht einige Kompromisse schließen“, versichert sie mir rasch und streichelt mir eine Strähne aus dem Gesicht.

„Auch das Haus hier bleibt weiter euer Zuhause. Alexander bleibt selbstverständlich hier, und auch wenn

Maria eines Tages zu ihm zieht – eure Zimmer bleiben weiter erhalten, so wie bisher. Das Haus ist zum Glück groß genug."

So weit will ich gar nicht denken. Das Haus ohne meine Mutter und mit einer fremden Frau … nein, darüber will ich jetzt nicht nachdenken.

„Hast du etwa schon eine Wohnung in Berlin gefunden oder ziehst du zu Markus?", frage ich vorsichtig, und als ich den Namen ihres Freundes ausspreche, verziehe ich ungewollt den Mund. Der Gedanke, dass meine Mutter Sex mit einem anderen Mann hat, übersteigt meine Toleranzgrenzen doch ein wenig.

„Nein, wir wollen nicht zusammenziehen, das wäre viel zu früh für uns. Ich möchte mir eine hübsche kleine Wohnung mieten und erst mal meine Freiheit genießen." Sie lächelt verschmitzt. „Ich suche was in Prenzlauer Berg, in seiner Nähe."

„Myles wohnt auch in Prenzlauer Berg", erwidere ich lächelnd. „Hast du ein Foto von Markus?" Die Neugier siegt endgültig über meine latente Abneigung gegen den Mann, der mit meiner Mutter schläft.

„Klar! Auf meinem Smartphone. Ich hol es eben." Sie steht auf und läuft beschwingt wie eine junge Frau durch den Garten.

Ich nutze die Zeit und überprüfe mein Handy auf irgendwelche Nachrichten. Natalie schreibt, dass sie auch nach Hause fährt und erst am Montag wiederkommt. Und ich entdecke eine Nachricht von Myles!

Er denkt an mich, schreibt er. Und schickt mir ein Küsschen dazu. Mein Herz weitet sich und ich schreibe ihm schnell eine kurze Nachricht mit einem Kuss zurück.

Meine Mutter nähert sich und reicht mir ihr Smartphone mit dem Foto ihres Lovers. Ich muss zugeben, er sieht nicht übel aus. Und er wirkt sympathisch, was für mich noch wichtiger ist. Der Typ soll sie schließlich glücklich machen und nicht bloß gut aussehen.

„Toll sieht er aus! Ich wusste nur nicht, dass du plötzlich auf Männer mit Fünf-Tage-Bart stehst!" Ich sehe sie neckend an. Sie errötet wie ein junges Mädchen und kichert fast verlegen.

„Das wusste ich auch nicht. Er ist nicht nur attraktiv und ein sehr lieber Kerl, auch im Bett ist er …"

„Mama, bitte, das will ich nicht hören", unterbreche ich sie lachend und halte mir die Ohren zu. „Schließlich bist du meine Mutter, und noch vor einer halben Stunde habe ich geglaubt, Papa ist der einzige Mann, der dich nackt sieht", sage ich etwas verlegen.

Es fällt mir nicht einfach, mir meine Mutter als sexuell aktive Frau vorzustellen, besonders in Kombination mit einem Mann, der nicht mein Erzeuger ist. Aber scheinbar hat sie mit Markus genau so viel Glück wie ich mit Myles.

„Und? Wie ist Myles so? Du weißt schon, was ich meine", fragt sie, als wäre nichts gewesen.

Dieses Mal erröte ich. „Mama! Du machst mich verlegen."

„Oh komm schon, wir sind erwachsene Frauen, und du weißt doch, dass ich nie Probleme damit hatte, mit dir über Sex zu reden", lässt sie nicht locker. Das stimmt. Doch statt zu antworten, hole ich mein Handy aus der Tasche, die auf dem Tisch liegt und zeige ihr ein Foto von Myles.

„Er ist ein fantastischer Liebhaber", murmele ich und meide ihren Blick.

„Das freut mich für dich! Meine Güte, er ist ein richtig gutaussehender Mann! Diese Augen! Und dieser Mund!" Sie lächelt. „Ich kann sehr gut nachvollziehen, warum du so verliebt in ihn bist! Und er ist ein berühmter Rockmusiker ... der Traum eines jeden jungen Mädchens. Sogar ich finde ihn äußerst attraktiv und sexy." Sie kichert wieder und entlockt mir damit ein Lächeln.

„Mama, kann es sein, dass du dich in einem zweiten Frühling befindest? Wenn du so weitermachst, bekomme ich noch Angst, dir Myles mal vorzustellen!" Jetzt lachen wir beide und meine Mutter umarmt mich.

„Du erzählst Quatsch! Aber was den zweiten Frühling betrifft, liegst du nicht falsch. Noemi, ich freue mich sehr für dich, auch wenn du es nicht gerade leicht hast, was eure Beziehung betrifft. Ich kann dir keinen Ratschlag geben, außer genieße den Augenblick und denke nicht an die Zukunft."

„Das versuche ich auch. Ist aber nicht gerade leicht", entgegne ich ernst. „Weißt du, Myles ist ein ganz besonderer Mann für mich. So einen trifft man nicht jede Woche. Nicht, weil er in einer berühmten Band spielt. Er ist einfach nicht zu vergleichen mit den anderen Männern, die ich sonst kennenlerne."

„Auch nicht mit Paul?"

„Nein. Paul war anfangs zwar auch aufregend und sah gut aus, aber er war oberflächlich, selbstverliebt und unsensibel. Myles ist nicht nur wahnsinnig sexy, sondern auch sehr erwachsen und ein tiefer und intensiver Mensch. Wenn ich mit ihm zusammen bin, fühle ich mich sicher. Ich kann so sein, wie ich wirklich bin, und ich habe immer seine volle Aufmerksamkeit. Das zwischen uns fühlt sich irgendwie echt und total schön an, aber wir haben beide Angst, uns gegenseitig weh zu tun. Ah, es ist einfach so kompliziert."

Ich verstumme, und meine Mutter legt mir eine Hand auf die Schulter. „Noemi, wenn es Liebe ist, dann lass ihn los, wenn er weggeht, und vertraue darauf, dass die räumliche und zeitliche Trennung eure Gefühle nicht zerstören wird. Vielleicht findet ihr einen gemeinsamen Weg. Wenn aber nicht, dann hast du eine wunderschöne Erfahrung gemacht, und die kann dir keiner nehmen. Jede Beziehung endet irgendwann. Doch wichtiger als ihre Dauer ist ihre Tiefe. Sei einfach dankbar für die Zeit, die ihr miteinander verbringt. Du bist noch so jung und musst dich nicht an den ersten Mann binden, den du wirklich geliebt hast, auch wenn du das nicht gerne hörst. In dem Alter glaubt man noch, dass es nur eine wahre Liebe gibt. Zum Glück stimmt das nicht."

Ich weiß nicht so recht, ob ihre Worte mir weiterhelfen. Der Gedanke, Myles bald loslassen zu müssen und ihn wahrscheinlich für immer zu verlieren, tut weh. Ich werde ihn bestimmt nicht mit einem anderen Mann ersetzen können. Nicht in nächster Zukunft. Wer weiß, ob ich überhaupt jemals jemanden treffen werde, der sich nur ansatzweise mit Myles messen könnte. Vielleicht werde ich irgendwann anders denken und empfinden, aber jetzt bin ich noch nicht so weit. Dafür fehlt mir die Lebenserfahrung meiner Mutter.

„Ich werde mein Bestes tun", erwidere ich nicht besonders überzeugend und stecke mein Handy wieder in die Tasche.

„Das weiß ich. Und ich bin immer für dich da, wenn du mich brauchst. Magst du mich vielleicht nächsten Samstag bei den Wohnungsbesichtigungen begleiten? Oder hast du schon was anderes vor?", wechselt sie das Thema, vermutlich um mich auf andere Gedanken zu bringen.

Ich bin ziemlich sicher, dass sie sich Sorgen um mich macht, auch wenn sie mir das nicht zeigen möchte. Noch von keinem Mann habe ich ihr so vorgeschwärmt wie von Myles, und sie liest mich und meine Gefühle immer wie ein offenes Buch. Darin ist sie wirklich gut.

„Eigentlich habe ich noch nichts vor. Ich komme gerne mit", erwidere ich.

„Gut, ich freu mich schon. Dann kannst du Markus kennenlernen, er wird auch dabei sein. Wenn es für dich okay ist", fügt sie vorsichtig hinzu. Ich stutze kurz. Aber was soll's, ich will mich wie eine erwachsene Frau benehmen und nicht wie ein schmollendes, kleines Mädchen, das den Freund seiner Mutter von vornherein ablehnt.

„Klar, kein Problem. Natürlich will ich den Mann kennenlernen, der das Herz meiner Mutter erobert hat", beruhige ich sie, und sie bedankt sich mit einem erleichterten Lächeln. Dann fächelt sie sich mit einer Serviette Luft zu. „Gott, ist mir heiß!"

Ich als Frostbeule genieße die warmen Sonnenstrahlen, ohne ins Schwitzen zu kommen und bin froh, mich endlich mal aufwärmen zu können.

„Noemi, wollen wir schwimmen gehen? Das Wasser ist zwar noch nicht besonders warm, aber eine Erfrischung würde uns beiden guttun“, schlägt sie spontan vor.

Ich zeige mich nicht gerade begeistert, mich in das kühle Wasser zu stürzen, doch ich will keine Spielverderberin sein. Schnell ziehen wir im Haus unsere Badeanzüge an und laufen zu dem kleinen Kanal am Ende des Gartens. Ich kreische laut auf, als ich in das kalte Nass eintauche. Das brusthohe Wasser ist zwar sauber, doch für meine Begriffe eiskalt. Als ich mich nach ein paar Schwimmzügen einigermaßen daran gewöhnt habe, macht es mir sogar richtig Spaß.

Die saftig grüne, üppige Vegetation, der strahlend blaue Himmel über uns, die ungestörte Stille, der betörende Duft der Holunderbäume, die den Fluss säumen – die Zeit bleibt für einen Augenblick stehen und ich werde eins mit der Natur. Ich schwimme auf dem Rücken, lasse mich von dem kühlen Wasser tragen und atme diese idyllische Schönheit in mich ein. Zwei Libellen mit durchsichtigen Flügeln, die regenbogenfarben glitzern, tanzen wie winzigen Elfen um mich herum. Aus der Entfernung ruft der Kuckuck und das melodische Summen der unzähligen Bienen, die den Nektar der Holunderblüten sammeln, bildet eine vertraute, beruhigende Geräuschkulisse. Unbeschwert schwebe ich, von unbeschreiblichem Glück gänzlich durchtränkt. Und die felsenfeste Gewissheit, dass ich immer wieder in diese märchenhafte Welt zurückkehren kann, egal wie weit das Leben da draußen mich davontragen wird, füllt mich mit innerer Ruhe und Zuversicht.

Später grillen wir zu dritt auf der Terrasse und mein Vater wirkt entspannt und erleichtert, als ich ihn wortlos umarme und ihm zuflüstere, dass ich Bescheid weiß. Wir reden nicht darüber. Unsere Blicke reichen und die Art, wie er mir zärtlich über das Haar streichelt.

Ich fühle mich geliebt und geborgen, obwohl nichts mehr so ist, wie es noch vor wenigen Stunden war. Doch ich weiß, dass ich vorbehaltlos auf diese Liebe zurückgreifen kann, was auch immer in der Zukunft auf mich wartet.

19. Myles

Es ist halb eins am Mittag, als wir in Berlin landen. Ausnahmsweise sind wir in Köln schneller fertig geworden als geplant. Der Regisseur hat heute auf weitere Aufnahmen verzichtet, weil wir gestern so viel Filmmaterial geliefert haben.

Wie soll ich jetzt den halb angefangenen Tag verbringen? Noemi ist noch bei ihren Eltern und ich habe keinen Bock, weiter mit den Jungs abzuhängen. Die sind alle irgendwie schweigsam und scheinen auch keine Lust zu haben.

Am besten fahre ich gleich zu meinen Eltern und hole Luna ab. Oder bleibe einfach bis zum Abend dort. Ich habe mir schon lange nicht mehr einen halben Tag für sie freigenommen. Vorsichtshalber rufe ich erst mal an, aber wie erwartet sind sie zu Hause.

Mein Vater verlässt ungern die Wohnung, seit er Schwierigkeiten mit dem Laufen hat. Er will auch nicht, dass Mama ihn die ganze Zeit im Rollstuhl rumchauffiert. Diese verfluchte Krankheit! Als ich das erste Mal die offizielle Diagnose gehört habe, dachte ich, es handelt sich um eine Art harmlose Arthritis oder etwas Ähnliches. ALS. Amyotrophe Lateralsklerose. Erst als ich zuhause danach gegoogelt habe, kam die schockierende Erkenntnis, dass mein Vater unheilbar krank ist und wahrscheinlich innerhalb der nächsten fünf Jahre sterben wird. Die Diagnose kam nur einige Tage, nachdem ich den Vertrag mit *Black Sunday Desire* unterschrieben habe. Wenn ich es vorher gewusst hätte, hätte ich vielleicht gezögert. Meine Eltern werden mich in Zukunft mehr brauchen denn je. Ich fühle mich wie ein Arsch, weil ich meiner Karriere zuliebe meine Mutter im Stich lassen werde. Die beiden sehen das natürlich anders. Sie freuen sich tierisch für mich, was mein schlechtes Gewissen nur noch verstärkt. Sie haben mir von Anfang an versichert, sie würden schon ohne mich klarkommen, und ich solle mich ruhig auf meine Karriere konzentrieren und mein eigenes Leben leben. Ist doch klar. Alle Eltern wollen in erster Linie, dass ihre Kinder glücklich sind.

Doch wie soll ich unbeschwert meine aufregende und ach so vielversprechende, berufliche Zukunft genießen, wenn ich weiß, dass mein Vater mit einer Scheißkrankheit kämpft und meine Mutter sich für ihn aufopfern wird? Um mich für meine egoistische Entscheidung nicht die ganze Zeit zu hassen, denke ich immer wieder an die Vorteile, die meine Karriere mit sich bringt. Es ist vor allem die Kohle, die ich verdienen werde, und damit kann ich meine Eltern finanziell unterstützen. Von dem Geld, was ich als Rockmusiker verdiene, bezahle ich jetzt schon meinem Vater die besten Privatärzte und werde ihm auch eine richtig gute Pflege ermöglichen, wenn es so weit ist. Mit einem fetten Konto kann ich meinen Eltern die Umstände etwas erleichtern. Die haben es schon schwer genug in ihrem Leben gehabt. Wieso müssen gerade sie jetzt auch noch so einen verfluchten Schicksalsschlag erleiden?

„Arschloch! Pass doch auf!", schreie ich, als der Fordfahrer vor mir plötzlich bremst und ich es gerade selbst
noch schaffe, auf die Bremse zu drücken. Ich fluche
weiter, um mich abzureagieren, und dieser hilflose
Zorn steigt in mir hoch, wie immer, wenn ich an Dads
Krankheit denke. Ich war nicht bereit zu akzeptieren,
dass die Scheißärzte sie nicht heilen können. Er ist erst
siebenundfünfzig und war immer ein vitaler, sportlicher Typ, der jeden Tag gejoggt ist und im Sommer auf
dem Windsurfbrett gestanden hat. Meine Mom hat
sich viel schneller damit abgefunden als ich. Sie ist eine
bemerkenswerte Frau und ich bewundere sie immer
wieder um ihre Stärke und ihren Mut. Damals, vor elf
Jahren, war sie diejenige, die meinem Vater und mir
Trost spendete, obwohl sie selbst vor Schmerz kaum
noch atmen konnte. Sie schaffte es, wieder Unbeschwertheit, Fröhlichkeit und Lebensmut in unsere Familie zu bringen. Ich weiß, wie mein Vater sie deswegen vergöttert. Nicht nur deswegen. Sie ist einfach eine
tolle Frau.

Der Gedanke, dass jetzt die ganze Last auf ihren
Schultern liegt, macht mich immer wieder wütend. Als
ich ihr angeboten habe, wieder zu ihnen zu ziehen, um
ihr behilflich zu sein, hat sie das entschlossen abgelehnt. Ich soll mein eigenes Leben führen, sagte sie, und
ich helfe meinem Vater und auch ihr mehr, wenn ich
sie stolz mache und sie sich für meine Erfolge freuen
können. Ich habe fast geheult. Ich verdiene es nicht,
dass sie mich so bedingungslos lieben und an mich
glauben. Ich fühle mich immer noch schuldig und verantwortlich für das, was damals passiert ist.

Um mich von diesen deprimierenden Gedanken abzulenken, mache ich die Musik an. *Ashes to Ashes* von *Faith No More* schallt durch das Auto. Ich lasse die Fensterscheiben herunter, es ist stickig heiß. An der Ampel höre ich plötzlich begeisterte Frauenstimmen aus dem Auto neben mir. Sie finden den Song geil. Da ich eine schwarze Sonnenbrille trage, bin ich sicher, dass sie mich nicht erkennen. Die drei Mädchen müssen so um die zwanzig sein und versuchen, mit mir zu flirten.

„Wieso fährt ein so schöner Mann ganz alleine?", ruft die Mitfahrerin mir zu und streckt aufreizend ihre Brüste im engen Top in meine Richtung. Ich verkneife mir ein Lächeln und winke den Mädels nur zu, als ich grün habe und auf mein Gaspedal drücke. Sie biegen links ab, sehe ich im Rückspiegel. Die junge Frau, die mich angemacht hat, war zwar hübsch, hat aber bei mir kein Interesse geweckt. Das muss an Noemi liegen. Seit ich sie kenne, bin ich fast blind für andere Frauen. Kaum denke ich an ihre verführerischen Rundungen und den ekstatischen Ausdruck auf ihrem Gesicht, wenn sie kommt, bekomme ich einen Steifen. Wir haben uns erst Donnerstagabend gesehen und miteinander geschlafen, doch es scheint mir, als wäre es Wochen her. Ich will sie wieder! Ihre hemmungslose Leidenschaft ist für mich wie eine Droge geworden, von der ich nicht genug kriegen kann. Wenn ich sie ficke, vergesse ich alles. Ich verliere mich regelrecht in ihrem heißen Körper, in ihren großen, hungrigen Augen. Statt allmählich gesättigt von ihr zu werden, will ich immer mehr von ihr. Unser Sex wird immer besser, immer intensiver. Das kenne ich so nicht, bis jetzt hat jede Frau ziemlich schnell ihren Reiz für mich verloren.

Manchmal fürchte ich, ich werde ihr am Ende nur wehtun, weil sie sich mir so vorbehaltlos und ganz schenkt. Wir reden nie darüber, doch ich spüre, wie tiefe Gefühle in ihrer Lust mitschwingen. Gefühle, die in unserer Beziehung eigentlich nicht vorgesehen waren und die wir beide vermeiden wollten. Vielleicht müssen wir doch darüber sprechen, bevor wir uns in etwas reinsteigern, was für keinen von uns gut sein wird ...

Natürlich suche ich direkt von dem Haus meiner Eltern vergeblich nach einem Parkplatz und ich fahre erst mal eine Runde um den Block, bevor ich einparken kann. Mom empfängt mich an der Tür mit strahlendem Gesicht, und als ich sie umarme, küsst sie mich herzlich auf die Wange. Auch Dad kommt auf seinen Krücken gestützt aus dem Wohnzimmer und lässt sich von mir umarmen. Ich beiße die Zähne zusammen, um meine Rührung und den inneren Schmerz bei seinem Anblick zu unterdrücken. Luna springt mich an und kämpft um meine Aufmerksamkeit. Natürlich muss ich auch sie begrüßen und spiele kurz mit ihr. Meine Eltern sind gut gelaunt und Dad ist offensichtlich schmerzfrei. Er wirkt so gesund und fröhlich, dass nur die verdammten Krücken, die er neben der Couch abgelegt hat, an seine Scheißkrankheit erinnern.

Sie fragen mich über die Arbeit mit der Band aus, sie möchten einfach jede Einzelheit wissen. Ich erzähle ausführlich von den Proben und Aufnahmen, und sie hören begeistert zu.

Danach helfe ich Mom beim Kochen und wir genießen das späte Mittagessen auf der Dachterrasse, die von der erstaunlich heißen Nachmittagssonne verwöhnt wird.

„Und wie läuft es so mit der Liebe?", fragt Dad neckisch, als wir mit kühlen Bierflaschen anstoßen. Meine Mutter, die im Schatten an ihrem Prosecco nippt, schaut aufmerksam zu mir rüber. Ich überlege nicht lange. Warum sollte ich den beiden Noemi verschweigen? Auch wenn uns nur eine unverbindliche Liebschaft verbindet, ist sie ein sehr wichtiger Teil meines Lebens geworden.

„Ich habe tatsächlich ein wunderbares Mädchen kennengelernt", antworte ich schließlich. „Wir sind aber nicht richtig zusammen. Mein Job und die bevorstehende Tour erlauben mir zurzeit keine feste Beziehung", erkläre ich. „Doch ich mag sie sehr, sie ist was Besonderes."

Ich lasse meinen Blick über die Dächer schweifen und spüre, dass sich meine Worte irgendwie falsch anfühlen. *Ich mag sie nicht nur, ich …*

„Hast du ein Foto von ihr?", unterbricht Mom neugierig mein Schweigen. Nickend ziehe ich mein Handy aus der Hosentasche.

„Hier, das ist sie." Ich zeige ihr Noemis Foto. „Sie heißt Noemi und ist Lunas Sitterin. Ich habe euch schon von ihr erzählt. Nur nicht, dass wir mittlerweile was miteinander haben …"

„Was für eine hübsche junge Frau!" Mom äußert laut ihre Begeisterung. „Manfred, schau doch mal!" Sie reicht das iPhone an meinen Vater weiter. Er greift danach und es entgeht mir nicht, dass seine Hand leicht zittert. *Fucking ALS!*

„Tatsächlich! Sie ist wirklich hübsch. Wie das Schnee-
wittchen, mit ihrem schwarzen Haar und der hellen
Haut. Gute Wahl, mein Junge!" Er lächelt anerkennend
und seine dunkelbraunen Augen glänzen.

„Wirst du sie uns demnächst vorstellen?", fragt Mom
vorsichtig.

„Ich denke schon. Schon wegen Luna, sie wird sie bestimmt mal zu euch bringen oder abholen, wenn sie
den Job weiter machen will", erkläre ich zögernd.

Papa nickt. „Du befürchtest, sie wird den Job aufgeben, jetzt wo ihr …"

„Kann schon passieren. Ich fühle mich auch komisch
dabei, wenn ich sie bezahlen muss. Wir hängen privat
immer mehr zusammen. Aber Luna mag sie sehr gerne
und Noemi kümmert sich wunderbar um sie. Ich weiß
noch nicht, wie wir das lösen werden. Vor allem, wenn
ich abreise und wir uns dann deshalb trennen müssen."

„Ich verstehe. Das ist echt schade. Du triffst ein Mädchen, das dir offensichtlich sehr am Herzen liegt und
musst es bald wieder aufgeben." Mom legt mir mitfühlend eine Hand auf den Unterarm.

„Sag mal, hast du dich schon wieder tätowieren lassen?", wechselt sie das Thema und zeigt mit erhobenen
Augenbrauen auf meinen Oberarm mit dem Celtic Tri-
bal Tattoo.

„Nein, das ist schon alt. Aber bevor ich abreise, lasse
ich mir tatsächlich noch ein neues Tattoo stechen, hier,
auf die Brust."

Mom verdreht gleich die Augen und lacht. „Und was
sagt Noemi zu deinen Tattoos? Gefallen sie ihr etwa?",
fragt sie leicht herausfordernd.

„Oh ja, sehr sogar", antworte ich grinsend, „sie steht total darauf."

„Lass doch den Jungen in Ruhe! Er ist ein Rockstar und da gehören Tattoos einfach dazu", verteidigt mich mein Vater und zwinkert mir verschwörerisch zu. „Du musst sie nicht schön und sexy finden, aber die Mädchen heutzutage stehen auf tätowierte Männer."

„Bitte, lass das mit dem Rockstar", wehre ich ab. „Ich mach nur meinen Job, das ist alles." Immer noch habe ich ein Problem damit, wenn jemand mich als Rockstar bezeichnet. Keith Richards ist für mich ein Rockstar. Oder Billy Duffy. Oder Slash. Oder The Edge. Nicht aber ich. Ich spiele nur Gitarre in einer vielversprechenden Band, das ist alles.

„Aber die Zeitschriften sehen das anders. Neulich stand in der Bravo, dass du der heißeste und beste Gitarrist Deutschlands bist und auf dem besten Weg, auch außerhalb der Heimat ein berühmter Rockstar zu werden. Betty, du hast doch die Zeitschrift noch, oder?" Mein Vater genießt sichtbar meine Verlegenheit und schmunzelt dabei.

„Mom, kaufst du immer noch jede Zeitung, in der was über mich steht?", frage ich vorwurfsvoll.

„Aber natürlich Darling! Ich habe schon einen Aktenordner mit Artikeln über dich und deine Band angelegt, um alles zu dokumentieren", bestätigt sie meine Befürchtungen.

„Oh Mann, ihr könnt echt übertreiben!"

„Sieh es mal so – wie viele Eltern können sich schon damit brüsten, einen Rockstar als Sohn zu haben?", verteidigt sie sich und sieht meinen Vater an, der zustimmend nickt.

„So ist es! Selbst schuld! Du wolltest ein Rockstar werden und nicht ein ganz stinknormaler, braver Informatiker!" Dad grinst schadenfroh. „Jetzt musst du damit leben, dass wir mit dir überall angeben und jeden Klatsch über dich in den Zeitschriften lesen."

Kopfschüttelnd lache ich nur und es wird mir warm ums Herz. Nebenbei öffne ich eine neue Flasche Bier. Mein Vater lehnt ab, als ich sie ihm anbiete.

„Nein Junge, ist gut. Ich darf leider nicht mehr trinken, wegen meiner Vitamine." Mit seinem typischen Humor deutet er auf die Hammertabletten, die er seit Kurzem einnimmt. Ich sage nichts und proste ihm nur zu. *Verfluchte Krankheit!* Während ich trinke, entgehen mir die leicht besorgten Blicke meiner Mutter nicht. Wahrscheinlich findet sie es übertrieben von mir, gleich zwei Flaschen Bier am Nachmittag zu trinken. Sie befürchtet, dass jeder Rockmusiker früher oder später mal ein Alkohol- oder Drogenproblem bekommt, und diese Sorge werde ich ihr wohl niemals nehmen können.

Am Abend begleiten mich beide zur Tür. Paps scheint schmerzfrei zu sein und er benutzt lässig seinen Gehstock, als ob der ein Dandy-Accessoire wäre und keine Notwendigkeit. Wir verabschieden uns lachend und bestens gelaunt, doch der Kloß in meinem Hals lässt sich nicht einfach runterschlucken.

Zu Hause bekommt Luna noch ein kleines Leckerli vor dem Schlafengehen und verzieht sich von alleine in ihr Körbchen. Ich überlege, ob ich mir noch ein Bierchen gönnen soll, da überrascht mich Noemis Nachricht auf dem iPhone:

Bin wieder zurück. Läuft alles gut in Köln? Ich vermiss dich ... xx N.

Aufgeregt schreibe ich zurück:

Bin schon in Berlin, früher als geplant. Ich vermiss dich auch ... Myles

Nach wenigen Augenblicken, die sich wie ein Kaugummi in die Länge ziehen, erscheint ihre Antwort:

Magst Du zu mir kommen? Bin alleine bis morgen. Und ich sehne mich nach dir ...

Schmunzelnd schreibe ich zurück:

Das passt! Bin spätestens in einer Stunde bei dir! Ich sehne mich ganz hart nach dir ...

Noemi zögert nicht lange und ihre Antwort sorgt sofort für Platzmangel in meiner Jeans:

Ich freu mich schon! Wenn ich an dich denke, werde ich ganz ...

Meine Fantasie malt sich augenblicklich Bilder aus. Noemi wird feucht. Sie wird geil. Sie wird heiß auf mich. Diese Frau weiß verdammt gut, was sie tun muss, um mich verrückt nach ihr zu machen! Ich rieche nicht mehr ganz frisch, stelle ich fest, als ich den Achseltest mache. Also muss ich vorher noch schnell duschen! Unter dem lauwarmen Wasser muss ich mich beherrschen, um meinen steifen Schwanz in Ruhe zu lassen. Schon die Gedanken an Noemi und an ihren heißen Körper, an ihre hemmungslose Lust, erregen mich wahnsinnig. Wenn alles nach Plan läuft, darf ich bald in ihr kommen ...

Seit zwei Wochen nimmt sie die Pille, und heute müsste es eigentlich so weit sein, dass wir auf ein Kondom verzichten können. Mein bester Freund zuckt vor Vorfreude bei dieser verlockenden Vorstellung und ich brause mich kalt ab.

15. Noemi

Frisch geduscht und nur in ein Badetuch gehüllt öffne ich ihm die Tür. Gott, wie ich diesen Mann begehre! Lächelnd steht er vor mir, sexy wie immer, in seinem schwarzen Tanktop und einer hellen, tief sitzenden Jeans. Sein Haar ist noch leicht feucht und wellt sich um sein Gesicht. In seinen Augen spiegelt sich mein Begehren wider und ich sehe deutlich, dass er mich will.

Sofort greift er nach mir und ich schließe mit dem Fuß die Tür hinter uns. Er drückt mich dagegen und presst seinen Mund auf meinen. Unsere Zungen begrüßen sich ausgehungert und ich spüre, wie mein Schoß augenblicklich vor Lust überflutet wird. Myles zieht an dem Handtuch und entblößt mich. Mit einer Hand auf meiner Brust, der anderen zwischen meinen Schenkeln, zeigt er mir sein ungeduldiges Verlangen. Ich stöhne auf, als seine Finger meine Schamlippen teilen und in die Feuchtigkeit eintauchen.

„Wie schnell du nass bist! Wie geil …", raunt er lustvoll und leckt über seine Fingerspitzen ab.

„Ich will dich so sehr", keuche ich aufgelöst, als er mit seinen Lippen fest meine Brustwarze umschließt. Ich lasse ihn eine Weile daran saugen und genieße die heißen Kaskaden, die dabei meinen Unterleib erschüttern. Als er meine beiden Brüste ausgiebig verwöhnt hat, nehme ich ihn an der Hand und führe ihn in mein Zimmer. Seine Augen glühen und entfachen das Feuer in meinem Körper noch stärker. Mit aufreizend gespreizten Schenkeln setze ich mich auf das Bett und öffne die Knöpfe seiner Jeans. Myles zieht schwungvoll sein Tanktop aus und ich lecke gierig über die dunkle Härchenlinie, die von seinem Nabel zu seinem völlig aufgerichteten Schwanz führt.

„Mein Schöner, ich hab dich so vermisst", murmele ich und fahre mit der Zunge langsam seine Länge nach, bis ich die dicke Spitze erreiche. Genüsslich entdecke ich die ersten süßlichen Tröpfchen seiner Lust. Ich liebe es, wie sein Schwanz feucht wird. Noch langsamer lecke ich ihn ab und sehe dabei zu ihm auf. Myles öffnet seinen Mund und atmet tief aus. Mit leichtem Druck schließe ich meine Lippen um ihn und liebkose ihn dabei mit kreisenden Bewegungen meiner Zunge. Er stöhnt leise auf und legt eine Hand an meinen Hinterkopf, um noch tiefer in meinen Mund vorzudringen. Doch ich weiche ihm bald aus und lasse ihn los. Er darf nicht zu schnell kommen. Einladend lege ich mich hin und öffne meine Beine noch mehr für ihn. Myles sieht fasziniert und angetörnt hin, und schon seine hemmungslosen Blicke liebkosen mich wie zarte Berührungen.

„Du bist so schön", raunt er mit vor Lust belegter Stimme und lässt sich auf die Knie nieder. Er küsst die Innenseiten meiner Schenkel und meidet bewusst meinen Schoß, der sich ihm von alleine erwartungsvoll entgegenwölbt. Meine Pussy brennt vor Verlangen und sehnt sich nach seiner Zunge. Doch vergeblich, er verweigert sich mir. Will er, dass ich ihn wieder anflehe und um Befriedigung bettle? Er kann so grausam sein …

Myles richtet sich auf und legt sich neben mir auf die Seite. „Ich würde gerne was mit dir ausprobieren", sagt er und versucht, mich mit einem Kuss auf die Brustwarze zu beschwichtigen. Meine Neugier lässt mich sofort die Enttäuschung vergessen und ich blicke ihn fragend an.

„Was denn?", hauche ich, und mein Bauch zieht sich fast schon schmerzhaft zusammen.

„Überlass es mir", flüstert er und seine Hand wandert zwischen meine Schenkel. Ich schließe erwartungsvoll die Augen. Seine Fingerspitzen berühren mich sanft. Viel zu sanft. Sie gleiten quälend langsam über meine geschwollenen Lippen und widmen sich nur flüchtig meiner Lustperle. Die Empfindungen sind heiß und köstlich, sie brennen in meiner Mitte und lassen mich immer wieder aufstöhnen. Myles' Finger gleiten tiefer, er dringt in mich ein, erst mit einem, gleich danach noch mit einem zweiten Finger. Wimmernd erzittere ich und beiße mir, überflutet vor Lust, auf die Lippe. Die folgende Berührung fühlt sich anders an als sonst, noch intensiver, fast schon unangenehm. Er massiert mich mit beiden Fingern und drückt gleichzeitig gegen eine bestimmte Stelle, die ich bis jetzt noch nie bewusst wahrgenommen habe. Das fühlt sich wahnsinnig gut an und bringt meine Lust auf ein völlig neues Level. Ich stöhne lauter und mein Körper bebt in süßer Qual. Myles verstärkt daraufhin den Druck seiner Finger, sein Tempo bleibt jedoch langsam und gleichmäßig. Der Genuss, den ich dabei empfinde, ist fast unerträglich.

„Was machst du bloß mit mir?", höre ich meine schwache Stimme und ich kralle meine Finger in die

Bettdecke. Myles fährt fort, seine Fingerspitzen massieren mich, drücken zielgerichtet auf diesen mysteriösen, verborgenen Punkt in mir, und ich vergesse mich gänzlich. Schon spüre ich die Orgasmuswelle, die sich tief in meiner Mitte aufbaut und droht, gewaltig zu werden. Meine Selbstbeherrschung weicht der absoluten, vollständigen Hingabe, die Myles mit seinen Berührungen von mir verlangt. Ja, du darfst es, es ist in Ordnung, flüstert mir mein Unterleib zu. Unfähig, mich zurückzuhalten, gebe ich diesem immer stärkeren Bedürfnis in mir nach und lasse los. Ich höre mich aufschreien, als der Höhepunkt mich endgültig erfasst. Er sprengt die unerträgliche Anspannung in mir, er löst mich in tausende vor Ekstase schreiende Teilchen auf und erlöst mich endlich.

Oh! Mein! Gott! Ich fasse es nicht, was mit mir geschieht! Ich bebe am ganzen Körper, überwältigt von ewig anhaltenden Spasmen, die mich durchschütteln.

Myles küsst mich inbrünstig auf den Mund. Nur langsam komme ich zu mir, noch völlig neben der Spur wegen des gerade erlebten, sagenumwobenen G-Punkt-Orgasmus. Nicht nur mein ganzer Körper, auch mein Gehirn fühlt sich butterweich und wohlig entkräftet an, doch endlos befriedigt.

„Du bist wirklich eine besondere und einzigartige Frau“, raunt er bewundernd, und ich merke, wie wahnsinnig ihn mein feuchter Orgasmus antörnt.

„Das ist aber ganz dein Verdienst“, murmele ich zurück.

„Nur die Art, wie ich dich stimuliert habe. Den Rest hast du getan. Du hast dich gänzlich in deine Lust fallen gelassen. Das kann nicht jede Frau.“

Weil ich dich liebe und ich mich dir grenzenlos ausliefern kann, flüstert meine innere Stimme ergriffen. Wenn Myles mir mit seiner Art und seinen Fähigkeiten als Liebhaber nicht alle Vorbehalte und Selbstkontrolle genommen hätte, wäre ich nicht in der Lage, einen solchen Ganzkörperorgasmus zulassen zu können. Und eine Frau so weit bringen kann wiederum nicht jeder Liebhaber. Auch er ist zweifelsohne ein besonderer Mann.

„Darf ich heute schon ohne Kondom?", fragt Myles, unfähig, länger zu warten.

„Ja! Die zwei Wochen sind um, wir dürfen ohne", erwidere ich und ziehe ihn zwischen meine immer noch butterweichen Schenkel. Myles kann sich kaum noch beherrschen. Mit einem starken Stoß dringt er in meine zerflossene Spalte ein. Tief und hart, wie wir beide es mögen. Laut stöhnen wir auf, als wir uns vereinen, endlich völlig beieinander, ohne die störende Latexschicht zwischen uns.

„Wenn du wüsstest, wie geil das war", sagt er leidenschaftlich und bewegt seine Lenden lasziv und geschmeidig. „Ich habe noch keine Frau zu so einem Orgasmus gebracht ..."

„Und ich hatte noch nie so einen gewaltigen und intensiven Orgasmus! Für einen Augenblick lang dachte ich, ich werde ohnmächtig vor Genuss", murmele ich und wölbe ihm mein Becken entgegen.

„Noemi ... ich ... ich kann mich nicht zurückhalten", presst Myles durch zusammengebissene Zähne hervor und stößt mich so leidenschaftlich, dass ich vor Lust aufschreie.

„Das musst du auch nicht! Komm! Komm in mir! Ich will, dass du tief in mir kommst!“, feuere ich ihn an. Ich spüre ihn so intensiv und ganz, als würde ich nur noch aus höchst empfindlichen Nervenenden bestehen. Sein Blick hält meinen gefangen, während er mich liebt. Mit seiner Intensität und seiner puren, lodernden Leidenschaft durchdringt er mich gänzlich und vorbehaltlos. Erstaunt spüre ich, wie sich ein neuer Höhepunkt in mir aufbaut, plötzlich und unaufhaltbar.

„Myles, ich komme schon wieder“, keuche ich, bevor ich aufschreie und mich dem Pulsieren in mir hingebe.

„Ich komme auch! Ich komme zusammen mit dir!“, antwortet Myles mit heiserer Stimme. Sein Körper erzittert, als die Welle des gemeinsamen Höhepunktes ihn erfasst, und ich spüre sein heftiges Pochen, während er sich stöhnend in mir ergießt. Tiefste Glückseligkeit überwältigt mich augenblicklich. Gemeinsam ringen wir nach Luft, fest aneinandergeklammert und tief verbunden durch diesen besonders intimen Orgasmus. Wir sind uns so nah, dass es beinahe wehtut, und ich liebe ihn unendlich.

Jedoch fühle ich gleichzeitig eine seltsame, unpassende Einsamkeit in meinem Herzen. So gerne würde ich ihm mit dem anschließenden Kuss meine ganze Liebe schenken, die ich in diesem Augenblick empfinde. Ihm zuflüstern, wie sehr ich ihn liebe, wie grenzenlos ich ihm gehöre. So gerne würde ich von ihm hören, dass er mich genauso liebt, dass er sich voll und ganz zu mir bekennt und ich die einzige Frau für ihn bin. Doch all das ist für unser Drehbuch nicht vorgesehen. Wir haben fantastischen Sex miteinander, wir mögen uns, wir verbringen gerne Zeit miteinander, mehr aber nicht.

Schon bald werden sich unsere Wege trennen und Myles wird seine G-Punkt-Fingertechnik an einer anderen Frau ausprobieren können. Ich habe es nicht für möglich gehalten, dass ein Mann mich beim Sex jemals so weit bringt. Dass ich mich ihm so völlig öffne. Noch die letzten Hemmungen ablege und mich ihm mit meinem ganzen Wesen ausliefere, ohne Rücksicht auf Verluste. Welche Frau kann schon solche überwältigenden, unvergleichbaren Orgasmen erleben und dem Mann, der sie ihr beschert hat, nicht mit Fleisch und Blut verfallen? Ihn von ganzem Herzen lieben? Ich habe mich nicht nur körperlich regelrecht ergossen, auch die Gefühle in mir schwappen gewaltig über die selbst gesetzten Grenzen. Nur so ist es mir möglich gewesen, diese einmalige erotische Erfahrung zu machen.

Als Bestätigung meiner Erkenntnisse füllen sich meine Augen mit brennenden Tränen. Myles bemerkt sie zum Glück nicht. Seine Stirn ruht auf meiner Schulter und er atmet wieder langsam und gleichmäßig, leicht abwesend in seiner postorgastischen Erschöpfung. Ich streichle zärtlich sein dichtes, glänzendes Haar, während sich in mein Wahnsinnsglück dicke, schwere Tropfen der Traurigkeit und des Bedauerns mischen. Ich spüre die nagende, bittere Sehnsucht nach noch intensiverer, ungehinderter Liebe, die mir mit Myles nicht vergönnt ist. Die er nicht mal mit dem geilsten, wunderbarsten Sex zu stillen vermag. Er berührt mich tief unter der Haut, er verschmilzt mit meinem Unterleib, doch kurz bevor er mein Herz erreicht, bleibt er stehen, um nicht eins mit mir zu werden.

Wenn ich Alma Mahler wäre, würde ich jetzt irgendwelche pathetischen Gedanken in mein Tagebuch schreiben können, wie:

Die Liebe kann grausamer als der Tod sein. Ihre himmlische Süße ist gleichzeitig das stärkste Gift, das nur mit dem Bekenntnis-Kuss des Liebsten aus deiner Seele ausgesaugt werden kann …

Doch ich bin nicht Alma Mahler und führe nicht mal ein Tagebuch. Trotzdem kann ich ihren Worten, die mir plötzlich in den Sinn kommen, mit voller Überzeugungskraft zustimmen: Ich liebe mein Leben. Und ich kann nichts bereuen.

16. Myles

Oh my fucking God! Das war die abgefahrenste und geilste sexuelle Erfahrung, die ich in meiner zehnjährigen Sexpraxis gemacht habe! Ich habe nicht erwartet, dass ich Noemi mit dieser Art der Stimulation zum Orgasmus bringen würde. Ich wollte einfach nur versuchen, diesen sagenumwobenen Punkt in ihr zu entdecken und sehen, wie sie darauf reagiert. Sie ist der reinste Wahnsinn! Wie sie vor Lust geschrien hat! Wie ihr ganzer Körper gezuckt und gebebt hat! Sie kann nicht ahnen, wie glücklich und stolz ich bin, dass ich das gerade mit ihr erleben durfte.

Ihre absolute Hingabe ist wie eine Art Ritterschlag für mich. Sie hat mir damit gezeigt, wie sehr sie mir vertraut, wie sicher sie sich bei mir fühlt. Und der anschließende gemeinsame Orgasmus! Wie schnell es bei ihr ging! Wahrscheinlich würde sie noch einige Male kommen, wenn ich weiter machen könnte. Was für eine geile Frau!

Sie erwidert meinen Kuss mit eifriger Zärtlichkeit und hält mich weiter fest. Komisch, ihre Lippen schmecken irgendwie salzig.

„Hast du etwa geweint?", wundere ich mich und koste ihren Mund noch mal. In diesem Augenblick erscheint sie mir so verwundbar, so ausgeliefert, dass ich ein starkes Bedürfnis verspüre, sie zu trösten und zu beschützen. Doch wovor? Vor den unausgesprochenen Gefühlen, die sich auf ihrem schönen Gesicht deutlich spiegeln? Ich will sie niemals verletzen! Dafür ist sie zu kostbar. Zu besonders.

„Nein, nein, ich bin nur etwas durcheinander." Vergeblich versucht sie, ihre Traurigkeit vor mir zu verbergen, und beunruhigt mich damit.

„Meine Hübsche, was ist los?", frage ich hartnäckig. Die aufsteigende Vermutung in mir kennt die Antwort schon und ich will sie nicht hören.

„Nichts ... du wirst mir fehlen", murmelt sie schließlich und blinzelt, um ihre Tränen zu unterdrücken. Also doch. Ich umarme sie so fest, dass ich Angst habe, ihr wehzutun.

„Bitte weine nicht. Denk jetzt nicht daran. Bitte." Ich kann es nicht ertragen, sie so zu sehen. Sie darf nicht leiden, wenn wir uns in weniger als zwei Wochen verabschieden und unsere Bezieh... unser Verhältnis beenden.

„Ich kann aber nicht anders, nach allem, was ich mit dir erlebt habe". Sie schlingt ihre Arme um mich und küsst meine Schulter. Ohne Worte drücke ich sie noch fester an meine Brust und atme den sinnlichen Duft ihres wundervollen Haares ein. Wie so oft streiche ich über ihre seidige Mähne und bewundere ihre lange Haarpracht. Wir schweigen beide und ich gebe ihr die Zeit, die sie braucht, um ihre Fassung zurückzugewinnen. Fuck! Trotz meiner Vorsätze tue ich ihr weh. Nach einigen Minuten löst sie sich aus unserer Umarmung und lächelt mich an.

„Alles gut?" Ich blicke sie vorsichtig an. Sie weint nicht länger, und ich atme erleichtert auf. Mit weinenden Frauen kann ich einfach nicht umgehen. Jemanden zu trösten fällt mir schwer, besonders, wenn ich das Gefühl habe, ich bin schuld daran. Noch zu sehr erinnere ich mich an meine unbeholfenen Versuche, meine Eltern zu trösten, damals, als ...

„Alles gut", wiederholt sie. „Wollen wir essen gehen?"

„Gerne!"

Noemi erhebt sich und zieht schnell einen Morgenmantel aus ihrem Garderobenschrank. Aufmerksam beobachte ich, wie sie sich ankleidet und ihre verführerischen Rundungen bedeckt. Ihre wunderschönen Brüste und die üppige Wölbung ihres Hinterns werde ich so schnell nicht aus dem Kopf bekommen. Will ich auch nicht. Auch wenn es besser für mich wäre ...

Anschließend essen wir Pizza beim Italiener um die Ecke, und Noemi lacht wieder. Das wundervolle Geheimnis, das wir miteinander geteilt haben, vertieft unsere Verbundenheit nur noch und sie strahlt in einem besonderen Glanz. Die bewundernden Blicke anderer Männer entgehen mir nicht. Sie ist schön. Sie ist heiß. Sie ist meine Sex-Queen. Immer wieder denke ich an ihren nassen Orgasmus und wie geil er sich angefühlt hat. Damit hat sie mir ein ganz besonderes Geschenk gemacht, und allein deswegen werde ich jede ihrer Nachfolgerin zwangsläufig mit ihr vergleichen müssen. Ich will sie wieder dazu bringen, ich möchte es diesmal bewusster miterleben und dieses weibliche Mysterium noch mehr genießen. Bei dem Gedanken regt sich mein bestes Stück und ich greife unter dem

Tisch nach ihren nackten Knien. Zum Glück sitzt sie neben mir. Noemi spreizt ihre Beine, als ob sie schon darauf gewartet hat. Ich schiebe den leichten Stoff ihres Sommerkleides langsam nach oben. Ihre vollen Lippen verziehen sich zu einem frechen Lächeln, während sie genüsslich am Löffel mit Schokoeis lutscht. Meine Fingerspitzen gleiten über ihre Satinhaut und erreichen ihren Schoß. *Scheiße, sie trägt ja gar kein Höschen!*

Die Überraschung muss sich auf meinem Gesicht abzeichnen, denn Noemi grinst und schleckt weiter ihr Eis. Ihr Blick verrät mir, woran sie dabei denkt. Ich berühre die weichen Härchen, die ihre Scham zieren. Ihr Atem stockt für einen Augenblick und ich sehe, dass mein Spielchen sie erregt. Sie rutscht ein Stück nach vorn, um mir den Zugang zu erleichtern. Mein Mittelfinger teilt ihre Lippen und wird von ihrer feuchten Wärme begrüßt. Ich werde steinhart. Noemis Augen verschleiern sich vor Lust, und ich spüre, wie ihr Innerstes erzittert. Mit Hingabe lutscht sie weiter ihr Eis und ich *weiß*, dass sie dabei an meinen Schwanz denkt.

„Zahlen bitte!", rufe ich dem Kellner zu, der an uns vorbeieilt. Rasch entferne ich meine Hand von ihrem Schoß und schnuppere an meinen Fingern. Noemi lächelt mit lustvollem Glanz in den Augen und seufzt, während sie ihr Kleid unter dem Tisch zurecht zieht.

„Magst du heute bei mir übernachten?" Sie überrascht mich mit ihrer Frage, als wir eng umarmt die Straße entlanglaufen.

„Gerne, wenn du das möchtest", antworte ich und küsse sie.

„Nach dem, was ich mit dir erlebt habe, würde ich gerne in meinem eigenen Bett in deinen Armen einschlafen und morgen neben dir aufwachen“, sagt sie leise und senkt ihren Blick. „Du weißt schon, ich lasse nicht so schnell einen Mann in meinem Bett übernachten.“ Gerührt und bewegt spüre ich, dass bei jedem normalen Pärchen jetzt der Augenblick gekommen wäre, um den Beziehungsstatus facebookreif zu deklarieren. Um sich gegenseitig klarzumachen, dass unser Miteinandersein längst die Grenzen einer unverbindlichen, lockeren Affäre überschritten hat. Doch wir sind kein normales Pärchen und bei Facebook gibt es keine Bezeichnung für unseren Beziehungsstatus. *Kompliziert* wäre am besten geeignet. Doch zwischen uns ist es gar nicht kompliziert! Es ist wunderschön. Einmalig. Besonders. Nur mein fucking Leben ist zu kompliziert, um uns zu erlauben, ein richtiges Liebespaar zu werden.

Also schweige ich und drücke sie fester an mich, und ahne, was in ihr vorgeht. Ich fühle mich irgendwie mies. Das letzte, was ich will, ist diese wunderbare Frau an meiner Seite zu verletzen und unglücklich zu machen. War es ein Fehler, dass ich vor vier Wochen meine Finger nicht von ihr lassen konnte?

Als wir nach einem Glas Rotwein auf Noemis Balkon gemeinsam ins Bett gehen, ist sie verschmuster und anhänglicher als sonst. Sie kuschelt sich in meine Arme und zeigt mir deutlich, dass sie nur noch schlafen will. Nachdenklich streichle ich über ihren Kopf, auch als sie schon eingeschlafen ist. Kurz bevor ich selbst wegdöse, denke ich an die Lyrics eines neuen Songs, an dem ich seit Kurzem arbeite, und ich hoffe, ich werde mich morgen noch an sie erinnern können.

17. Noemi

Am Morgen wache ich auf wunderschöne Art auf. Myles presst sich von hinten mit seinem steifen Schwanz an mich. Sein harter, warmer Körper dicht an meinem, seine verlangenden Hände, die meine Brust liebkosen, sein heißer Mund, der meine Schultern küsst – das alles fühlt sich himmlisch an. Heiße, köstliche Blitze fahren durch meine Mitte, als ich mit geschlossenen Augen seine leidenschaftlichen Zärtlichkeiten genieße.

Ich spüre, wie mein Schoß anschwillt, wie ich augenblicklich feucht werde. Unwillkürlich presse ich mich an seinen prallen Schwanz, der vor Freude zuckt. Myles führt ihn zwischen meine Schenkel und reibt sich eine Weile an meinen weichen, vor Lust überfluteten Lippen. Er gleitet mit seiner Spitze hinauf und hinab und vermeidet es, in mich einzudringen. Wenn er dabei meine Liebesknospe berührt, erzittere ich vor qualvoller Erwartung. Ich will ihn so sehr!

Sein Atem beschleunigt sich und er beugt sich über mich, um meine aufgerichteten Brustwarzen zu küssen. Er berührt sie mit seiner Zungenspitze, ehe seine Lippen sich fest um sie schließen. Laut stöhne ich auf und greife mit der Hand ungeduldig nach seiner Latte. Endlich erlöst er mich. Mit einem langsamen Stoß teilt er meine Schamlippen und dringt in meine heiße Enge ein. Auch ihm entweicht immer wieder ein Stöhnen, als er mich genüsslich weitet und mit jedem Stoß tiefer in mich eintaucht.

Wir lieben uns langsam und zähmen unsere Leidenschaft noch. Sanft bewegen wir uns eine Weile in dieser kuscheligen Stellung, doch bald erwachen wir vollständig und wollen mehr. Myles dreht mich bestimmend auf den Rücken und kniet sich zwischen meine gespreizten Beine. Es ist mir egal, dass die Morgensonnenstrahlen das Zimmer erhellen und er mich in aller Ruhe vollständig betrachten kann. Ich weiß, dass es ihn anmacht, jeden Zentimeter meiner nackten Haut zu sehen. Bei einem anderen Mann würde ich mich dabei zwangsläufig ausgeliefert und ungemütlich fühlen. Doch nicht bei Myles, er hat mir schon längst die letzte Hemmung genommen. Mein aufregender Liebhaber stößt mich im schnellen Tempo und lässt seiner Lust auf mich freien Lauf.

„Du bist so schön, so sexy!", raunt er mir mit rauer Stimme zu. Wie noch kein Mann vor ihm gibt er mir das betörende Gefühl, dass ich eine wahnsinnig begehrenswerte Frau bin. Das steigert meine Libido mehr als es jede Lustpille tun könnte. Ich höre meine Stimme, wie sie ihn anfleht, mich noch tiefer und härter zu nehmen. Mit Begeisterung erfüllt er mir den Wunsch. Mein Bett beginnt unter uns zu quietschen und ich halte mich am Kopfteil fest. Plötzlich zieht er sich schlagartig zurück, kaum noch in der Lage, seinen Höhepunkt rechtzeitig aufzuhalten.

„Gleich geht's weiter", versichert er mir, als ich fragend zu ihm aufsehe. Er rutscht tiefer und taucht sein Gesicht zwischen meine Beine, wo er mich mit seiner

Zunge weiter bearbeitet. Die Muskeln in meinem Unterleib ziehen sich noch stärker zusammen und kündigen mir den Höhepunkt an. Die lustvollen Empfindungen, die Myles' hungriger, hemmungsloser Mund in mir auslöst, sind schlicht unbeschreiblich. Sie rauben mir den Verstand, und mein Körper beginnt nach wenigen Minuten, unkontrolliert zu beben.

„Hör nicht auf! Mach bitte weiter", flehe ich ihn keuchend an. Myles leckt in gleichmäßigem Tempo über meine Klit, wohl wissend, dass ich kurz vor dem Orgasmus stehe. Unwillkürlich spanne ich vor Lust alle meine Muskeln an, als seine Zunge meine empfindlichste Stelle so meisterhaft liebkost und er dazu noch eine Brustwarze sanft zwischen den Fingerspitzen zwirbelt.

Mein Stöhnen geht in einen lauten, unbeherrschten Schrei über, als er im richtigen Augenblick meine Lustperle zärtlich zwischen seine vollen Lippen nimmt. Der Höhepunkt erfasst mich unmittelbar und die heißen, heftigen Wogen gehen von meiner Mitte aus durch den ganzen Körper. Myles verliert keine Zeit, erhebt sich sofort und dringt erneut mit seinem Schwanz in meine noch pulsierende Pussy ein. Frei von jeglicher Zurückhaltung, braucht er nicht lange. Nach wenigen Stößen überwältigt ihn sein eigener Höhepunkt und er verharrt zuckend in mir, während wir uns tief in die Augen sehen. Er ist mir wieder so nah, dass ich heulen könnte. Seine Wärme, die er in mir hinterlässt, wird von meinem Körper gierig aufgenommen. So bleibt etwas von ihm noch länger in mir und der Duft seines Samens wird noch eine Weile an mir haften. Dankbar schließe ich die Augen, als er sich erschöpft auf das Bett fallen lässt und mich zu sich zieht, noch immer mit mir vereint, als ob auch er sich noch nicht von meinem Körper lösen möchte.

„Guten Morgen", meldet er sich irgendwann.

„Guten Morgen", erwidere ich selig lächelnd und führe seine Hand, die meine Brust umfasst, an meinen Mund, um sie zu küssen.

„Darf ich zum Frühstück bleiben, oder gehöre ich nicht zu solch Privilegierten?"

„Du darfst, weil du es bist", murmele ich belustigt und wende mich ihm zu. Kichernd schnuppere ich. „Du musst dir das Gesicht gründlich waschen, du riechst nach mir."

„Ist doch schön, so werde ich mich den ganzen Tag an dich erinnern." Myles lächelt und küsst mich auf den Mund. Mitten in unserem Kuss horche ich auf.

„Was ist?", fragt er.

„Ich glaube, meine Mitbewohnerin ist gerade nach Hause gekommen. Sie wird dich zwangsläufig kennenlernen."

„Ist doch nicht schlimm. Es sei denn, du ziehst es vor, deinen Lover deinen Freundinnen lieber nicht vorzustellen, wenn er sowieso nur eine unverbindliche Bettgeschichte ist."

Er scherzt, doch ich verspüre einen kleinen Stich im Herzen, als er mich an unsere Abmachung erinnert. Offiziell ist er nur mein Liebhaber, nicht mehr und nicht weniger. Eigentlich durfte er nicht mal hier übernachten. Das tut man erst, wenn man jemanden wirklich mag und es ernst mit ihm meint. So lautete meine Regel bisher.

Ich bemühe mich, unbeschwert zu wirken und verlasse lieber das Bett. Wenn ich weiter in Myles' Armen liege, werde ich am Ende noch schwermütig. Es wäre schade, die schönen Erinnerungen an die letzten zwölf Stunden zu zerstören.

„Ach, halb so wild! Natalie wird es schon verstehen, dass man ab und zu die eigenen Regeln bricht."

Mit einem Zwinkern reiche ich ihm ein Handtuch aus dem Regal und überprüfe im Flur, ob das Bad frei ist. „Komm, gehen wir erst mal duschen."

Myles sammelt seine Klamotten vom Boden auf und bindet sich das Handtuch um die Hüfte. Mit meinen Anziehsachen in der Hand führe ich ihn ins Badezimmer und schließe die Tür hinter uns. Gemeinsam duschen wir und bekommen fast wieder Lust aufeinander, als wir uns gegenseitig einseifen.

„Das reicht jetzt", wehre ich mich lachend, als Myles mir zwischen die Beine greift und dabei unschuldig guckt.

„Ich will dich nur waschen." Beleidigt blickend zieht er eine Grimasse.

„Ja, genau! Sag das mal deinem Freundchen hier." Ich berühre seinen steif gewordenen Schwanz und lasse ihn schnell wieder los, als ich das typische Glänzen in Myles' Augen erblicke. Ich kann im Augenblick wirklich nicht. Meine Intimzone braucht erst mal eine kleine Pause, ich fühle mich ziemlich wund. Was aber total schön ist. Immer noch kichernd verlasse ich als Erste die Duschkabine und trockne mich ab.

„Du darfst nicht zugucken", sage ich zu Myles, der noch duscht, als ich mich auf die Kloschüssel setze und zu pinkeln versuche.

„Warum denn nicht? Es ist mir durchaus bewusst, dass Frauen ab und zu auch pinkeln müssen", lautet sein amüsierter Kommentar.

„Ich kann aber nicht, wenn ein Mann zusieht." Verdammt, meine Blase ist schmerzend voll, aber es geht nicht!

„Du, schon vergessen? Ich habe schon einige andere Flüssigkeiten aus deinem Körper fließen sehen." Myles grinst und öffnet die Falttür. Natürlich erröte ich, als er mich an meinen überaus feuchten Orgasmus erinnert, obwohl ich gleichzeitig wieder diesen unschuldigen Stolz darüber verspüre.

„Darf ich deine Zahnbürste benutzen?" Er deutet auf den Becher mit den zwei Zahnbürsten.

„Klar. Nimm die rote, die gelbe gehört Natalie." Endlich entspanne ich mich und mache Pipi in Myles' Anwesenheit.

„Na siehst du, es tut nicht weh", kommentiert er grinsend und steckt sich die Zahnbürste in den Mund.

Auch das ist eine Premiere. Ich habe noch nie in Anwesenheit eines Liebhabers gepinkelt. Vor Erleichterung bekomme ich feuchte Augen und seufze laut, als ich fertig bin. Paul würde das bestimmt als geschmacklos empfinden oder sogar als abtörnend. Er war ja so etepetete. Wenn er mich schon mal geleckt hat, musste ich immer unmittelbar davor duschen, und Sex während der Periode war für ihn ein absolutes Tabu. Gott, bin ich froh, dass Myles so ganz anders ist! Bei Paul hatte ich oft das Gefühl, mein Körper wäre ihm irgendwie nicht ganz geheuer, und ich hatte stets Angst, dass ich für ihn unangenehm rieche oder schmecke. Im Nachhinein ist mir klar, dass er etwas merkwürdig und verklemmt war. Das weiß ich jetzt, seitdem ich mit einem Mann schlafe, der meinen Körper mit allem, was dazugehört, regelrecht anbetet und es liebt, an mir zu schnuppern.

Als Myles seine Hose und ich meine Leggins sowie eine lange Bluse angezogen habe, führe ich ihn in die Küche, wo ich Natalie mit Geschirr klappern höre.

„Guten Morgen, Natalie", begrüße ich sie.

Sie steckt soeben ihren Kopf in den Kühlschrank und streckt uns ihren kleinen, knackigen Hintern im knappen, pinkfarbenen Unterhöschen entgegen. Dazu trägt sie lediglich ein ausgewaschenes, graues Longshirt.

„Morgen Süße", antwortet sie, ohne sich stören zu lassen.

„Guten Morgen, Natalie", meldet sich Myles mit seinem sexy Bariton und blickt natürlich auf ihren Hintern. Ich meine, wie soll ich ihm das übel nehmen, so wie sie sich bückt? Zu ihrem und meinem Glück trägt sie keinen Stringtanga. Und sie läuft auch nie schlüpferlos rum, so wie Kathleen es zum Beispiel oft tut.

Was wir als nächstes hören, sind ein dumpfer Knall und ein leiser Schrei aus Natalies Kehle. Sie richtet sich so rasch auf, dass sie mit dem Kopf an die Kante des Gefrierfachs stößt und dabei einen Joghurtbecher fallen lässt. Sie dreht sich um und schaut uns mit einer Mischung aus Überraschung, Schmerz und Entsetzen an. Noch eine Nuance mischt sich in ihren Blick, als Myles hilfsbereit den Joghurtbecher, der zum Glück heil geblieben ist, aufhebt. In Natys Blick liegt die pure Bewunderung. Sie reißt ihre müden Augen weit auf und ihren Mund dazu.

„Sorry, ich wollte dich nicht verschrecken. Ich bin Myles", stellt er sich vor und reicht ihr charmant seine Hand. Sie starrt ihn eine Weile an, mit diesem dämlichen Ausdruck auf ihrem Gesicht, der selbst die intelligenteste Frau in eine gehirnlose Karikatur verwandelt. Bloß weil sie plötzlich vor einem besonders prachtvollen, männlichen Exemplar steht.

„Hi, ich bin Natalie." Sie gibt ihm endlich ihre Hand und grinst noch dämlicher. Arme Naty. Sie läuft tomatenrot an, als ihr bewusst wird, wie das vorhin ausgesehen haben muss. Gleichzeitig kann sie nicht verheimlichen, wie aufregend und attraktiv sie ihn findet. Ihr Blick klebt buchstäblich an seiner Brust und den Oberarmen und sie kneift ihre Augen stark zusammen, während sie ohne Brille versucht, die Tattoos genauer zu erkennen.

„Es freut mich! Hier, dein Joghurt." Myles lässt ihre Hand los und reicht ihr den Becher Sojajoghurt. „Aha, du scheinst Veganerin zu sein?" Er versucht, sie mit Small Talk zu entspannen, als ihm ihre große Verlegenheit auffällt.

„Öhm, ja. Willst du auch einen?", fragt sie hastig. „Oder einen Milchjoghurt? Du bleibst doch zum Frühstück, oder? Ich koche gerade Kaffee, magst du auch eine Tasse?" Naty redet plötzlich wie ein Wasserfall, wie immer, wenn sie aufgeregt ist.

„Ja, sehr gerne. Kaffee, meine ich." Myles lächelt freundlich und legt mir eine Hand um die Hüfte, als ich nähertrete.

„Natalie, kriege ich bitte auch einen Kaffee?" Erst als ich mich melde, schenkt mir Naty einen verwirrten Blick. Sie scheint meine Anwesenheit völlig vergessen zu haben. Vermutlich steht sie noch immer unter Schock, da Myles Flemming nur halb angezogen und mit feuchtem Haar in unserer Küche steht.

„Ja, aber natürlich!" Sie blinzelt aufgeregt.

„Sexy Höschen, übrigens." Myles grinst frech, und ich verpasse ihm mit meinem Ellbogen einen scherzhaften Stoß in die Rippen. Natalies Gesicht wird noch dunkler und sie senkt ihren Blick.

„Es tut mir leid, ich habe nicht erwartet, dass du hier bist. Sonst würde ich bestimmt nicht so rumlaufen, ich wollte mich später für die Uni fertigmachen", murmelt sie peinlich berührt.

„Ist doch alles gut! Wir Männer haben wirklich keine Einwände gegen spärlich bekleidete, hübsche Frauen." Ganz unverschämt versucht er mich zu necken und Natalie zu ermuntern. Mit Erfolg. Ich zwicke ihn dafür in den Bizeps, und Natalie kichert los wie ein Schulmädchen.

Wir frühstücken zusammen. Myles beantwortet freundlich und geduldig Natalies Fragen über die Band und das aufregende Rock 'n' Roll-Business. Plötzlich springt er auf und flucht mit vollem Mund.

„Scheiße, ich habe Luna vergessen! Bestimmt hat sie schon die ganze Wohnung vollgepinkelt!"

„Oh Mann, das habe ich auch ganz vergessen! Es tut mir leid!" Ich schlage mir mit der Hand gegen die Stirn und fühle mich schuldig.

„Ist nicht deine Schuld. Ich bin derjenige, der sich von dir ablenken lässt und alles andere vergisst. Sie ist schließlich mein Hund." Myles beugt sich trotz Natalies Anwesenheit zu mir und gibt mir einen ausgiebigen, zärtlichen Kuss. Natalie dreht sich verlegen weg und beginnt, abzuspülen.

„Ich bring dich zur Tür", sage ich und greife nach Myles' Hand. Er verabschiedet sich von Natalie, die ihm noch einen letzten, bewundernden Blick zuwirft. Mit gemischten Gefühlen schließe ich ihm die Tür auf.

„Es war wunderschön mit dir." Myles lächelt mir zu und nimmt mein Gesicht in die Hände.

„Das finde ich auch", murmele ich, bevor sich unsere Lippen in einem liebevollen Kuss vereinen.

„Wann brauchst du mich wieder?", frage ich noch, als mir Luna wieder einfällt.

„Als Lunas Sitterin morgen am Nachmittag. Privat würde ich sagen, so schnell wie möglich", antwortet er auf seine charmante, bezaubernde Art und küsst mich noch einmal. Dabei streicht er kurz über meine Brust und mit der anderen Hand über meinen Hintern. „Ich kann einfach nicht die Finger von dir lassen", entschuldigt er sich mit einem reuevollen Dackelblick, bevor er unverschämt grinst.

„Geh jetzt, bevor Luna deine Gitarren ruiniert!" Lachend schiebe ich ihn von mir weg. Trotzdem blicke ich ihm sehnsuchtsvoll nach, als er die Treppe hinunterläuft und mir noch mal zuwinkt.

„Noemi! Der Typ ist der reinste Wahnsinn! So sexy und dann auch noch so nett dazu! Du kannst echt stolz auf dich sein, dass du ihn rumgekriegt hast", höre ich Natalies aufgeregte Stimme hinter mir. Noch halb abwesend drehe ich mich langsam um. Sie ist völlig aus dem Häuschen und ihre Augen glänzen. Ich lächle nur und unterdrücke einen Seufzer.

„Ist alles okay mit dir?", fragt sie aufmerksam.

„Doch, doch. Bin nur müde", antworte ich schnell.

„Wirklich? Oder ist noch was?" Naty entgeht meine komische Stimmung nicht. Ich entscheide mich, offen mit ihr zu reden, und hole tief Luft.

„Ach, es ist so kompliziert", sage ich. „Myles macht mich wahnsinnig glücklich, wenn wir zusammen sind, und er ist so aufregend und einfach großartig. Doch ich kann die Tatsache, dass er in weniger als zwei Wochen weg ist und unsere Wege sich trennen werden, nicht einfach ausblenden und nur den Augenblick genießen."

„Ich verstehe dich völlig und es ist nur selbstverständlich, dass du dich so fühlst. Komm her!" Natalie öffnet ihre Arme und drückt mich ganz fest.

Ich kann nicht anders und lasse es zu, dass die Tränen loskullern. Es macht mir Angst zu sehen, wie sehr ich mich gefühlsmäßig an Myles gebunden habe. Das war gar nicht so geplant, als ich mich vor einem Monat mit ihm eingelassen habe. Seitdem verbringen wir so viel Zeit miteinander, wie es Myles' voller Terminkalender erlaubt. Dank Luna bin ich fast täglich bei ihm, und wenn wir uns sehen, nutzen wir jede Gelegenheit, um übereinander herzufallen ...

Ich befürchte, ich bin richtig süchtig nach ihm. Auch wenn es die schönste Sucht ist, die es gibt, mache ich mir langsam Sorgen. Wie werde ich ohne ihn klarkommen? Werde ich überhaupt irgendwann einen Mann finden, der sich mit ihm messen kann? Wir verstehen uns nicht nur im Bett ausgezeichnet, sondern haben auch sonst viel Spaß miteinander. Wir reden über alles Mögliche und sind auf der gleichen Wellenlänge. Umso größer ist die Ironie des Schicksals, dass wir keine Chance haben, ein richtiges Liebespaar zu werden.

„Nimm's nicht so ernst und denk nicht so viel nach. Das wird schon wieder", murmelt Natalie etwas hilflos und drückt mich noch einmal. Was soll sie denn auch sagen. Für meine Situation gibt es keine guten Ratschläge.

18. Noemi

Wir sehen uns erst Mittwochabend wieder. Mittags war ich bei Luna und gegen achtzehn Uhr wollte mich Myles mit dem Auto abholen. Wir haben einen Kinobesuch geplant und danach ein gemeinsames Abendessen. Ich habe schon meine Übernachtungstasche gepackt, weil ich am Donnerstagvormittag direkt von Myles aus zur Uni fahren will.

Myles ist immer pünktlich, deswegen werde ich unruhig, als er kurz nach achtzehn Uhr weder erscheint noch mir eine Nachricht schickt. Ich warte bis viertel nach sechs, dann sende ich ihm eine Nachricht mit der Frage, wo er steckt. Es folgt keine Antwort. Während ich warte, versuche ich mich abzulenken, doch es gelingt mir nicht. Er hat mich noch nie versetzt, und das macht mich nervös. Es könnte ja was dazwischengekommen sein, ein ungeplantes Interview oder ein Treffen mit dem Manager oder sonst was. Er ist ja ein sehr beschäftigter Mann und die Tour rückt immer näher. Ich würde dafür völliges Verständnis haben. Doch ein kurzer Anruf oder eine Nachricht wäre irgendwie angebracht. Oder bin ich zu anspruchsvoll? Ich meine, ich bin nicht seine feste Freundin, die über jedes Detail seines Lebens informiert werden muss. Vielleicht hat er mich einfach vergessen, seine Arbeit ist ja sehr intensiv und aufregend. Statt eingeschnappt zu sein, sollte ich lieber dankbar sein, dass er überhaupt so viel Zeit mit mir verbringt und mir seine volle Aufmerksamkeit schenkt, wenn wir zusammen sind.

Meine Argumente, mit denen ich mich tröste, sind einleuchtend, doch ich komme einfach nicht zur Ruhe. Wahrscheinlich bin ich schon zu verwöhnt und überheblich, weil ich denke, dass Myles mich nicht einfach so vergessen darf. Trotzdem. Dieses Verhalten passt irgendwie nicht zu ihm, auch wenn ich bloß seine Geliebte bin.

Um sieben entscheide ich mich, auf meinen Stolz zu pfeifen und ihn anzurufen. Wenn er beschäftigt ist, kann er mich ja wegdrücken. Und wenn die Mailbox anspringt, lege ich einfach auf. Mit leicht unruhiger Hand wähle ich seine Handynummer und warte mit einem Knoten im Magen. Es klingelt eine Weile und kurz bevor ich auflege, meldet sich eine Frauenstimme: „Ja, hallo?"

Mein Atem stockt und ich überlege fieberhaft, ob ich mich verwählt habe. Doch das ist unmöglich. Seine Nummer ist doch gespeichert. Mit trockener Kehle räuspere ich mich. „Hallo, ist das der Anschluss von Myles, oder bin ich falsch verbunden?", frage ich dämlich.

„Ja, das ist Myles' Anschluss. Was kann ich für dich tun, Noemi?" Na klar, mein Name und sogar mein Foto erscheinen auf Myles' Display, wenn ich anrufe. Ich komme mir noch dämlicher vor. Wer ist die Frau bloß?

„Ich würde gerne mit Myles sprechen, wir waren verabredet", höre ich meine eingeschüchterte Stimme, und der Knoten in meinem Magen wird immer größer.

„Myles kann leider nicht, er ist … beschäftigt", lautet die Antwort der unbekannten Frau.

„Verstehe. Darf ich fragen, wer Sie sind?" Meine Stimme klingt zum Glück jetzt etwas mutiger und sicherer. Warum sollte ich sofort an das Schlimmste denken? Die Frau gehört wahrscheinlich zum Team und hat sich gemeldet, während Myles spielt oder in einer Besprechung steckt.

„Ich bin Julia, Myles' Freundin", erwidert sie mit nüchterner Stimme. Okay, nach dieser Auskunft kann ich die Alarmglocken in meinem Kopf wirklich nicht länger überhören. Der unangenehme Knoten wandert vom Magen in meine Brustgegend. Ich schweige und atme kaum noch. Was soll ich darauf noch antworten? Ehe ich auf die Taste drücke und die Verbindung abbreche, hält sie mich auf: „Noemi, bist du noch da? Myles bittet darum, dass du hierher in seine Wohnung kommst, wenn es geht."

„Ja, ich bin noch da. Sag ihm, ich bin in einer halben Stunde bei ihm", antworte ich, ohne zu überlegen. Verdammt, was tue ich bloß?

„Gut, danke." Sie legt auf und ich starre fassungslos auf mein Handy. Was zum Teufel ist los? Julia? Ja, er hat mir neulich von ihr erzählt. Seine große Jugendliebe, die ihm das Herz gebrochen und ihn mehr oder weniger beziehungsunfähig gemacht hat. Ich weiß nur, dass er sie geliebt hat und dass er irgendwann nicht mehr gut genug für sie war. Ein verträumter, unzuverlässiger Rockmusiker taugt ja als Gatte einer Anwältin nicht viel und daher hat sie ihn fallen lassen. Doch jetzt ist aus ihm ein Rockstar geworden, der bald international bekannt sein wird. Er wird reich, berühmt und umjubelt sein. Höchstwahrscheinlich hat sie ihre Meinung geändert, und so wie er ihr nachgetrauert hat, ist er bestimmt bereit, ihr eine zweite Chance zu geben. Das wäre nur verständlich.

Doch warum soll ich zu ihm kommen? Will er mir in ihrer Gegenwart sagen, dass unsere Affäre nun vorbei ist? Muss er mich wirklich dieser Demütigung aussetzen? Er könnte mich ja am Donnerstagnachmittag, wenn ich zu Luna komme, über die Neuigkeiten informieren und damit unser Verhältnis offiziell beenden. Wir sind doch sowieso in der Endrunde angekommen, und in zwei Wochen ist unser Verhältnis mit dem Tourbeginn auch zwangsläufig aus und vorbei.

Trotzdem fahre ich zu Myles. Mein Bauchgefühl sagt mir, dass er sich nie wie ein Arschloch mir gegenüber verhalten würde, und wenn er mich sehen will, dann aus einem guten Grund. Wenn ich nicht gehe, würde ich mich die ganze Nacht quälen und nicht aufhören können zu grübeln.

Lieber erfahre ich die bittere Wahrheit sofort und stelle mich der Realität. Mein Mut und meine Entschlossenheit überraschen mich. Abwesend greife ich nach meiner Jeansjacke und der Tasche und verlasse die Wohnung, ohne mich von Natalie zu verabschieden. Ich würde ihre Fragen jetzt nicht ertragen können. Nicht, bis ich weiß, was wirklich los ist.

Die Fahrt erscheint mir viel länger als sonst und ich knabbere an meinen Fingernägeln, trotz des Nagellacks, der mich normalerweise vom Nägelkauen abhält. Aber nicht diesmal. Innerlich bin ich aufs Äußerste angespannt und mein Magen zieht sich immer wieder schmerzhaft zusammen. Alles, was ich mir wünsche ist, die Fassung zu behalten, egal was Myles mir zu sagen hat. Keine Tränen, keine Gefühlsausbrüche. Ich bin ein großes Mädchen und kann damit umgehen, dass meine Liebschaft mit Myles vorbei ist. Ehrlich gesagt hatte ich am Anfang lediglich ein, zwei Nächte mit ihm erwartet. Ein verlängerter One-Night-Stand sozusagen, aber nicht das, was wir hatten. Es war fast wie eine richtige Beziehung. Gemeinsam essen gehen, fast täglich miteinander telefonieren oder facetimen, auf der Straße Zärtlichkeiten austauschen, ausführlich über alles Mögliche reden, gemeinsam Filme ansehen, mit dem Hund spazieren gehen – das alles machen zwei Menschen, die nur unverbindlichen Sex miteinander haben, normalerweise nicht. Oder?

Aber es hat keinen Sinn, darüber nachzudenken. Es war schön mit ihm. Außergewöhnlich schön sogar. Diesen Frühling werde ich ganz bestimmt nie vergessen. Und die Erinnerung an den Sex mit Myles wird es noch lange Zeit jedem potenziellen Nachfolger verdammt schwer machen, sich nur ansatzweise mit ihm messen zu können.

Ich nehme den Fahrstuhl und sehe mich im Spiegel an. Mein Haar trage ich offen, so wie er es am liebsten mag. Ich sehe hübsch aus und wirke gefasst, trotz der nervösen Erwartung. So ist es gut. Myles soll nicht merken, wie angespannt ich bin.

Wenige Sekunden, nach dem ich geklingelt habe, öffnet mir Julia die Tür. Also will er doch in ihrer Gegenwart mit mir sprechen ...

Sie ist schön und fast so, wie ich sie mir vorgestellt habe: schlank, blond, dezent geschminkt. Sie trägt eine

dunkelgraue Hose mit weißer Bluse und ihr Haar ist
hochgesteckt. Eine bezaubernde Mischung aus ätheri-
scher Ballerina und strenger Anwältin. Komischer-
weise finde ich sie auf Anhieb sympathisch.

„Hallo Noemi, schön, dass du da bist", begrüßt sie
mich freundlich und mit einem festen Händedruck.
Keine Spur von unterschwelliger Ablehnung oder
Überheblichkeit.

„Hallo Julia", erwidere ich überrascht und trete ein.
Luna kommt angerannt und begrüßt mich auch. Ich
streichle sie nur kurz und sehe wieder zu Julia auf.

„Myles hat mir erzählt, wie sehr Luna dich mag", sagt
Julia lächelnd. „Du tust beiden anscheinend sehr gut",
fügt sie noch hinzu. Ehrlich gesagt verwirrt sie mich damit ziemlich.

„Was ist hier eigentlich los? Wo ist Myles?" Spontan
entscheide ich mich, ganz direkt zu sein, um endlich
diese Ungewissheit zu beenden. Prüfend mustert sie
mich mit ihren hellblauen Augen und ihre Gesichtszüge werden ernst.

„Myles ist seit heute Mittag ziemlich betrunken", sagt
sie zögernd.

„Betrunken? Wieso?" Ich kann meine Verwunderung
nicht verbergen. Seit ich ihn kenne, habe ich ihn nie
wirklich betrunken erlebt. Einige Male war er etwas
angeheitert, mehr aber nicht.

„Ich denke, das wird er dir lieber selbst erzählen." Julia meidet meinen Blick und deutet zum Schlafzimmer.

„Julia … seid Myles und du … Ich meine, seid ihr wieder
zusammen?", rutscht mir dann doch die wichtigste
Frage heraus und der Knoten in meinem Magen
schnürt sich noch mehr zusammen.

„Oh nein, wir sind nicht zusammen!“ Julia macht ein verblüfftes Gesicht und berührt mich am Oberarm. „Dachtest du das etwa? Es tut mir leid, wenn ich dich verwirrt habe, ich hätte mir denken müssen, dass du vielleicht so was vermuten würdest. Ich habe Myles heute Mittag angerufen, weil ich weiß, dass es ihm an diesem speziellen Tag nicht besonders gut geht. Er klang schon ziemlich angetrunken und so bin ich hergekommen. Ich wollte nicht, dass er völlig alleine ist und sich nur sinnlos zerfleischt. Ich habe ihm gerade noch rechtzeitig die Whiskeyflasche weggenommen, sonst wäre er jetzt schon völlig dicht. So kann er sich aber noch gut unterhalten. Er hat mir von dir erzählt und ich war sehr froh darüber. Trotzdem war er nicht in der Lage, zu dir zu fahren. Als du angerufen hast, äußerte er den Wunsch, dich hier zu sehen. Ich denke, er braucht dich jetzt viel mehr als mich. Ich kann jetzt wieder gehen.“

Immer noch ratlos nicke ich nur. Ich bin total erleichtert, jetzt wo ich weiß, dass sie nicht wieder ein Liebespaar sind. Und ich freue mich auch ein wenig, dass er Julia von mir erzählt hat. Doch vor allem bin ich gespannt und neugierig, was sich hinter seiner Betrunkenheit verbirgt und was für ein spezieller Tag heute sein mag.

„Danke dir“, sage ich spontan, nicht sicher, wofür ich mich eigentlich bedanke.

„Nichts zu danken! Ich danke dir, dass du so schnell gekommen bist und ich mich jetzt ruhigen Gewissens von Myles verabschieden kann“, erwidert sie und umarmt mich kurz. Dann lässt sie mich los und begibt sich ins Schlafzimmer. Ich höre, wie sie Myles mit sanfter Stimme tschüss sagt und ihm alles Gute wünscht.

„Machts gut, ihr beiden." Sie verabschiedet sich noch von mir und Luna, ehe sie mit schnellen Schritten auf ihren Peeptoe-Pumps die Wohnung verlässt.

„Luna, dann wollen wir mal. Gehen wir zu deinem Herrchen und sehen, was ihm am Herzen liegt", sage ich halblaut zu ihr. Mir wird seltsam mulmig, als ich an die halb offene Schlafzimmertür klopfe. Was ist nur los mit ihm?

„Ja, herein!", meldet sich Myles, die Stimme noch heiserer als sonst. Er sitzt im dämmerigen Zimmer auf dem Bett, seine Gitarre auf dem Schoß, und zupft leise an den Saiten.

„Noemi, meine Hübsche! Komm, setz dich zu mir." Er legt die Gitarre auf die andere Seite des Bettes. Trotz der schwachen Beleuchtung sieht er mitgenommen aus. Ich entdecke einige leere Bierdosen auf dem Beistelltischchen neben dem Bett. Zögernd setze ich mich zu ihm und er gibt mir einen Kuss. Er schmeckt und riecht stark nach Alkohol und sein Gesichtsausdruck wirkt betrübt und irgendwie fremd.

„Was ist denn los? Julia wollte mir nichts Genaueres sagen, außer dass es dir an diesem speziellen Tag nicht besonders gut geht und du dir die Kante gegeben hast." Ich versuche ganz normal zu reden, obwohl mein Herz immer stärker klopft und meine Stimme belegt klingt. „Möchtest du mir davon erzählen? Du wolltest, dass ich hierherkomme. Kann ich irgendwas für dich tun?"

Myles erwidert meinen Blick und in seinen schönen Augen spiegelt sich tiefe Traurigkeit, ja, sogar Verzweiflung. Liebevoll lege ich ihm meine Hand auf seine

Wange und wünsche mir, seinen offensichtlichen Schmerz irgendwie lindern zu können. Myles schließt seine Augen und schweigt eine Weile, bevor er mich wieder ansieht. Immer noch wortlos legt er seinen Kopf an meine Brust und hält meine Hand fest.

„Ich will bei dir sein, das ist alles", sagt er schließlich halblaut und seufzt tief.

Ich gebe ihm die Zeit, die er braucht, und streichle tröstend seinen Kopf. Zu gerne würde ich wissen, was ihn so quält und runterzieht, dass er schon am Vormittag begonnen hat zu trinken. Julia weiß Bescheid und ist zu ihm gekommen, um ihm zu helfen. Es muss also etwas aus seiner Vergangenheit sein. Wahrscheinlich dieser Schatten, der schon so oft über sein schönes Gesicht gehuscht ist ...

Er wird es mir sagen, wenn er so weit ist. Die Tatsache, dass er sich nach meiner Anwesenheit und meinem Trost gesehnt hat, weitet mein Herz vor Stolz und Liebe. Wir sitzen einige Minuten auf dem Bett und ich streichle immer noch seinen Kopf. Irgendwann richtet er sich auf und lässt meine Hand los. Sein Blick wirkt so gequält, dass es mir die Kehle zusammenschnürt.

„Heute, vor elf Jahren, ist mein Bruder Sam gestorben", sagt er mit gedämpfter Stimme. „Und es ist meine Schuld gewesen", murmelt er noch. Mit zusammengebissenen Zähnen starrt er auf die Wand.

Scheiße. Ich atme laut aus und weiß nicht, was ich darauf antworten soll. Mein Herz wird von tiefem Mitgefühl durchflutet und ich verstehe endlich all das, was mir an ihm so rätselhaft erschienen ist. Wortlos lege ich ihm eine Hand auf den Oberarm und versuche, ihm zu zeigen, dass ich für ihn da bin, egal was damals passiert ist. Damit habe ich echt nicht gerechnet. Als Teenager einen Bruder zu verlieren und Schuld an seinem Tod zu haben muss schrecklich sein!

„Das tut mir sehr, sehr leid“, sage ich mit trockener Kehle. Myles greift wieder nach meiner Hand, den Blick immer noch in die Ferne gerichtet.

„Sam ... er war sechs Jahre älter als ich.“ Er redet etwas stockend, doch er ist zum Glück nicht zu betrunken. Ermutigend streichle ich ihm über den Oberarm, bis er fortfährt: „Damals hatte er gerade angefangen, Medizin zu studieren, und ist mit seiner Freundin in eine WG gezogen. Trotzdem ist er mit uns zusammen übers Wochenende in die Alpen gefahren. Er war ein Familienmensch und verbrachte gerne Zeit mit unseren Eltern und mir. Seit dem Gymnasium war er ein leidenschaftlicher Kletterer. Im Winter in der Halle, im Sommer auf jedem Felsen, der sich ihm nur angeboten hat. Oft nahm er mich mit und brachte mir das Klettern bei. Wenn ich damals bloß mit ihm gegangen wäre ... Doch gerade in diesem Sommer war ich ein dummer, fauler Teenager und hatte auf nichts Bock. Auch hatte ich keine Lust zuzusehen, wie Sam wieder mal einen steilen Felsen bezwingt. Ich werde mir das niemals verzeihen können. Wenn ich dabei gewesen wäre und ihn gesichert hätte, wäre das bestimmt nicht passiert. Ich habe ihn im Stich gelassen. Nur weil ich zu genervt war und nicht aufstehen wollte, als er mich morgens um sieben geweckt hat. Ich habe ihn angeschnauzt, von wegen er soll mich in Ruhe pennen lassen und alleine klarkommen. Also ging er ohne Begleitung zu dieser verfluchten Wand und stürzte ab, wegen einer kleinen

Unachtsamkeit. Er hat sich das Genick gebrochen und war auf der Stelle tot. Sam war der bessere Sohn von uns beiden. Er wäre jetzt Arzt und eine große Hilfe für unsere Eltern. Nicht so ein Traumtänzer wie ich, der ein Rockstar werden will und das Studium abgebrochen hat ...“

Myles verstummt und ich spüre, wie er mit den Tränen kämpft. Es zerreißt mir das Herz, da ich mit ihm fühle, seinen Kummer nachempfinde. Nach all den Jahren gibt er sich immer noch die Schuld für Sams Tod, obwohl er keineswegs dafür verantwortlich ist! Sam war erwachsen und wusste genau, was er tat. Doch ich kann Myles’ Zerwürfnis trotzdem gut nachvollziehen. Wahrscheinlich würde es jedem an seiner Stelle so gehen, egal was die anderen ihm erzählen. Ich umarme ihn und ziehe ihn an meine Brust. Er lässt es zu. Ich spüre, wie er bebt. Er weint und will offenbar nicht, dass ich es sehe. Immerhin erlaubt er mir, ihn zu trösten.

„Es ist nicht deine Schuld“, flüstere ich und küsse ihn auf den Kopf. „Du musst dir irgendwann selbst verzeihen und Frieden damit schließen ... Sam würde bestimmt nicht wollen, dass du dir immer noch solche Vorwürfe machst. Und ich bin sicher, er wäre stolz auf seinen kleinen Bruder, der jetzt ein berühmter Gitarrist ist.“

Höchstwahrscheinlich sind meine Versuche, Myles aufzumuntern, ziemlich bescheiden, doch ich gebe mein Bestes. Myles hebt nach einer Weile den Kopf und sieht mich endlich an. Sein Blick ist erschreckend ... anders. Nicht nur, weil er schon einiges getrunken hat. In seinen braunen Augen suche ich vergeblich die sonstige Wärme und die Sanftheit. Beides scheint von dem Schmerz, der in ihm wütet, ausgelöscht worden zu sein. Trüb und leer.

„Keiner kann verstehen, wie ich mich fühle und wie es ist, mit solcher Schuld zu leben. Ich weiß, dass Sam auf eigene Verantwortung gehandelt und dass er sich beim Soloklettern überschätzt hat. Aber wenn ich ihn begleitet hätte, wäre er vielleicht nicht abgestürzt. Ich hätte dort bei ihm sein und auf ihn aufpassen müssen." Seine Augen glänzen feucht. „Keiner gibt mir die Schuld an seinem Tod, nicht mal meine Eltern, doch ich selbst kann mir nicht verzeihen." Er schluckt hart und wischt sich mit dem Handrücken über die Augen. „Irgendwie hast du recht, Noemi." Myles lächelt plötzlich gequält. „Sam wäre bestimmt stolz auf mich. Er liebte Rockmusik und hat mir schon damals öfter gesagt, ich soll mir eine E-Gitarre anschaffen und eine Band gründen. Ich habe seinen Rat befolgt und wie es aussieht, mit Erfolg."

Myles neigt sich zu mir und küsst mich auf den Mund. Eine Sekunde lang nimmt mir der Whiskeygeruch den Atem, aber dann erwidere ich seinen Kuss zögernd. Ich merke, dass er mehr als bloß diesen Kuss will und ziehe mich vorsichtig aus seiner Umarmung.

„Myles, du bist betrunken. Ich möchte es nicht so." Ich wehre ihn sanft, doch entschlossen ab. Es ist mir klar, dass ihm Sex jetzt eine vorübergehende Betäubung und Trost verschaffen würde, doch ich kann es nicht. In diesem Augenblick ist er nicht der Mann, mit dem ich sonst so leidenschaftlich gerne schlafe.

„Ich verstehe. Es tut mir leid", murmelt er und zieht sofort seine Hand zurück. „Bleib bitte trotzdem bei mir, ich möchte nur in deinen Armen liegen und dich spüren. Ich werde nichts tun, versprochen. Ich möchte diese fucking Nacht nicht alleine verbringen. Wenn es für dich in Ordnung ist?"

„Ich bleibe gerne bei dir", versichere ich ihm und verberge meine Rührung. „Aber bitte trink nicht noch mehr, okay?"

„Versprochen", erwidert er mit einem Seufzer und legt sich hin. Er zieht mich zu sich und wir bleiben eng umschlungen auf dem Bett liegen. Wir reden nicht weiter. Ich fühle nur zu gut seine innere Zerrissenheit, seinen Verlust, seine Schuldgefühle. So gerne würde ich ihm etwas von dieser Schwere abnehmen. Doch meine Nähe und mein Mitgefühl scheinen im Augenblick das zu sein, was er braucht. Diese tragische Erfahrung hat ihn also zu dem gemacht, was er ist – ein sensibler, tiefgründiger, reifer junger Mann, der seine Gefühle mit Musik zu verarbeiten versucht. Jetzt kenne ich sein dunkles, trauriges Geheimnis, das nicht mal im Geringsten romantisch ist. *Und ich liebe ihn umso mehr.*

19. Myles

Noemis warmen Körper neben mir zu spüren, ist ein zutiefst beglückendes Gefühl. Fuck, wie schmalzig ist das denn? Hoffentlich habe ich sie jetzt nicht völlig verschreckt und sie will nichts mehr mit mir zu tun haben. Sie hat wunderbar reagiert, als ich ihr den Grund für mein Besäufnis verraten habe. Bestimmt hat sie nicht geahnt, wie kaputt ich eigentlich bin. Zum Glück ist sie mich spätestens in zwei Wochen los. Dann kann sie sich einen normalen Typen aussuchen, der emotional nicht so ein Krüppel ist wie ich. Jemanden, der sie lieben und sich zu ihr bekennen wird, ohne dabei die ganze Zeit mit seinen inneren Dämonen kämpfen zu müssen.

Julia ist das irgendwann zu viel geworden. Es war nicht nur meine Musik und meine Abneigung gegen ihr ziemlich spießiges Lebenskonzept, was sie in die Flucht getrieben hat. Sie konnte meine selbstzerstörerischen Tendenzen nicht länger tolerieren, sagte sie. Damit meinte sie meine gelegentlichen Alkoholexzesse, meinen Spleen, meine Schuldgefühle und meine Anfälle von Schwermut und Abneigung gegen die Außenwelt.

Das alles passt jetzt wunderbar zu meinem fucking Image als Rockstar. Aber sie hat heute an mich gedacht und ist sofort gekommen, als ich ihre Anrufe ignoriert habe. Das muss ich ihr hoch anrechnen. Sie hat sogar Noemi hierher bestellt. Julia ist eine tolle Ex-Freundin.

Und Noemi wird bestimmt eine tolle Ex-Geliebte sein. Verflucht, beide Frauen, die mir am meisten am Herzen liegen, sind dazu bestimmt, meine Ex zu werden. Wie abgefuckt ist das!

Noemi in meinen Armen zu halten und ihren Duft einzuatmen ist viel mehr, als ich verdient habe. So gern würde ich sie glücklich machen, immer wieder dieses Funkeln in ihren Augen betrachten, wenn sie mich anlächelt. Solche Frauen sollte man auf Händen tragen und ihnen jeden Wunsch von den Lippen ablesen. Und was tue ich? Ich belaste sie mit meinem seelischen Müll und lasse mich von ihr wie ein richtiges Weichei trösten. Morgen früh, wenn mein Rausch ausgeschlafen ist, zeig ich ihr, wie sehr ich sie begehre. *Wie sehr ich sie liebe.*

20. Noemi

Myles schläft tief und fest, als ich mich gegen neun aus dem Bett schleiche, ohne ihn aufzuwecken. Luna muss Gassi gehen, ich höre schon ihr Wimmern vor der Tür.

Ungewaschen eile ich mit ihr nach unten und sie macht ihre Pfütze gleich vor dem Haus. Braves Mädchen, sie hat ihre Blase gut unter Kontrolle. Gestern Abend habe ich vergessen, Myles zu fragen, wann sie zuletzt gepinkelt hat. Wieder zurück in der Wohnung, sehe ich gleich nach ihm. Er ist wach, sitzt mit der Gitarre auf dem Bett und lächelt mich sanft an, als ich in der Schlafzimmertür stehen bleibe. Heute wirkt er zwar etwas verkatert, doch dieser befremdliche und leere Blick in seinen Augen ist verschwunden.

„Guten Morgen! Wie geht's dir?", begrüße ich ihn und erwidere sein Lächeln.

„Guten Morgen, meine Hübsche! Es geht mir ziemlich beschissen. Kein Wunder nach gestern", antwortet er mit einer Stimme, die noch eine Nuance dunkler klingt als sonst. „Aber seltsamerweise hatte ich gerade, unmittelbar nach dem Aufwachen, eine Inspiration. Für den Song, der mir schon länger im Kopf rumschwirrt. Willst du ihn hören? Die erste Strophe? Alles andere ist noch nicht fertig."

„Klar! Liebend gerne sogar!" Überrascht und augenblicklich aufgeregt komme ich zu ihm. Einem frisch entstandenen Song von Myles Flemming zuhören zu können ist ein besonderes Geschenk. Erwartungsvoll setze ich mich auf den Boden und lehne mich an den Schrank hinter mir. Luna, die mir gefolgt ist, springt auf das Bett zu Myles und nimmt demonstrativ auf der Seite Platz, wo ich heute Nacht geschlafen habe. Damit zeigt sie mir trotz aller Freundschaft, dass sie ihr Herrchen für sich beansprucht. Myles krault sie kurz hinter einem Ohr und greift wieder in die Saiten. Er spielt ein kurzes Intro in Moll und ich höre gebannt zu. Dann beginnt er mit seiner melodischen, verführerisch heiseren Stimme zu singen:

Paint your smile under my skin
Seduce me with your luscious kiss
Make me whole, help me to win
I wanna feel the rush of bliss ...

Bisher habe ich Myles noch nie singen gehört und meine Begeisterung ist umso größer. Er ist nicht nur ein begnadeter Gitarrist, sondern auch ein großartiger Sänger! Seine Stimme ist mindestens so gut wie die von Vic. Sie gefällt mir sogar besser, weil sie nicht so hoch und nasal ist wie die des Leadsängers der Band. Eigentlich könnte er sogar den Job übernehmen. Doch Myles ist nicht so eine geborene Rampensau wie Vic, der seinem großen Idol Axl Rose in allem nacheifert. Myles ist vor allem ein hervorragender Gitarrist und Songwriter, und das ist für ihn wichtiger, als die ganze Zeit im Zentrum der Aufmerksamkeit zu stehen.

Der Song ist eine langsame, melodische Ballade, und Myles singt wunderbar gefühlvoll. Ich hänge buchstäblich an seinen Lippen und lasse mich von seiner Musik verzaubern. Die Art, wie er mich beim Singen ansieht, verursacht mir eine Gänsehaut am ganzen Körper. *Er singt für mich. Nur für mich.*

Thrill me with the stardust in your eyes
Whisper to me with your honey lips
Let your hair down, be my muse tonight
I wanna melt away under your fingertips ...

Bin ich zu unbescheiden, wenn ich mir einbilde, er singt in dem Song über *mich*? Naja, letztendlich ist es ja egal. Myles spielt und singt mir den Song vor, der gerade in ihm entsteht, und ich bin dabei. Was will ich mehr!

„So, das war's, der Rest kommt noch." Abrupt hört er auf und legt die Gitarre neben dem Bett ab. „Komm her, meine Süße."

Schnell erhebe ich mich und sinke in seine Arme.

„Das war wunderschön! Vielen Dank", sage ich und kuschele mich an seine Schulter.

„Ich bin derjenige, der dir danken muss", murmelt er in mein Haar. „Ohne dich hätte es den Song nicht gegeben."

„Das ist nicht wahr", wehre ich mich, noch mehr gerührt. Myles umarmt mich fester.

„Es tut mir leid, wenn ich mich gestern Abend danebenbenommen habe. Du hast mich in einer Verfassung erlebt, die ich sonst eher vermeide."

„Ist schon okay, wir müssen nicht mehr darüber reden, außer du möchtest es.“

„Du bist eine echt coole Frau und es bedeutet mir sehr viel, dass du für mich da bist. Nicht zu vergessen, wie sehr ich dich begehre ...“ Myles nimmt mein Gesicht in die Hände und küsst mich liebevoll.

„Jetzt reicht es aber! Sonst könnte ich noch überheblich werden!“ Lachend löse ich mich aus unserem Kuss. „Ich befürchte, ich muss dich jetzt verlassen, es ist schon spät.“ Entschlossen erhebe ich mich vom Bett. „Ich habe nämlich eine wichtige Vorlesung an der Uni, und danach muss ich noch mit einem Professor über meine Diplomarbeit reden“, erkläre ich ihm entschuldigend.

Noch ein, zwei Küsse mehr, und wir müssten Luna aus dem Zimmer scheuchen und unserer Leidenschaft freien Lauf lassen. Was ich eigentlich liebend gerne tun würde. Doch ich kann wegen Myles nicht alles andere stehen und liegen lassen, egal wie verlockend er mit seinem verwuschelten Haar und nacktem Oberkörper auch aussehen mag.

„Schade!“ Myles lässt seufzend meine Hand los. „Gott, mein Kopf! Ich muss erst mal was trinken und ein Aspirin einwerfen.“ Auch er steht auf und öffnet das Fenster, um ein paar tiefe Atemzüge zu nehmen. Ausgiebig streckt er sich und ich genieße den Blick auf seinen tätowierten Rücken. Mein Blick wandert gierig bis zu der sündhaften Wölbung seines Hinterns. Fasst könnte ich schwören, dass Luna mich triumphierend anschaut, als ich endlich das Schlafzimmer ihres Herrchens verlasse und sie alleine mit ihm bleibt. Myles folgt mir und begleitet mich zur Tür, wo wir uns noch ein letztes Mal

küssen, bevor ich mich von ihm löse und in den Fahrstuhl   steige.
Jetzt, wo ich über seinen Bruder Bescheid weiß, fühle
ich mich noch enger mit ihm verbunden. Und vor allem
verstehe ich ihn besser und kenne jetzt den Grund für
diesen Hauch von Melancholie, den ich manchmal an
ihm wahrnehme. Er vermisst seinen Bruder und macht
sich Vorwürfe, weil er denkt, der könnte noch leben,
wenn er damals mit ihm klettern gegangen wäre. Irgendwann wird er sich selbst verzeihen und aufhören
zu trauern. Jeder Schmerz lässt mit der Zeit nach und
jede Wunde heilt. Ist doch so, oder?

Zum Glück bin ich bisher weitgehend von solchen Er-
fahrungen verschont geblieben. Die einzige Konfronta-
tion mit einem Verlust war Opas Tod vor zwei Jahren.
Doch so wahnsinnig nahe haben wir uns nicht gestanden und er war alt und sehr krank. Diese Erfahrung
kann ich nicht im Geringsten mit Myles' Verlust vergleichen. Ich vergesse immer, wie jung er noch ist. Er
ist so alt wie mein Bruder, doch wirkt er um einige
Jahre älter und viel erwachsener und reifer als die
meisten Männer in seinem Alter. Seit dem Unfall sind
erst elf Jahre vergangen. In der Zeit hat er sein Abi gemacht, überdurchschnittlich gut Gitarre spielen ge-
lernt und hatte eine erste Freundin. Er hätte auch völlig
abrutschen, Drogen nehmen, die Schule schmeißen
und mit der Musik aufhören können. Doch das hat er
nicht getan. Stattdessen hat er sich gefangen und einiges erreicht. Also muss ich mir keine Sorgen um ihn
machen. Es ist völlig normal, dass man an so einem To-
destag von Trauer und Erinnerungen überwältigt wird
und zum Alkohol greift.

Beruhigt verlasse ich den Fahrstuhl. Erst während der Fahrt zur Uni fällt mir auf, wie erleichtert ich darüber bin, dass Myles nicht wieder mit Julia zusammen ist. Der gestrige Gedanke, ich hätte ihn an sie verloren, tat mehr weh als ich es wahrhaben wollte. Wie lange will ich mich eigentlich noch weiter belügen? So tun, als ob es für mich kein Thema wäre, dass wir eine Absprache haben, dass sich unsere Wege in zwei Wochen trennen werden? Einfach so: Tschüss, es war schön mit dir, ich wünsch dir eine tolle Zeit und alles Gute! Nicht nach alldem, was ich mit Myles erlebt habe …

Zum Glück sehe ich am Freitag meine Mama. Es wird mir guttun, mit ihr den Nachmittag zu verbringen und ein paar Wohnungen zu besichtigen. Das wird mich ablenken und auf andere Gedanken bringen.

Als ich am späten Nachmittag von der Uni zurück bin, empfängt mich Natalie mit einem Schmunzeln.

„Ist was?", frage ich beiläufig, als ich die Post checke.

„Guck mal in dein Zimmer", antwortet sie und folgt mir. Ich öffne meine Tür und erblicke einen riesigen Rosenstrauß auf dem Schreibtisch. Er steht in einem weißen Spüleimer, weil Natalie und ich keine Blumenvase dieser Größe besitzen. Eine üppige Mischung aus pinkfarbenen und rosa Blüten hüllt das Zimmer in einen zarten Duft.

„Wow, wo kommt der denn her?" Staunend drehe ich mich zu Natalie um, obwohl mein Herzklopfen mir verrät, dass ich die Antwort auf meine Frage schon kenne.

„Ein Bote hat den Strauß vor einer halben Stunde gebracht. Es gibt auch eine Nachricht dazu."

Tatsächlich steckt ein kleiner Briefumschlag zwischen den Rosen. Aufgeregt öffne ich ihn und lese:

Es tut mir leid wegen gestern. Ich möchte es wiedergutmachen und mich bei dir bedanken. Du bist eine wundervolle Frau. Myles.

„Sind die Rosen von Myles? Was schreibt er?" Natalie kann ihre Neugier nicht länger bändigen.

„Ja, sie sind von Myles. Er entschuldigt sich, weil er mich gestern versetzt hat", erkläre ich ihr und lese ihr die Nachricht laut vor.

„Oh, das ist so süß! Noemi, der Typ steht total auf dich! Ich freu mich so für dich!" Jubelnd fällt sie mir um den Hals. „Wie viele Rosen sind es? Komm, zählen wir sie!" Schon zieht sie mich an der Hand zu dem Rosenstrauß. Gemeinsam zählen wir die wunderschönen Rosen und mir wird warm ums Herz, während ich mich in Myles' Aufmerksamkeit sonne.

„Es sind neunundvierzig Stück! Der Typ ist echt romantisch! Und so großzügig! Das war bestimmt sehr teuer", meint Natalie, immer noch schwer beeindruckt von der Geste meines Lovers. Als ich ihn heute Morgen verlassen habe, ist ihm wahrscheinlich eingefallen, dass wir gestern Abend verabredet waren. Mit seiner Entschuldigung hat er ins Schwarze getroffen. Immer noch völlig überwältigt entscheide ich mich, ein Foto von dem Rosenstrauß zu machen.

„Das muss ich als Erinnerung aufbewahren. Es wird mir kein anderer so schnell neunundvierzig Rosen schenken", sage ich leise und meine Augen füllen sich mit Tränen, die ich vor Natalie zu verbergen versuche.

„Schick das Foto an Kathleen und Emma, sie müssen das unbedingt sehen", schlägt sie vor, und ich befolge sofort ihren Rat. Das Tippen einer Nachricht mit dem angehängten Foto hilft mir, mich wieder zu sammeln.

Kathleen und Emma antworten prompt und freuen sich mit mir. Doch Kathleen wäre nicht Kathleen, wenn sie nicht noch ein P.S. schreiben wurde:

Apropos, was hat der Mistkerl verbrochen, dass er mit so einem protzigen Rosenstrauß angibt? ;)

Ich schreibe zurück, dass er mich gestern versetzt hat, doch erzähle keine Einzelheiten. Zum Glück geben sie sich alle drei damit zufrieden und bohren nicht nach. Ich werde meinen Freundinnen auf keinen Fall von der Geschichte mit Sam erzählen. Myles wäre bestimmt nicht erfreut, wenn ich Details aus seinem Privatleben verraten würde. Ich genieße sein Vertrauen und er kann sich voll auf mich verlassen, auch wenn ich dafür mal ausnahmsweise etwas für mich behalten muss.

Kurz nach sechs ruft er mich an. Ich schließe schnell die Tür meines Zimmers und lege mich auf das Bett, während ich rangehe.

„Hey, meine Hübsche!", begrüßt mich sein sexy Bariton.

„Hey. Geht es dir wieder besser?", entgegne ich und blicke zu dem Rosenstrauß.

„Doch, ich fühle mich deutlich besser. Der Kater ist zum Glück weg." Myles lacht leise.

„Übrigens, herzlichen Dank für die Rosen, die sind wunderschön. Es war nicht nötig, so viel Geld auszugeben, ein kleiner Strauß wäre auch okay gewesen."

„Es freut mich, wenn sie dir gefallen. Für dich ist kein Blumenstrauß groß genug und eine Frau wie dich versetzt man nicht. Es tut mir aufrichtig leid. Und auch dafür, dass du mich in so einem Zustand erleben musstest." Fast könnte ich meinen, er klingt leicht beschämt.

„Ist schon gut! Entschuldigung angenommen. Und wegen deines Zustands gestern mach dir keinen Kopf. Ich verstehe sehr gut, wie du dich gefühlt hast“, versuche ich ihn aufzumuntern.

„Noemi, ich weiß, wir müssen nicht länger darüber reden, aber ich möchte noch mal sagen, dass ich dir sehr dankbar bin.“

„Wofür denn? Es war doch selbstverständlich, was ich getan habe“, erwidere ich verlegen.

„Nein, das stimmt nicht. Du tust sehr viel für mich“, sagt er mit Zärtlichkeit in seiner Stimme.

Du aber auch für mich!

„Ich wollte dich fragen, ob du heute Abend mit mir ausgehen magst?“

„Sehr gerne. Wohin wollen wir?“ Gespannt richte ich mich im Bett auf.

„Das soll eine Überraschung werden. Nimm eine warme Jacke mit. Ich bin gegen sieben bei dir.“

„In Ordnung. Ich freu mich schon.“

„Ich freu mich auch. Bis später.“

Wir legen auf und ich verspüre ein aufgeregtes Flattern in meinem Bauch. Ich mag Überraschungen, besonders wenn Myles derjenige ist, der mich überraschen möchte.

Als ich später in seinem Auto sitze und wir uns von einem ausgiebigen Begrüßungskuss lösen, kann ich meine Neugier nicht länger zähmen. „Sag mir bitte, wohin wir fahren“, sage ich und schenke ihm meinen verführerischsten Augenaufschlag.

„Nope. Versuch es zu erraten.“ Myles grinst selbstzufrieden. Er trägt ein schwarzes Tanktop, schwarze

Jeans und sein Haar fällt ihm verwuschelt in die Stirn. Er riecht nach einem frischen und sportlichen Duft und sieht zum Anbeißen aus.

„Gehen wir essen?", lautet mein erster Versuch.

„Hm, irgendwie auch. Aber nicht ganz."

„Hm. Vielleicht Freiluftkino?"

„Nein. Aber du liegst schon mal nicht ganz verkehrt. "

„Führst du mich etwa in die Oper aus?"

„Auch nicht. Dafür würde ich dich bitten, ein schickes Kleid anzuziehen. Ohne Höschen darunter." Er sieht mich frech an. „Dein Outfit ist für unser Date sehr passend."

Ich trage meine schlankmachenden Jeans und ein enganliegendes, schwarzes Top. Mein Haar ist zu einem lockeren Zopf zusammengebunden und ich habe mich für Smokey Eyes in metallicgrauen Tönen entschieden.

„Oh Gott, du machst es mir echt schwer. Hilf mir doch etwas!"

„Ich weiß, dass du nicht auf ältere Herren stehst. Doch da gibt es einige Ausnahmen, die es auch noch mit achtzig wert sind, ein paar Stündchen in ihrer Gesellschaft zu verbringen", gibt er mir einen Hinweis. „Und einer von diesen Herrschaften ist jemand, der mitverantwortlich dafür ist, dass ich ein Rockgitarrist geworden bin."

Langsam leuchtet es mir ein. „Sag nicht, wir gehen zu den Stones??"

„Yep!" Myles grinst wieder wie ein Honigkuchenpferd. „Ich habe meine Beziehungen mächtig spielen lassen müssen, um noch an die Tickets zu kommen. Ich hatte zwar schon länger eins für mich, direkt vor der

Bühne, doch das habe ich jetzt für zwei Sitzplätze etwas weiter hinten umgetauscht."

„Das ist ja eine super geile Überraschung!", sage ich mit ehrlicher Begeisterung. „Mein Bruderherz wird von Neid platzen, wenn er das hört! Er war nur wenige Stunden zu spät dran, als der Verkauf losging, und hat kein Ticket mehr bekommen. Ich meine, ich mag die Band auch, aber so viel Geld hätte ich für ein Ticket dann doch nicht ausgeben wollen und können. Wie geil ist das, zusammen mit dir zu dem Konzert zu gehen! Eine bessere Begleitung könnte ich mir ja nicht wünschen!" Ich neige mich mit einem begeisterten Kuss zu Myles. Einmal die Rolling Stones live erleben zu dürfen ist schon eine besondere Sache. Myles gibt echt ein Vermögen für mich aus! Ich kann mir zwar vorstellen, dass er sehr viel Geld verdient, doch trotzdem übertreibt er etwas. Ich bin nicht mal seine feste Freundin.

Davon muss ich natürlich sofort meinen drei Mädels berichten. Und Ben natürlich auch. Ich tippe schnell die Nachrichten und Myles schmunzelt dabei nur. Als ich das Smartphone wegpacke, lächle ich ihn an und spüre, wie aufgeregt mein Herz schlägt. Es ist nicht die Vorfreude auf die alten Rockknaben, die meine Pulsfrequenz erhöht. Es ist der beflügelnde Gedanke, dass ich gemeinsam mit einem aufsteigenden Rockstar *das* Event des Jahres besuche! Und dass ich in diesen wunderbaren Mann hoffnungslos verliebt bin.

Der Abend ist unvergesslich. Wir sitzen links der Bühne und haben eine gute Aussicht. Ganz vorne, direkt vor der Bühne, wäre es für mich nicht so angenehm mit all den eingefleischten Fans, die alle Songs auswendig können und sie laut mitsingen. Unser Platz ist mir viel lieber.

Als wir durch den VIP-Eingang die Waldbühne betreten, stürzen sich einige Reporter auf Myles und schießen Fotos von ihm. Kurz davor hat er mir erklärt, dass es besser wäre, wenn wir dabei einen Sicherheitsabstand zueinander einhalten. Er will nämlich vermeiden, dass die Presse anfängt, über sein Privatleben zu berichten. Das kann ich sehr gut verstehen.

Also verschwinde ich schleunigst durch den Eingang und warte in sicherer Entfernung auf ihn. In dem ganzen Trubel haben mich die Reporter zum Glück übersehen und konzentrieren sich voll auf Myles. Gut gelaunt beantwortet er kurz ein paar Fragen und entschuldigt sich dann charmant lächelnd bei den Presseleuten, bevor er denen den Rücken kehrt. Als wir uns wieder sicher und unbeobachtet fühlen, greift er nach meiner Hand und hält sie fest. Diese Geste gibt mir das Gefühl, dass wir zueinander gehören, und bringt mein Herz zum Schmelzen. Er müsste das nicht tun. Aber offensichtlich möchte er das genauso wie ich.

Das Konzert vergeht wie im Flug. Mick wirkt unglaublich jugendlich und vital, genauso Keith, der Myles' großes Vorbild ist. Die Rocklegenden sorgen für eine Superstimmung, und ich bin überrascht, wie sehr mich die Musik mitreißt. Myles ist mehr als begeistert, seine Augen leuchten die ganze Zeit und er hat natürlich noch viel mehr Spaß als ich. Zwischendurch küssen wir uns immer wieder, und wir unterbrechen nur selten unseren Körperkontakt. Ich bin grenzenlos glücklich. Keine störenden Gedanken kreisen in meinem Kopf, ich bin völlig und ganz bei Myles und genieße jede einzelne Minute. Rumalbernd und knutschend schießen wir mehrere Selfies, und zwischendurch bedienen wir uns aus Myles' Rucksack, der mit Snacks und Süßigkeiten vollgepackt ist. Es ist ein perfekter Abend mit dem perfekten Mann. Ein Abend, an den man sich ein Leben lang erinnern wird. Natürlich schicke ich ein paar der Fotos gleich an meine Mädels und ernte damit entzückte Ahs und Ohs. Vor allem aber mache ich diese Fotos für mich, als Erinnerung und auch als Beweis, dass ich das alles nicht nur geträumt habe.

I can't get no satisfaction singt Myles beim allerletzten Song laut mit und sieht mich bedeutungsvoll an. Seine Zungenküsse, mit denen er mir zwischendurch den Atem raubt, verstärken das Prickeln zwischen uns noch, das von Song zu Song intensiver wird. Das effektvolle Feuerwerk auf der Bühne wird irgendwann von dem Feuerwerk unserer Leidenschaft völlig übertönt. Die immerwährende Anziehungskraft zwischen uns verdichtet sich und bringt uns näher und näher zueinander. Eine Mischung aus Dur und Moll, mal heiß und wild, mal zärtlich und verschmust. Wir können es kaum erwarten, uns nach dem Konzert einem feurigen Nachklang, einem intensiven Schlussakkord hingeben zu können ...

Gleich im Auto fallen wir übereinander her. Myles schafft es noch, in eine kleine, einsame Straße zu fahren und am Rand anzuhalten. Seit Jahren habe ich keinen Sex mehr im Auto gehabt. Umso mehr macht es mich an, sich unbeherrscht gegenseitig aus den störenden Klamotten zu helfen, hastig, ungeduldig, wie ausgehungert. Myles öffnet nur seine Hose und befreit seinen steifen Schwanz, während ich ihm das T-Shirt ausziehe. Bei mir ist es schwieriger. Ich muss meine Jeans mitsamt Höschen komplett ausziehen, ehe ich mich rittlings auf ihn setzen kann. Myles schiebt mein Oberteil nach oben, um meine Brüste frei zu machen. Schon den ganzen Abend lang bin ich feucht und angetörnt, völlig auf Sex mit ihm eingestimmt. Seine Nähe, unsere Küsse, die Musik – das alles wirkt seit Stunden wie ein mächtiges Aphrodisiakum auf mich. Myles' Schwanz gleitet wie von alleine in mich, als ich mit meinem Becken enger an ihn heranrutsche. Gleichzeitig seufzen wir auf und blicken uns tief in die Augen. Ihn in mir zu spüren, fühlt sich wie immer überwältigend an. Er wird zu einem Teil von mir, wie das letzte Puzzlestück, um das Gesamtbild perfekt und vollständig zu machen. Als ob ich ohne ihn in mir unvollständig wäre.

Während des Liebesaktes verwachsen wir zu einer pulsierenden, sich gegenseitig bereichernden Einheit, und wir vergessen unsere lächerlichen Abmachungen und Definitionen der Beziehung. Es gibt nur noch uns und die alles verschlingende Sehnsucht nach Nähe, nach Verschmelzung, nach Erfüllung. Erhitzt von der lodernden Leidenschaft in uns empfinden wir nur noch den heftigen, drängenden Wunsch nach innigster Hingabe. Wir geben alles, um uns gegenseitig glücklich zu machen, uns so tief wie es nur geht zu berühren, uns dem anderen einzuprägen, für die Ewigkeit und die Unendlichkeit des Augenblickes.

Ich bestehe nur noch aus meinen Sinnen. Benebelt atme ich Myles' betörenden Geruch ein. Aufmerksam lausche ich seinen Lustseufzern und heißen Worten, die er mir zuraunt. Durstig schmecke ich seinen Mund und seine leicht salzige Haut. Wie hypnotisiert blicke ich in die Tiefe seiner Augen. Und ich spüre ihn gewaltig in meinem Unterleib, der von der Ekstase zu beben und zu zucken beginnt, als ich diese unvorstellbare körperliche und emotionale Intensität nicht länger aushalten kann. Wir kommen fast gleichzeitig, uns wie verzweifelt aneinanderklammernd, atemlos, aufgelöst, erlöst.

„Du machst es mir echt schwer", murmelt Myles nach einigen Minuten des seligen Schweigens, des Zurück-zu-sich-selbst-Kehrens. Des Aufwachens in der Realität ...

„Was meinst du?" Noch nicht ganz zurück, hebe ich meinen Kopf, der auf seiner Schulter geruht hat.

„Wie soll jemals eine andere Frau an dich rankommen, nach all dem, was ich mit dir erlebe?" Er lächelt seltsam melancholisch.

Das Gleiche könnte ich dich fragen.

„Jetzt übertreib aber nicht", wehre ich mich gerührt.

„Ist doch wahr. Du bist eine ganz spezielle Frau für mich, und wenn ich irgendwann meine Memoiren schreibe, wird das Kapitel über dich besonders lang werden."

Ich sehe, er meint es ernst, es ist nicht bloß eine belanglose Schmeichelei. Meine Augen füllen sich mit Tränen, ich kann sie nicht zurückhalten. Verdammt! Er kommt viel zu nah an mich ran. Wie schafft er das nur?

Bloß weil er mich so wahnsinnig gut vögelt? Ist es die Oxytocinfalle? *Oder ist es etwa die Lie...*

Ich verbiete es mir, den Gedanken zu Ende auszusprechen, weil er mir Angst macht. Noch immer bin ich mit einem Mann vereint, der mir erst einen unvergesslichen Abend und danach einen geilen Orgasmus beschert hat und der in wenigen Tagen mit seinem Tourbus wegfährt, um als berühmter Rockstar die ganze Welt zu erobern. Wie bescheuert wäre ich, wenn ich denken würde, dass das zwischen uns zu etwas Ernstem, Dauerhaftem werden könnte?

„Myles, ich möchte nach Hause", sage ich bemüht kühl und rutsche auf den Beifahrersitz, um mich anzuziehen.

„Okay, wie du möchtest. Ist alles in Ordnung, meine Hübsche?" Er blickt mir prüfend in die Augen, weil ihn mein plötzliches, fast abweisendes Benehmen wohl etwas überrascht.

„Doch, doch, ich bin nur müde", sage ich absichtlich nüchtern und vermeide es, ihn anzusehen. Myles knöpft seine Hose zu. „Ich kenn dich doch. Es ist was. Willst du es mir wirklich nicht sagen?", streichelt mich seine weiche, tiefe Stimme. Ich beiße mir auf die Lippe, um nicht loszuheulen, doch die verdammten Tränen kann ich nicht aufhalten. Trotz Dunkelheit entgehen sie Myles natürlich nicht.

„Meine Süße, du weinst! Hab ich was falsch gemacht?" Er streckt eine Hand nach mir aus und zieht mich in seine Umarmung.

„Nein, du machst alles richtig", murmele ich. *Viel zu sehr ...*

„Was ist es dann?" Er drückt mich fester an seine Brust.

„Es ist nichts. Ich bin nun mal eine Frau und unsere Gefühle sind manchmal schwer zu kontrollieren. Wir können nicht immer kopfgesteuert und kaltblütig handeln, so wie ihr Männer das tut. Das ist alles und es gibt nichts mehr zu besprechen." Ich rede fast schroff und abweisend, um meine aufgewühlten Gefühle vor Myles zu verstecken. Entschlossen befreie ich mich aus seiner Umarmung, obwohl ich am liebsten die ganze Nacht dort verbringen würde.

„Fahr mich bitte nach Hause", verlange ich und blicke ihn nur kurz von der Seite an. Sein Mund zuckt und ich vermute, ich habe ihn verletzt. Das wollte ich nicht. Doch in erster Linie muss ich mich selbst vor Verletzungen schützen! Sobald er sich auf einer der großen Bühnen seine Gitarre umhängt, wird er mich vergessen. Auf ihn wartet ein aufregendes Leben voll Abenteuer, Ruhm und Erfolg, und da gibt es keinen Platz für mich. Ich aber habe kein wundersames Instrument in der Hand, das mir ermöglichen wird, mit dem Ende unserer Liebschaft folgenlos klarzukommen. Ich fühle mich innerlich jetzt schon zerrissen, weil ich diese starken Gefühle zwischen uns spüre und so viel Angst vor der Trennung habe. Wir haben uns das zu einfach vorgestellt mit der unverbindlichen Liebschaft. Ich weiß, dass Myles in mich verliebt ist, auch wenn er das nicht aussprechen kann. Doch für ihn wird es einfacher sein, ohne mich klarzukommen. Aber wie werde ich es schaffen, ihn loszulassen? Mit Abenden wie diesem macht er mir den bevorstehenden Abschied nur noch schwerer. Also reiße ich mich lieber jetzt schon zusammen und versuche, meine Gefühle unter Kontrolle zu bekommen!

Während der Fahrt schweigen wir, und als er vor meinem Haus hält, sieht er mir mit seinem tiefgründigen Blick in die Augen.

„Ich weiß, ich fahre bald weg. Versuch bitte, nicht daran zu denken. Wir können bis dahin noch weiter die gemeinsame Zeit genießen. Ich möchte nicht, dass du deswegen traurig bist. Wenn ich dich so sehe, fällt es mir auch nicht leicht, glaub mir! Aber wir haben beide gewusst, was auf uns zukommt. Bitte, mach es uns nicht noch schwerer, als es ist.“

In seinen wunderschönen Augen spiegelt sich unendlich viel Zärtlichkeit, vermischt mit einer Spur Traurigkeit und Bedauern. Mein Herz regt sich schmerzvoll.

„Es tut mir leid, Myles. Du hast recht. Genießen wir noch die restliche Zeit, ohne an den Abschied zu denken.“ Ich versuche unbeschwert und zuversichtlich zu klingen. Wir beide haben doch nichts davon, wenn ich anfange, ihm Szenen zu machen. Die Erinnerungen an die gemeinsame Zeit sollten schön und ungetrübt bleiben, ohne bittere Zwischentöne. „Vielen Dank für diesen einmaligen Abend!“ Mit einem innigen Kuss neige ich mich zu ihm.

„Ich muss dir danken. Für alles, was du mir gibst“, murmelt er und erwidert meinen Kuss. Er bringt mich zur Tür, wo wir uns noch einmal ausgiebig voneinander verabschieden. Am Ende lächeln wir beide wieder und die Art, wie er mich küsst und mir in die Augen schaut, spült alles Belastende weg. Ich winke ihm zu, als er fährt, und auch er dreht sich kurz um, um mir ein

Küsschen zuzuwerfen. Es ist seltsam. Trotz meiner Bedenken und der Vorsicht fühle ich mich geliebt. Es ist ein wunderbares Gefühl. So echt und richtig. Und ohne den kleinsten Zweifel weiß ich, dass Myles das Gleiche empfindet. Ganz schön verrückt.

21. Myles

Luna wacht auf, als ich mich in die Wohnung schleiche, doch sie ist zu müde, um aufzustehen. Sie leckt mir nur kurz die Hand ab, als ich sie streichle. Ihr Fell verändert sich neuerdings, wird dunkler und verliert den Babyflausch. Sie wird eine richtige Hundeschönheit, wenn sie mal ausgewachsen ist. Obwohl es schon ein Uhr morgens ist, bin ich noch nicht müde. Mit einer Flasche Bier setze ich mich auf den Balkon, um etwas runterzukommen, bevor ich ins Bett gehe. Die Nacht ist frischer geworden und die kühle Luft tut mir gut.

Die Eindrücke vom Konzert halten mich hellwach. Es ist schon was Besonderes, solche Legenden live zu erleben, auch in ihrem fortgeschrittenen Alter. Klar, man merkte schon ab und zu, dass sie nicht mehr dreißig sind, doch die Show war erstklassig und mehr als professionell. Sogar Noemi hat sie gefallen, obwohl sie kein richtiger Stones-Fan ist. Es war offensichtlich, dass sie viel Spaß hatte, und ich bin froh, sie mitgenommen zu haben.

Ich hätte natürlich auch mit meinen Jungs hingehen können, doch seit März verbringen wir als Band so viel Zeit miteinander, dass es uns guttut, privat auch mal Abstand voneinander zu halten. Außerdem will ich jede freie Minute mit Noemi zusammen sein. Mit ihr kann ich so richtig abschalten und einfach ich selbst sein. Sie ist so wunderbar unkompliziert, und die Ruhe, die sie ausstrahlt, ist genau das, was ich brauche, um aufzutanken und von dem ganzen Stress runterzukommen. Sie tut mir verdammt gut. Nicht bloß der Sex mit ihr, der definitiv eine Kategorie für sich und ein Genuss der ganz besonderen Sorte ist. Sie ist eine der seltenen Frauen, die eine Menge zu geben haben. Ihre Wärme, ihre Herzlichkeit, ihre Anteilnahme und ihr ehrliches Interesse an mir – das kommt alles so authentisch rüber und so echt. Noemi ist überschwänglich, leidenschaftlich, intensiv. Eigentlich müsste sie wegen der Natur unserer Beziehung weniger großzügig sein und etwas mehr Distanz wahren. Doch Distanz scheint für Noemi ein Fremdwort zu sein.

Sie gibt alles, besonders beim Sex, und lässt mich so nah an sie ran, dass ich immer größere Angst bekomme. Angst, dass ich dieser wunderbaren Frau eines Tages sehr wehtun werde. Weil ich ihr nicht genug zurückgeben kann. Weil ich sie enttäuschen werde. Weil ich sie im Stich lassen werde. *Oder habe ich Angst, dass sie mir wehtun wird?*

Ich war immer ehrlich zu ihr und habe Klartext geredet, als wir unser Verhältnis definiert haben. Doch warum fühle ich mich immer mieser, wenn ich an den Tag denke, an dem unsere große Tour beginnt? Heute habe ich ganz deutlich gespürt, dass es ihr schwerfallen wird, wenn wir uns bald verabschieden. Vielleicht habe ich einen großen Fehler gemacht, als ich nach unserem ersten Sex angefangen habe, mich regelmäßig mit ihr zu treffen. Es wäre besser, nur ab und zu miteinander zu vögeln, aber ohne Dates und allem anderen, was man eigentlich in einer richtigen Beziehung macht.

Wir verbringen viel zu viel Zeit miteinander, und das vermittelt uns beiden den falschen Eindruck über das, was uns eigentlich verbindet. Um es sowohl ihr wie auch mir einfacher zu machen, werde ich mich ab sofort lieber etwas zurückziehen und unseren Kontakt reduzieren. Ja, genau das werde ich tun.

Mein Smartphone erinnert mich, dass ich eine neue Sprachnachricht habe. Sie ist von Dexter, unserem Manager. Was soll's, ich hör sie jetzt ab, auch wenn ich keinen Bock habe, an die Arbeit zu denken.

Die Nachricht ist ziemlich lang und löst in mir gemischte Gefühle aus. Die Sängerin der Band *Crossroad*, die als Support Act mit *Metallica* durch Europa tourt, hat sich eine Kehlkopfentzündung zugezogen, und man hat uns gefragt, ob wir nicht übermorgen in München als Support Act einspringen wollen. Unser Management sieht das natürlich als eine zusätzliche, große Chance für uns und hat spontan zugesagt. Das heißt, wir fliegen morgen nach München und spielen mit den Superstars anschließend noch vier Konzerte in Österreich und in der Schweiz.

Ist eigentlich eine geile Sache. Es passt sogar gut zu meinen Vorsätzen, mit Noemi weniger Zeit verbringen zu wollen. Das würde heißen, wir sehen uns die nächsten zwei Wochen kaum, und danach startet unsere eigene Tour. So ist es wahrscheinlich besser für uns beide, ehe es zu kompliziert wird.

Ich trinke das Bier aus und beherrsche mich lieber, als ich nach einer zweiten Flasche greifen will. Morgen muss ich fit sein, es gibt nur noch eine letzte Probe, bevor wir fliegen. Also zwinge ich mich, ins Bett zu gehen, die Probe fängt schon um zehn Uhr an. Eine solch verflucht unchristliche Zeit für eine Probe kann sich nur Dexter ausdenken. Er muss vorher noch mit uns reden. Ist ja klar, mit *Metallica* zu Touren ist schon ein Big Deal.

Lange wälze ich mich im Bett hin und her. Ich kann nicht aufhören, an Noemi zu denken. Wie ihre blaugrünen Augen leuchten, wenn sie mich ansieht. Wie leidenschaftlich sie ihren sexy Körper an mich presst, wenn wir uns küssen. Wie gut es sich anfühlt, in ihrer Umarmung zu ruhen und ihrem Herzschlag zu lauschen. Wie geil es ist, in ihr zu kommen, jetzt, wo ich sie ohne Kondom spüren darf. Ihr glänzendes, schwarzes Haar hat mein Gesicht wie flüssige Seide bedeckt, während sie mich geritten hat. In meinem Geist höre ich ihre hemmungslosen Lustschreie, als sie kommt, und mein Schwanz wird bei den Bildern in meinem Kopf steinhart.

Mann, dieses Mädchen hat mir echt zugesetzt! Zum Glück bin ich morgen ordentlich abgelenkt und werde so beschäftigt sein, dass ich keine Zeit habe, an sie zu denken. Auch mein Freundchen wird eine Weile schön in der Hose bleiben müssen.

22. Noemi

„Myles, das sind wunderbare Nachrichten! *Metallica* ist eine legendäre Band, mit denen zu touren wird bestimmt geil sein!" Ich freue mich aufrichtig, als Myles mir am Freitag die überraschende Neuigkeit berichtet. Ich gebe ihm einen dicken Kuss und unterdrücke dabei den leisen Anflug der Traurigkeit, die mich unvermeidlich überfällt. Das heißt, unsere Zeit ist schon so gut wie vorbei.

Er hat schon gepackt und scheint aufgeregt zu sein. Gemeinsam bringen wir Luna zu seinen Eltern, die sich um sie kümmern werden und die mich vorher noch kennenlernen möchten. Ich bleibe selbstverständlich weiter Lunas Hundesitterin, und sie werden sich bei Bedarf bei mir melden. Auf dem kurzen Weg in die Stargarder Straße halten wir wie üblich Händchen. Wie ein ganz normales Pärchen es tut. Myles ist schweigsamer als sonst und wirkt unruhig und abwesend. Ist doch klar. Das erste Konzert findet schon am Samstag statt und das sogar unplugged in einem angesagten Club in München.

„Wie ist es für dich, unplugged zu spielen?", frage ich ihn neugierig. Myles schaut mich nachdenklich an und drückt meine Hand fester.

„Unplugged zu spielen ist für mich so wie mit der Liebe – du zeigst dabei, wer du wirklich bist, was du wirklich zu geben hast. Du bist entweder mit Herz und

Seele dabei, oder du solltest es lieber lassen. Es ist eine besondere, extreme Herausforderung, und ich liebe und fürchte sie zugleich, weil sie mich über meine eigenen Grenzen und Hemmungen hinausbringt."

„Das hast du schön gesagt!" Ich lächle ihn verliebt an und verstehe die Bedeutung seiner Worte. Er fürchtet sich also vor Liebe … genauso wie ich.

„Wenn ich die akustische Gitarre spiele, kann ich zwar noch besser zeigen, was ich als Musiker eigentlich draufhabe, doch es ist viel schwieriger, mit leiseren, ungeschminkten Tönen das Publikum zu erreichen und zu begeistern. Wir werden ordentlich ins Schwitzen kommen, das steht schon mal fest", sagt er.

„Ich wäre so gerne dabei, um euch zuzuhören", seufze ich unüberlegt.

„Scheiße, daran habe ich in dem ganzen Stress gar nicht gedacht!" Myles fährt sich nervös durch das Haar. „Ich könnte dir das Geld für das Flugzeugticket geben und dich auf die Gästeliste setzen", denkt er laut nach. „Aber ich werde mich dort nicht um dich kümmern können, ich werde die ganze Zeit beschäftigt sein. Erst die Probe, dann Interviews, dann das Konzert … Und gleich danach fährt der Tourbus weiter nach Wien, wo wir das nächste Konzert spielen. Du würdest die ganze Zeit alleine sein, wir könnten uns höchstens kurz nach dem Konzert sehen, bevor wir weiterfahren."

„Ist schon gut", unterbreche ich ihn entschlossen. „Es ist lieb von dir, aber ich möchte nicht, dass du mir Geld gibst und dir wegen mir zusätzlichen Stress machst. Ich weiß, dass es nicht geht, vergiss bitte, was ich gesagt habe."

„Es tut mir sehr leid. Wie du siehst, fängt es schon an – in meinem Leben als Rockmusiker werde ich einfach keine Zeit für dich haben. Es wäre schön, wenn du mich auf der Bühne sehen könntest, doch morgen und in den nächsten Tagen wird's für mich echt stressig. Spätestens im September, wenn wir in Berlin spielen, kannst du ja zu unserem Konzert kommen."

Nur zu gut sehe ich sein Bedauern und seinen Zwiespalt. Es war blöd von mir, meinen Wunsch laut zu äußern. Das Letzte, was er jetzt gebrauchen kann, ist ein schlechtes Gewissen wegen mir.

„Ist wirklich kein Problem! Vielleicht fahre ich im Sommer zusammen mit Ben sogar zu einem der Festivals, wo ihr spielt", versuche ich, ihn zu beruhigen.

„Noemi, bitte, erwarte nicht von mir, dass ich in so einem Fall in der Lage sein werde, etwas Zeit mit dir zu verbringen. Während der Tour muss ich nach anderen Regeln leben und mein Privatleben völlig zurückstecken."

Er blickt mich schon fast verzweifelt an und mahlt mit dem Kiefer. Scheiße, ich mache alles nur noch schlimmer! Es ist offensichtlich, dass ihm das Thema unangenehm ist.

„Myles, ich erwarte überhaupt nichts von dir! Falls ich tatsächlich mit Ben zu einem Festival fahre, wirst du nicht mal wissen, dass ich dort bin. Du kannst diesbezüglich völlig entspannt sein, ich werde dir schon nicht auf die Nerven gehen oder mich als dein Groupie hinter die Bühne schleichen." Ich versuche zu scherzen, um die Anspannung zwischen uns zu lockern.

„Du verstehst mich nicht ... Ich würde dich sehr gerne während der Tour sehen, hin und wieder eine Nacht oder zwei mit dir verbringen, aber es wird nicht funktionieren! Nicht nur wegen des vollen Programms, das auf mich wartet. Du würdest mich auch zu stark ablenken, du bist nun mal kein Groupie, mit dem man kurz Spaß hat und das man gleich danach vergisst. Ich kann mir in der Zukunft keine Ablenkung leisten, egal wie angenehm sie für mich auch sein mag."

Myles bleibt stehen und hält mich an den Schultern fest. Sein Blick brennt sich in mein Gesicht, so intensiv ist er. Damit sagt er mir mehr, als er mir mit Worten sagen könnte – gerade weil ich ihm so viel bedeute, will er den Kontakt mit mir lieber gänzlich unterbrechen. Ich würde ihn ablenken, seine völlige Konzentration auf die Musik stören. Obwohl er sich wünscht, mich weiter zu sehen, werde ich ab dem Augenblick, wenn er sich auf die Bühne begibt, nur noch ein Hindernis für ihn sein. Ein Hindernis auf seiner Treppe zum Himmel, zu den Sternen.

Ich fühle mich furchtbar deprimiert und bereue es, das leidvolle Thema angefangen zu haben. „Es tut mir leid, das wollte ich nicht. Ich verstehe dich völlig und wir müssen nie mehr darüber reden", sage ich leise, und der Kloß in meinem Hals wird größer und größer. Trotz meines Missmuts bewundere ich Myles für seine Willenskraft und Entschlossenheit, wenn es um die Trennung von Karriere und Privatleben geht. Aber nur so wird er das schaffen können, was er sich vorgenommen hat.

„Es muss dir nicht leidtun", murmelt er und drückt mich fest an sich. „Ich hab dir von Anfang an erzählt, warum ich mir keine feste Beziehung leisten kann und dass ich den Kontakt mit dir unterbrechen muss, wenn es so weit ist.“

„Ich weiß. Ich wusste genau, nach welchen Regeln unsere Bekanntschaft verlaufen wird. Es ist okay, ich komm schon klar damit.“ Irgendwie schaffe ich es, meine Tränen runterzuschlucken.

„Wirklich? Alles okay?“ Misstrauisch streichelt er mir übers Gesicht.

„Alles okay“, versichere ich ihm und zwinge mich zu einem Lächeln. Luna, die ich an der Leine halte, stupst erst mich, dann ihn mit ihrer Schnauze an.

„Ist schon gut, Luna, wir gehen weiter!“ Myles lässt mich wieder los, und wir schweigen den restlichen Weg zu der Wohnung seiner Eltern. Die Anspannung zwischen uns fühlt sich für mich an wie eine unsichtbare, hässliche Wand, die uns voneinander zu trennen versucht. Doch die können wir jetzt nicht mehr einreißen, egal wie sehr wir uns auch bemühen. Vor dem Haus bleiben wir kurz stehen und Myles räuspert sich.

„Noemi, wenn du meinem Vater die Hand gibst, wundere dich nicht, wenn er den Händedruck nicht erwidert. Die Muskeln lassen ihn seit kurzer Zeit wieder im Stich.“

„Oh, klar, ich verstehe“, erwidere ich hastig. „Darf ich fragen, ich meine ...“

„Was für eine Scheißkrankheit er hat?“, spricht er meine Frage mit einem bitteren Zug um den Mund aus. „Klar darfst du fragen. Es ist ALS, wenn du weißt, was das heißt.“

Ich erschrecke bei seinen Worten, doch ich versuche, mir nichts anmerken zu lassen. Es ist deutlich genug, wie die Erkrankung seines Vaters ihn belastet. Es ist tatsächlich eine Scheißkrankheit!

„Doch, ich habe davon gehört. Es tut mir sehr leid. Wie fortgeschritten ist sie schon?" frage ich mit sachlicher Stimme, um es ihm nicht noch schwerer zu machen.

„Keine Ahnung, die Ärzte können uns nichts Genaues sagen. Es hat sowieso ewig gedauert, bis sie die Diagnose gestellt haben. Vielleicht fünf Jahre, vielleicht mehr, vielleicht weniger. Es macht einen wütend und gleichzeitig hilflos, dass man so wenig dagegen tun kann ... Wenn ich bis zum Winter genug Geld verdient habe, fliege ich mit ihm nach Sydney zu einem Spezialisten, der mit einem neuen, in der USA und Europa noch nicht zugelassenem Medikament arbeitet. Ist alles noch eine Testphase, aber mein Vater ist bereit, sich als Versuchskaninchen zu Verfügung zu stellen. Er meint, es ist ihm scheißegal, ob er wegen möglicher Nebenwirkungen früher stirbt. Wenn er aber Glück hat, verlängert diese Therapie seine Lebensdauer erheblich und die Lebensqualität dazu."

Auf seinem schmalen Gesicht spiegeln sich Hoffnung, Besorgnis und hilflose Wut, alles zusammen. Ich würde ihn so gerne umarmen und ihm mein Mitgefühl zeigen, doch ich spüre, dass er das nicht möchte. Er versucht stark und zuversichtlich zu sein. Für seinen Vater, für seine Mutter und für sich selbst. Und er ist stark! Nicht viele Männer in seinem Alter tragen so viel Last und Verantwortung auf ihren Schultern. Er ist ein bemerkenswerter Mensch, der entschlossen seine Ziele verfolgt, obwohl er kein leichtes Leben hat.

„Ich wünsche euch allen ganz viel Glück und Kraft.
Deine Eltern können froh sein, dass sie einen so tollen
Sohn wie dich haben“, versuche ich, meine Bewunde-
rung und meinen Respekt zum Ausdruck zu bringen.
Voller Zuneigung streichle ich ihm über den nackten
Oberarm mit dem düsteren Tattoo.

„Danke. Ich bin nicht sicher, ob ich so ein toller Sohn
bin. Wenn ich das wäre, würde ich einen bodenständi-
gen Job haben und in ihrer Nähe bleiben, statt um die
Welt zu reisen und auf der Bühne elektrische Gitarre zu
spielen.“

Er ist eigentlich ein richtiger Anti-Rockstar und entspricht überhaupt keinem der Klischees, die für Rockmusiker so üblich sind. Er nimmt keine Drogen, er ist
kein selbstverliebter Narzisst, er ist kein Arschloch, das
Frauen wie Dreck behandelt. Im Gegenteil – er ist ein
Gentleman, verantwortungsbewusst und reif, und hat
einen ausgeprägten Familiensinn. *Ein Mann zum Verlieben ...*

Aber er hat nun mal diesen Job, der ihn dafür stark
disqualifiziert. Immer öfter habe ich den Eindruck, es
gibt zwei Myles Flemmings – der attraktive, aufsteigende Rockstar und der andere, private Myles, der mir
noch viel mehr gefällt. Doch ich kann mir nicht nur einen aussuchen und ihn getrennt vom anderen für mich
beanspruchen. Wir haben das gerade geklärt, und das
ist gut so.

„Wollen wir?“ Seine Stimme reißt mich aus meinen
Gedanken. Myles hält mir die Tür auf. Und ein Kavalier
ist er auch, muss diese dämliche Stimme in mir das
letzte Wort haben.

Seine Eltern sind äußerst sympathisch. Der Vater, ein charmanter, hochgewachsener Mann Mitte fünfzig, hat die gleiche Glut in den Augen wie Myles. Die Mutter, eine zarte, immer noch schöne Frau Anfang fünfzig, umarmt mich herzlich, als Myles uns vorstellt. Sofort erahne ich, dass sie in mir mehr als nur Lunas Hundesitterin sieht.

Wer weiß, was Myles ihr über mich erzählt hat. Den sinnlichen Mund hat er von ihr, und wenn sie beide lächeln, ist die Ähnlichkeit unverkennbar.

Wir wollen nur kurz bleiben, Myles muss sich ja beeilen, deswegen lehnen wir höflich die Einladung zu Tee und Kuchen ab. Trotzdem entgeht mir die zärtliche Zuneigung nicht, die in der Familie herrscht. Auch die liebevolle Verbundenheit zwischen seinen Eltern ist nicht zu übersehen. Also gibt es sie doch noch: Ehepaare, die auch nach dreißig gemeinsamen Jahren immer noch glücklich miteinander sind.

Umso tragischer ist die Vorstellung, dass Myles' Vater, der so stark und voller Lebensfreude wirkt, bald sterben muss. Nach allem, was sie durchgemacht hat, wartet schon der nächste Schicksalsschlag auf die Familie. Das Leben kann so ungerecht sein. Doch sie alle scheinen in der Gegenwart zu leben, wo sie jeden gemeinsamen Augenblick miteinander in vollen Zügen genießen, ohne sich von den Schatten der Vergangenheit oder einer unheilvollen Zukunft die Freude trüben zu lassen. Zutiefst beeindruckt verabschiede ich mich von den beiden, die ich in nächster Zeit öfter sehen werde, und Myles begleitet mich zu meinem Smart.

„Deine Eltern sind entzückend und sehr liebenswert", sage ich.

„Ja, das sind sie. Und sie mögen dich auch." Myles sieht mich verschmitzt an.

„Meinst du? Sie kennen mich doch kaum."

„Die kennen dich besser, als du ahnst." Er lächelt und küsst mich auf den Kopf. Also wissen sie Bescheid, was zwischen uns läuft. Was zwischen uns gelaufen ist, korrigiere ich mich, als mir bewusst wird, dass dieser Abschied eine Art Generalprobe ist.

„Ich wünsche dir ganz viel Spaß und Erfolg." Ich reiße mich zusammen und umarme ihn fest.

„Danke. Und gönn dir auch etwas mehr Spaß, jetzt wo du mich los bist. Geh mit deinen Freundinnen aus und denk nicht zu viel an mich, sonst bekomme ich noch ein schlechtes Gewissen."

Myles spielt mit meinem Zopf und versucht, unbeschwert zu klingen. Doch er ist ein schlechter Schauspieler.

„Das mache ich, versprochen. Aber ab und zu darf ich doch an dich denken, oder?" Ich bemühe mich um ein Lächeln.

„Okay, ab und zu." Auch Myles lächelt, bevor er mich küsst. Dem langen Kuss folgt der nächste, und noch einer, bevor er mich endlich loslässt. Ehe ich in mein Auto steige, zieht er mich nochmals zu sich, um mir einen allerletzten Kuss zu geben. Anscheinend fällt ihm dieser kleine Abschied genau so schwer wie mir. Es ist nichts zu machen, die verräterischen Tränen kullern mir über die Wangen, als ich einsteige und die Tür schließe. Myles soll mich nicht weinen sehen. Er hat jetzt wichtigere Sachen vor, als sich um seine heulende Geliebte Gedanken machen zu müssen. Wir winken uns zu, als ich wegfahre, und ich weiß, dass er meine

Tränen bemerkt hat. Ist mir letztendlich auch egal. Ich bin es leid, immer wieder meine Gefühle unterdrücken zu müssen.

Den Freitagnachmittag verbringe ich mit meiner Ma und gemeinsam besichtigen wir einige Wohnungen. Sie ist seit Donnerstag in der Stadt und kommt direkt aus dem Bett ihres Lovers. Das ist an ihrem inneren Leuchten nicht zu übersehen.

Obwohl mir Wohnungsbesichtigungen eigentlich Spaß machen, werde ich einige Male wehmütig, wenn ich daran denke, dass meine Eltern nun getrennt sind und beide einen neuen Lebensabschnittspartner haben, wie das so schön heißt. Das wird mir bestimmt noch eine Weile wehtun, obwohl ich beiden von Herzen Glück wünsche. Ma hört mir aufmerksam zu, als ich ihr von der kleinen Abschiedsszene mit Myles erzähle, und spendet mir ihre vertraute, tröstende Umarmung. Dafür werde ich nie zu alt und zu erwachsen. Sie sagt nicht viel dazu, sie ist einfach für mich da. Man kann zu meiner Beziehungsgeschichte sowieso nicht viel sagen, außer dass sie aussichtslos ist.

Später treffen wir uns mit Markus und trinken einen Kaffee zusammen. Meine Mutter bekommt rote Wangen wie ein junges Mädchen, als er im Café am Kollwitzplatz erscheint und sie sich erst mal verliebt küssen. Ich muss wieder bitter schlucken. Bis jetzt war es immer nur mein Paps, der meine Mama auf den Mund geküsst hat. Und auf *diese* Art hatte er sie schon viele Jahre nicht mehr geküsst.

„Markus, das ist Noemi, meine Tochter. Noemi, das ist Markus“, stellt sie uns schließlich vor und lächelt verlegen.

„Es freut mich sehr, dich endlich kennenzulernen. Anna hat mir schon viel über dich erzählt.“ Markus reicht mir die Hand und schüttelt sie fest. Er sieht wirklich gut aus, und ich schätze ihn auf Ende vierzig. Wenn ich ganz ehrlich bin, kann ich meine Mutter schon verstehen, dass sie völlig verknallt in ihn ist. Hoffentlich hat er wirklich ernste Absichten mit ihr und sie hat nicht bloß wegen einer Affäre ihre Ehe hingeschmissen. Aber es steht mir nicht zu, mich in ihr Privatleben einzumischen. Auch wenn sie sich bloß austoben und eine neue Leidenschaft genießen will, muss ich das respektieren und annehmen. Markus wirkt sympathisch und vertrauenswürdig, und er versucht sich nicht bei mir einzuschleimen. Er scheint ein entspannter, lockerer und spontaner Typ zu sein, und das passt gut zu meiner neuen Mama. Auch sie ist nicht wiederzuerkennen. Sie ist richtig glücklich, verliebt und wirkt aufgeblüht, das ist mehr als offensichtlich. Nach einer Weile lasse ich das Pärchen alleine und verabschiede mich mit einer Ausrede. Ihr ständiger Körperkontakt und die deutliche erotische Spannung zwischen den beiden wird mir doch zu viel. Auch ich muss erst mal in die neue Situation reinwachsen.

Schließlich ist sie immer noch meine Mama und ich will beim besten Willen nicht daran denken, wie dieser attraktive Kerl mit seinem Fünf-Tage-Bart es ihr besorgt. Bei all den Küssen und Schlafzimmerblicken, die sie die ganze Zeit austauschen, muss man zwangsläufig an Sex denken. Und ich dachte, Myles und ich können die Finger nicht voneinander lassen! Jetzt weiß ich wenigstens, von wem ich das habe.

Am Sonntag frühstücke ich auf unserem kleinen Balkon. Die Sonne scheint und der Himmel ist wolkenlos. Gerade als ich meinen Laptop hochfahre, gesellt sich Natalie zu mir, mit einer XXL-Tasse Getreidekaffee mit Sojamilch, gesüßt mit Steviapulver. Ich habe das Gebräu auch mal probiert und mich heftig geschüttelt, es schmeckte einfach ekelhaft. Aber sie schlürft ihren Öko-Kaffee mit solchem Genuss, dass ich mich frage, ob sie vielleicht schummelt und heimlich doch Kuhmilch hinzufügt. Aber nein, dafür ist sie viel zu strikt und gewissenhaft.

„Und? Gibt's schon was über das Konzert gestern zu lesen?", erkundigt sie sich.

„Bin gerade dabei", antworte ich, ohne sie anzusehen. „Da ist es! Hab's gefunden!" Aufgeregt öffne ich den Link und lese schnell den Bericht durch, der natürlich größtenteils *Metallica* gewidmet ist, doch sie schreiben auch einige Zeilen über *Black Sunday Desire*. Der Reporter lobt die junge Band für ihren transparenten und doch komplexen Sound. Er erwähnt Vics vokale Sicherheit, ihre ausdrucksstarke Performance, und ist beeindruckt von den musikalischen Qualitäten des Leadgitarristen, der auch auf seiner akustischen Gitarre eine starke Leistung bringt. Myles bekommt also die Anerkennung, die er verdient! Ich freue mich wahnsinnig über diese positive Kritik, und Natalie teilt meine Freude.

„Mensch, Noemi, du schläfst mit einem richtig berühmten Rockstar! Wie geil ist das denn!"

Lachend beugt sie sich zu mir, während ich noch ein gestern frisch hochgeladenes Video auf YouTube entdecke. Es ist ein langsamer Song aus dem neuen Album. Die Ton- und Bildqualität ist zwar nicht überwältigend und etwas verwackelt, aber Hauptsache, wir können Myles sehen. Er trägt ein schwarzes Muskelshirt, was seine sexy Bizepse und Schultern toll zur Geltung bringt. Beim Spielen hängen ihm die Haare oft in die Augen, doch manchmal sieht man sein schönes, ernst wirkendes Gesicht. Er scheint sehr konzentriert und vertieft in die Musik zu sein. Seine schlanken, mit silbernen Ringen geschmückten Finger gleiten mühelos und geschmeidig über die Saiten, und ab und zu schließt er seine Augen. Während er sein Solo spielt, haut mich der Ausdruck in seinem Gesicht beinahe um, und man hört deutlich, wie die Mädchen im Saal kreischen und seinen Namen rufen. *Also, es geht los mit seinem neuen Leben als angebeteter und begehrter Rockstar.*

„Meine Güte, hör mal, wie die kreischen!", wundert sich Natalie und mustert mich. Wahrscheinlich sehe ich nicht gerade begeistert aus. Spätestens in diesem Augenblick wird mir bewusst, mit wem ich mich eingelassen habe. Mit einem Mann, der schon jetzt von unzähligen jungen Mädchen und Frauen wild begehrt wird. Die werden ihn verehren, sich nach ihm verzehren, ihn auf Schritt und Tritt verfolgen, sich ihm anbieten und alles dafür geben, ihn ins Bett zu kriegen. Oder ihm backstage wenigstens einen zu blasen.

Auch wenn ich seine feste Freundin wäre, würde ich damit nicht klarkommen. Vertrauen hin oder her, kein

Mann in seinem Alter würde auf Dauer standhaft bleiben können und den zahlreichen Versuchungen widerstehen.

Es würde früher oder später passieren, dass er mich betrügen würde, auch wenn es nur mit einem für ihn bedeutungslosen Groupie wäre. Der Gedanke, dass er die ganze Zeit als heißes Objekt der Begierde belagert sein wird, würde mir keine Ruhe lassen. Ich kenne mich doch. Noch nie konnte ich locker mit körperlicher Untreue umgehen. Ich bin halt altmodisch, was das betrifft, und ich stehe dazu. Myles hat so recht. Auch wenn wir beide es wagen würden, ein richtiges Liebespaar zu werden, würde das nicht funktionieren. Er ist viel vernünftiger als ich. Ich sollte ihm dankbar sein, dass er unsere Beziehung von Anfang an klar definiert hat und sie rechtzeitig beenden will. So schützt er sich selbst und vor allem mich!

Diese Erkenntnis ist ernüchternd und erleichternd zugleich. Zusammen mit dem Video, das mir endgültig klarmacht, wer Myles eigentlich ist, werde ich wachgerüttelt, und die rosarote Traumblase, in die ich mich so naiv eingekuschelt habe, platzt gnadenlos.

„Alles in Ordnung, Süße?", höre ich Natalies mitfühlende Stimme neben mir.

„Nicht ganz", gebe ich zu und atme tief ein und aus. „Ich habe mich ganz schön blöd in etwas verrannt, was nicht sein sollte."

„Hast du dich doch in ihn verknallt?" Sie sieht mir besorgt in die Augen.

„Aber natürlich. Welche Frau würde sich nicht in ihn verlieben, so toll wie er ist? Ich meine damit nicht nur den Sex. Weißt du, ich könnte glatt denken, dass er auch mehr für mich empfindet als nur eine erotische Freundschaft, so wie er sich mir gegenüber verhält. Das ist das Einzige, was ich ihm vorwerfen kann – er hat mich zu gut behandelt! Wenn er nur ein wenig Arschloch wäre, würde ich mich gefühlsmäßig zurückhalten und nicht so sehr auf ihn abfahren." Mit zusammengebissenen Zähnen schließe ich die Links mit den Konzertberichten und dem Video.

„Ich verstehe dich total." Natalie streichelt mir liebevoll über das Haar. „Aber sieh es mal so – er hat dich nun mal wunderbar behandelt und du warst offensichtlich etwas Besonderes für ihn. So wirst du nur schöne Erinnerungen an ihn haben. Stell dir mal vor, er wäre tatsächlich ein Arschloch, er würde dich schlecht behandeln, dich betrügen, dich belügen und dir das Herz brechen! Das wäre wirklich schlimm. So wie es jedoch jetzt zwischen euch ist, ist eigentlich alles gut. Ihr habt eine tolle Zeit miteinander verbracht, du hast eine ganz besondere erotische Erfahrung erlebt und wirst für immer mit einem stolzen Lächeln zurückblicken können und sagen: *Hey Leute, ich hatte mal eine Affäre mit einem berühmten Rockstar! Es war so geil mit ihm!* Wie viele Frauen können so was schon behaupten?"

Ich muss darüber lächeln, wie sie versucht, mich aufzumuntern, und ich weiß, dass sie recht hat.

„Das stimmt. Ich muss mich jetzt wie eine erwachsene Frau benehmen und mich beim endgültigen Abschied zusammenreißen. Es wäre schade, wenn ich unserer Geschichte am Ende doch noch einen schlechten Beigeschmack verpassen würde. Auch Myles soll nur gute Erinnerung an mich haben. Ich denke, ich krieg das hin. Naty, danke für deine offenen Worte!" Ich umarme sie.

„Nichts zu danken, ich bin schließlich deine Freundin." Sie erwidert meine Umarmung. „In Zukunft werde ich überall angeben können, dass meine Mitbewohnerin und Freundin die Geliebte des berühmten Rockstars Myles Flemming war!"

„Oh nein, das möchte ich auf keinen Fall!", protestiere ich lachend.

„Gut, dann werde ich halt nicht verraten, um welche Freundin es sich handelt", versichert sie mir, und wir prosten uns mit unseren Kaffeetassen zu. „Aber angeben werde ich auf jeden Fall! Unsere WG wird dann berühmt-berüchtigt werden, wie die WG von Uschi Obermeier in den Siebzigern. Mit Myles Flemming, der statt Keith Richards halbnackt in unserer Küche stand", kichert sie weiter. „Zugegeben, Keith Richards will ich nicht unbedingt halbnackt sehen!"

„Da stimme ich dir zu! Auf der Bühne war er neuerdings zwar großartig, aber halbnackt ... Nee, das muss nicht sein. Das kann Myles besser!" Ich lache und denke dabei zwangsläufig an Myles' heißen Körper.

Der kurze Gedanke löst das bekannte, wohlige Ziehen in meinem Unterleib aus und zaubert ein verträumtes Lächeln auf mein Gesicht. Das kurze Gespräch mit Natalie hat mir gutgetan. Es gibt nichts Besseres als eine trostspendende und mutmachende Freundin!

Die folgende Woche zieht sich wie ein Kaugummi in die Länge. Der Prüfungsstress an der Uni setzt mir nicht besonders zu, weil ich in Gedanken häufig bei Myles bin und damit schön abgelenkt. Trotzdem schaffe ich es, die zwei Prüfungen, die mir noch fehlen, erfolgreich zu bestehen und kann mich anschließend ziemlich entspannt zurücklehnen. Die letzte Arbeit, die ich abgeben muss, ist auch schon so gut wie fertig: das Leben und Schaffen der größten tschechischen Schriftstellerin, Bozena Nemcova.

Am Donnerstag springe ich als Hundesitterin für Luna ein, da Myles' Eltern einen Arzttermin in der Charité haben. Jeden Morgen verfolge ich als erstes im Internet die Konzertberichte von *Black Sunday Desire* und freue mich über jede positive Kritik. Die Lobgesänge auf die junge Band sind in der Überzahl und Myles' Können wird öfters betont. Das Instagram-Profil der Band hat schon unglaubliche 405.000 Follower und das Profil von Myles nicht weniger als 185.000!

Wenn ich lese, was die Mädchen so über ihn schreiben, bekomme ich nicht gerade beste Laune. Ich meine, welche Frau an meiner Stelle würde da so cool bleiben, wenn sie liest, wie tausende Mädchen nach dem Mann lechzen, der zufällig *ihr* Liebhaber ist? Den jene Mädchen in ihren Fantasien jede Nacht mit in ihre Betten nehmen? Deswegen beschließe ich, lieber die Finger von solchen Fanseiten zu lassen, und beschränke mich auf das Wesentliche. Ich kaufe mir sogar die neue Ausgabe von *Popcorn*, das erste Mal nach etwa acht Jahren. In der Zeitschrift gibt es ein kurzes Interview mit der Band, ein Poster und ein großes Foto von Myles, mit nacktem Oberkörper natürlich. Auf dem Bild lächelt er, etwas gezwungen zwar, doch er sieht sehr süß und einige Jahre jünger aus.

Ich frage mich, ob das Foto bearbeitet ist, er wirkt wirklich wie ein Milchbubi und nicht wie ein Mann

Mitte Zwanzig. Aber wahrscheinlich ist das absichtlich so, schließlich werden solche Zeitschriften meist von Mädchen unter fünfzehn Jahren gelesen. Trotzdem reiße ich die Seite aus und bewahre das Bild in meiner Schublade auf.

Am Wochenende fahren meine Freundinnen und ich zum Wandlitzsee, wo Kathleens Eltern ein Ferienhaus besitzen. Die Zeit mit meinen Mädels ist wohltuend und erfrischend wie immer. Sie hilft mir, für zwei Tage und Nächte die Gedanken an das bevorstehende Wiedersehen mit Myles, das gleichzeitig auch unser Abschied sein wird, zu verdrängen.

Auf dem Rückweg werde ich doch still und in mich gekehrt, so dass mir Kathleen, die neben mir auf der Rückbank sitzt, ihre Hand auf das Knie legt. „Ich wette, du denkst an deinen Gitarrengott", kommt sie gleich auf den Punkt.

Da es keinen Sinn hat, das abzustreiten, nicke ich nur stumm. Sie wissen alle, dass Myles und ich uns am Mittwoch das letzte Mal sehen werden.

„Hat er sich in der vergangenen Woche bei dir gemeldet?" Kathleen taxiert mich mit ihren stechend blauen Augen, und ihre Frage weckt auch Natalies und Emmas Aufmerksamkeit. Emma, die hinter dem Steuer sitzt, sieht mich durch den Rückspiegel an und Natalie dreht sich zu uns um. Sie sind nicht bloß neugierig. Ich weiß nur zu gut, dass sie sich Gedanken um mich und mein Verhältnis mit Myles machen.

„Er hat mir zwei Nachrichten geschickt. Nichts Besonderes, nur dass er viel Spaß hat und an mich denkt und so", sage ich leise.

„Immerhin! Bei all dem Stress und der Aufregung denkt er auch an dich. Das ist doch schön, oder?“, kommentiert Emma.

„Na klar ist es schön. Doch was bringt ihr das? Damit macht er sie letztendlich nur kirre.“ Kathleen wäre nicht Kathleen, wenn sie sich nicht eine spitze Bemerkung erlauben würde.

„Nichts für ungut, aber so wie er sich verhält, macht er dir den Abschied eigentlich nur noch schwerer.“ Überraschenderweise teilt auch Natalie ihre Meinung.

„Ich würde sagen, ihm tut es genauso leid, dass es bald vorbei sein wird mit euch, und deswegen möchte er dir das Ganze irgendwie versüßen“, meint Emma. „Wenn er während der Kurztour mit *Metallica* an dich denkt und sich bei dir meldet, wo er doch so sehr beschäftigt ist und bestimmt eine wahnsinnig geile Zeit hat, ist das ein Zeichen, dass du ihm wichtig bist, oder?“

„Kann man so sehen, wenn man so romantisch veranlagt ist wie du“, erwidert Kathleen. „Für mich klingt das aber mehr danach, dass er mit Noemis Gefühlen spielt. Er sollte sie jetzt in Ruhe lassen und ihr nicht den Eindruck vermitteln, dass sie so was wie eine Beziehung miteinander haben und er sich deswegen regelmäßig bei ihr melden muss. Oder der Junge weiß selbst nicht, was er will“, murmelt sie und verzieht skeptisch ihren Mund.

Ein bisschen recht haben sie alle. Ich denke auch, dass es besser wäre, wenn er sich nicht bei mir meldet und ich mich lieber langsam an die Tatsache gewöhne, dass ich mein Leben schon bald ohne ihn verbringen werde. Gleichzeitig schmeichelt mir seine Aufmerksamkeit aber auch und ich genieße sie, so lange es noch geht.

Wir sagen alle nichts mehr dazu, und die Mädels geben sich Mühe, mich wieder abzulenken. Mit Erfolg. Als wir Emma gemeinsam beim Rückwärtseinparken anfeuern und auf ihre Kosten herzlich lachen, vergesse ich meinen Noch-Lover für eine Weile.

23. Myles

Im Bad überprüfe ich sorgfältig meinen Bart. Bin gespannt, was Noemi dazu sagen wird. Es ist jetzt kein Fünf-Tage-Bart mehr, aber auch kein Hipstervollbart. Unsere Stylistin meint, er steht mir ausgezeichnet und verleiht meinem Gesicht noch markantere Züge. Und sexy ist er sowieso, hat sie noch gelacht und mir zugezwinkert.

Es ist mir längst klar, dass ich nicht nur geil Gitarre spielen, sondern auch heiß aussehen muss, um meinen Job in der Band gut zu machen. Dazu gehören shirtlose Fotos für die Zeitschriften, und auch auf der Bühne sollte ich meinen Oberkörper mitsamt Tattoos zeigen. Solange ich nicht die Hose runterlassen muss, ist mir das schnuppe. Ich mach bei dem Scheiß mit, wenn es der Bekanntheit der Band und dem Albumverkauf dient.

Doch wir sind und bleiben eine Rockband und keine Boygroup, deswegen erscheint mir das Theater mit dem Stylen etwas übertrieben. Was aber nicht heißt, dass es mir egal ist, wie ich aussehe. Besonders, wenn ich ein Date mit Noemi habe. Am Telefon klang sie so aufgeregt und wollte jedes Detail über die Konzerte mit *Metallica* hören. Sie freut sich von Herzen für mich, und ihre Begeisterung ist ehrlich. Heute Abend möchte sie nicht ausgehen, und wir werden auf dem Balkon chinesisch essen, ich habe schon alles bestellt. Wahrscheinlich will sie lieber noch so viel Zeit wie es nur geht mit mir verbringen, bevor wir uns morgen früh verabschieden.

Scheiße, die Zeit mit ihr ist viel zu schnell abgelaufen! Ich habe nicht erwartet, dass unsere Affäre so lange anhält und dass ich so viel Spaß mit ihr haben werde.

Die Türklingel rettet mich rechtzeitig, ehe ich in sentimentale Gedanken verfalle. Die kann ich mir echt nicht leisten. Ich rechne zwar damit, dass Noemi morgen vielleicht weint oder traurig sein wird, wenn sie geht, aber ich werde damit umgehen können.

Ich öffne dem Lieferservice die Tür und nehme die Schachteln mit dem Essen in Empfang. Kaum stelle ich alles in der Küche ab, höre ich schon Noemi. Wenn sie privat vorbeikommt, benutzt sie ihren Schlüssel nur unten und klopft dann an die Wohnungstür.

Mein Herz schlägt schneller, als ich öffne und sie vor mir sehe – strahlend, lächelnd, atemberaubend schön in ihrem weißen Sommerkleid und mit offenem Haar. Sie kommt herein und schließt die Tür, weil ich mich nicht bewege und meinen Blick nicht von ihr abwenden kann.

„Schön, dich wiederzusehen! Wow! Mit deinem Bart siehst du umwerfend aus", murmelt sie, als sie die Hand auf meine Wange legt und sich streckt, um mich zu küssen. Erst da erwache ich aus meiner Starre und greife mit beiden Händen nach ihr.

„Du bist wunderschön!", raune ich ihr zu, als ich sie ganz fest in meine Umarmung ziehe und ihren Kuss erwidere. Gott, wie sie duftet! Wie gut sich ihre Rundungen dicht an meinem Körper anfühlen! Wie köstlich ihre Lippen schmecken! Augenblicklich packt mich wilde Leidenschaft und meine Lenden füllen sich mit flüssigem Feuer. Es ist eine Woche vergangen, seit wir zuletzt Sex hatten, und mein Verlangen nach ihr ist gewaltig. Meine Zunge dringt gierig in ihren Mund ein und sie reagiert sofort. Ihr Atem geht stoßweise und ihre Hände packen meinen Hintern. Als sie sich enger an mich presst, spürt sie meine Erektion und ein Seufzer entfährt ihr.

„Offensichtlich freust du dich, mich zu sehen!" Sie lächelt verführerisch und zieht mich Richtung Schlafzimmer. Sie will mich so sehr, dass sie sogar versäumt, Luna zu begrüßen, die freundlich wedelnd aus der Küche kommt. Noemi hat nur Augen für mich. Ihre von Lust verschleierten Blicke ziehen mich aus, und das macht mich wahnsinnig geil. Ich liebe es, wenn Frauen ungehemmt zeigen, wie scharf sie auf den Mann sind – ohne Spielchen zu spielen, ohne sich zu verstellen. Noemi küsst mich wieder und wir lassen uns gemeinsam auf das Bett fallen. Wir lieben uns besonders zärtlich und heftig zugleich, denn wir spüren beide buchstäblich, wie unsere Zeit abläuft. Noemis Stöhnen und der intensive Blick, mit dem sie mich gefangen hält, machen mich rasend vor Lust. Ihre ganze brennende Leidenschaft spiegelt sich in ihren wunderschönen, leuchtenden Augen. Doch nicht nur das. Ich erahne in ihren Blicken all das, was zwischen uns niemals ausgesprochen wurde ...

Ich halte es nicht länger aus und ich will nur noch für einige Augenblicke völlig eins mit ihrem Körper werden und alles vergessen.

„Ich kann nicht mehr ... ich komme gleich“, warne ich sie, unfähig, die unwillkürlichen Bewegungen meines Körpers noch länger aufzuhalten.

„Es ist in Ordnung, du darfst kommen! Komm, mein Liebster, komm!“ Ihre Sirenenstimme verführt mich und lockt mich zu sich in eine andere, unreale Welt, wo ich diesen besonderen Augenblick für immer festhalten möchte.

Völlig aufgelöst werfe ich mich neben Noemi auf das Bett und schmiege mich von hinten an sie. Sie ist so warm, so feucht, so weich, so wunderbar! Ich halte sie ganz fest und will sie am liebsten nie mehr loslassen. Jede verdammte Sekunde, die uns bleibt, will ich noch voll auskosten, sie mir tief einprägen, für immer. Diese Frau weckt in mir ganz besondere Empfindungen, mit denen ich nicht gerechnet hatte, die so nicht geplant waren ...

Es wird verdammt hart sein, auf sie zu verzichten! Gerade deswegen muss ich cool und stark bleiben und es für uns beide so schmerzlos wie möglich machen.

21. Noemi

„Noemi, wir müssen reden", meldet sich Myles leise und streichelt mir vorsichtig über die Hüfte. Jetzt kommt es also ... das Ende.

Ich will nicht reden, weil ich sehr wohl ahne, dass ich nach diesem Abschied leiden werde. Trotz aller guten Vorsätze, trotz aller Vernunft. Unsere Körper kleben noch buchstäblich aneinander, und ich fühle mich emotional so mit Myles verbunden wie noch mit keinem Mann vor ihm. Mein Herz zieht sich schmerzlich zusammen, als ich mich zu ihm umdrehe und in seine Augen sehe. Sie strahlen so viel Liebe, Wärme und Zärtlichkeit aus, dass ich mir wünsche, ich könnte die Zeit um zwei Monate zurückdrehen, bis zu dem Tag, an dem ich diesen Blick das erste Mal erlebt habe.

„Es ist mir bewusst, wie schwer es ist, darüber zu reden, doch es hilft nicht, es zu verdrängen. Übermorgen bin ich weg. Für vier lange Monate." Myles' Stimme klingt belegt und niedergeschlagen. Er greift nach meiner Hand.

„Ich weiß." Ich schlucke hart. Mein Herz fühlt sich schwer wie ein Stein an. „Das wussten wir ja von Anfang an."

„Stimmt. Nur, ich habe nicht damit gerechnet, dass ich mich so sehr in dich verlieben werde", sagt Myles und blickt mir tief in die Augen. „Das erschwert die Sache ziemlich."

Seine Worte treffen mich wie ein Pfeil mit voller Wucht mitten in die Brust. *Ich habe es doch geahnt! Auch er hat sich in mich verliebt.*

Myles' Bekenntnis macht alle meine guten Vorsätze augenblicklich zunichte und löst ein gewaltiges emotionales Chaos in mir aus. Ich werde in einen Sog aus heftigen Gefühlen gezogen und bekomme keine Luft mehr. Damit habe ich in meinen Vorbereitungen auf diesen Augenblick nicht gerechnet, und ich bin fassungslos.

„Wenn das so ist … meinst du nicht, dass es eine Chance für uns gibt? Trotz der langen Zeit?", frage ich nach einer Weile mit zitternder Stimme.

Er sagte, er sei verliebt in mich, wiederholt mein Verstand, und die Bedeutung dieser Worte zerreißt mir das Herz. Bis jetzt hat er das nie gesagt. Er hat mir zwar unmissverständlich zu spüren gegeben, dass er viel für mich empfindet, doch er hat sich nie so direkt und klar ausgedrückt wie gerade eben. Ich bin längst nicht nur verliebt in ihn, ich liebe ihn mit jedem Tag mehr! Der erbarmungslose Gedanke, ihn nicht nur für vier Monate aus den Augen zu verlieren, sondern ihn sogar richtig aufgeben zu müssen, erscheint mir in diesem Moment schier unerträglich.

„Vier Monate sind eine verdammt lange Zeit, meine Hübsche. Ich werde drei Monate lang fast jeden Abend auf der Bühne stehen, durch halb Europa touren und nach nur fünf Tagen Pause nach Amerika fliegen. Ich werde in einer anderen Welt leben, ich werde mich völlig auf die Musik konzentrieren müssen. Auch wenn ich dich regelmäßig anrufe oder mit dir facetime – wir werden unsere Beziehung so nicht weiterführen können. Wir haben das alles schon durch."

Es tut furchtbar weh, ihm zuzuhören, weil jedes Wort gegen unsere Liebe spricht. Doch er hat recht, auch wenn alles in mir schreit: Nein, es muss einen Weg für uns geben!

„Vertraust du mir nicht, dass ich auf dich warten werde?", melde ich mich trotzig und schlucke die Tränen runter.

„Noemi! Das hat damit nichts zu tun! Natürlich vertraue ich dir. Aber nur aufeinander zu warten heißt nicht, dass wir weiter glücklich bleiben können. Wir werden uns nicht sehen, uns nicht berühren können. Du weißt sehr wohl, wie sehr wir beide diese körperliche Nähe zwischen uns brauchen und wie süchtig wir danach sind. Auf das werden wir für sehr lange Zeit verzichten müssen."

Myles' Gesichtsausdruck ist gequält und er seufzt schwer. „Ich will nicht, dass wir uns voneinander entfernen und uns nichts mehr zu sagen haben, wenn ich irgendwann wieder zurück bin. Ich will nicht, dass von all der Leidenschaft zwischen uns nur noch eine schale Erinnerung übrigbleibt, während wir uns längst fremd geworden sind!"

Seine schönen Augen unter den dichten Wimpern sehen mich so traurig an, dass ich mich nicht länger zurückhalten kann. Eine heiße Träne nach der anderen kullert über mein Gesicht und mein Kinn zittert. Ich klammere mich an der Bettdecke fest und ziehe sie mir über die Brust.

„Das ist so unfair! Wenn wir uns jetzt trennen, wo es am schönsten zwischen uns ist, brichst du mir das Herz. Aber wenn ich diese verdammt langen vier Monate auf dich warte und vor Sehnsucht vergehe und dann passiert das, was du gerade erzählt hast … dann werde ich mich auch nicht besser fühlen.“

Verzweifelt greife ich nach Myles und schmiege mich an seine Brust. Er streichelt mir tröstend über den Kopf, als ob er ein kleines Kind beruhigen möchte, das nachts weinend aus einem Albtraum erwacht ist.

„Meine Süße, bitte, weine nicht. Ich versuche nur, eine vernünftige Lösung für uns zu finden. Eine Unterbrechung unserer Beziehung scheint mir im Augenblick das Beste zu sein. Wenn wir tatsächlich füreinander geschaffen sind und unsere Gefühle stark genug sind, dann werden wir vielleicht nach diesen vier Monaten neu anfangen können. Aber ich möchte, dass bis dahin sowohl du als auch ich frei sind, ohne Druck und Pflichtgefühl. Ich glaube einfach nicht an Fernbeziehungen, besonders nicht in meinem Job.“

„Du denkst also, du würdest deinen zahlreichen Verehrerinnen nicht widerstehen können?“, frage ich und schlucke bitter.

„Jetzt tust du mir unrecht!“ Myles blickt mich geknickt an. „Ich habe bestimmt nicht vor, mit Groupies rumzuficken, sobald ich in den Tourbus einsteige.“

„Aber es könnte passieren. Und bevor du mich betrügen musst, willst du lieber frei von irgendwelchen Verpflichtungen sein, oder? Gib es zu! Du glaubst nicht, dass du den Versuchungen während der Tour standhalten kannst, und auf diese Art willst du es dir lediglich leichter machen!“

Hilflose Wut steigt in mir hoch, als ich mit unfairen Vorwürfen meinen Schmerz zu betäuben versuche. Schwungvoll erhebe ich mich aus dem Bett und fange an, meine Kleidungsstücke vom Boden aufzusammeln und mich anzuziehen.

„Bitte, rede nicht so!" Myles greift nach mir und umarmt mich von hinten. Er setzt sich wieder auf das Bett, zieht mich auf seinen Schoß und hält mich fest, während ich nur noch heftiger weine.

„Noemi, wir haben einen großen Fehler gemacht, als wir geglaubt haben, wir würden uns nicht verlieben und nur eine unverbindliche Beziehung führen", sagt er leise und küsst meine Schultern.

„Wie dumm von uns! So was läuft immer schief, wir hätten es wissen müssen." Ich schluchze weiter und Myles wiegt mich sanft in seinen Armen. Sein Körper ist immer so schön warm. In seiner Umarmung fühle ich mich immer geborgen und angekommen, doch plötzlich ist dieses Gefühl weg. Myles kann mir keine Sicherheit bieten und das wissen wir beide. Spätestens jetzt.

„Ich dachte, ich bin zu kaputt und beziehungsgeschädigt, um mich so schnell wieder verlieben zu können", murmelt er und atmet scharf ein.

„Und ich dachte, ich bin viel zu vernünftig und nüchtern, um mein Herz an einen Rockstar zu verlieren", versuche ich, durch die Tränen zu lächeln. „Eine kurze, heiße Affäre mit dir war alles, was ich vorhatte, als ich damals mit dir Sushi essen gegangen bin. Ich wusste doch ganz genau, dass dein Beruf keine feste Freundin zulässt. So war die Sache für mich klar – wir würden einige schöne und aufregende Stunden miteinander verbringen, aber ohne emotionale Bindung oder irgendwelche Ansprüche. Tja, so kann man sich täuschen. Damals, als ich dachte, dass du wieder mit Julia zusammen bist, ist mir das erste Mal bewusst geworden, wie viel du mir eigentlich bedeutest und was ich wirklich für dich empfinde."

„Ich wusste es schon vorher, nur ich wollte es nicht wahrhaben." Myles küsst mich zärtlich auf den Hals. „Genauer gesagt habe ich mich schon in der ersten gemeinsamen Nacht in dich verliebt, aber ich habe mir eingeredet, es wäre bloß eine starke körperliche Anziehung und nichts anderes. Für mich war klar: An dem Punkt, wo ich beruflich momentan stehe, gibt es keinen Platz für eine richtige Freundin. Doch wir können nicht immer alles unter Kontrolle behalten, besonders nicht unsere Gefühle."

„So ist es. Und gerade deswegen fällt es mir so schwer, unsere Beziehung jetzt aufzugeben", flüstere ich verzweifelt, als erneut heiße Tränen meine Augen füllen.

„Noemi, ich habe einfach Schiss! Ich werde es nicht ertragen, wenn du mir irgendwann das Herz brichst, weil du vielleicht doch nicht länger auf mich warten willst oder jemand anderen kennengelernt hast!", platzt es plötzlich aus Myles heraus und er umarmt mich so heftig, dass ich kaum noch Luft bekomme.

„Als Julia Schluss gemacht hat, war ich lange nicht zu gebrauchen. Ich habe jeden Tag gesoffen und meinen Job als Gitarrist nur halbwegs hingekriegt. Aber jetzt kann ich mir so was nicht leisten. Die Verantwortung, die ich trage, ist viel zu groß! Ich kann so ein Risiko nicht eingehen, egal wie weh es mir tut, dich aufzugeben!" Trotz seines festen Griffs befreie ich mich aus seiner Umarmung, und Wut steigt wieder in mir hoch.

„So ist das also! Du zweifelst an mir, weil du keiner Frau mehr vertrauen kannst, und so gehst du lieber auf

Nummer sicher? Du denkst letztendlich nur an dich! Weißt du was? Ich habe sowieso keinen Bock auf irgendwelche beziehungsgeschädigten Typen, die nicht in der Lage sind, zu ihren Gefühlen zu stehen oder sogar wegen ihnen für eine Frau zu kämpfen! Wir machen einfach Schluss, verabschieden uns jetzt für immer, und du wirst frei, ungebunden und entspannt auf deine Tour gehen können!"

Mit fahrigen Händen ziehe ich mir hastig die restlichen Klamotten an und will nur noch verschwinden. Es tut so verdammt weh! Am Ende zerstören wir all das Schöne und Einmalige, was zwischen uns passiert ist. Ist vielleicht sogar gut so – ich werde ihn schneller vergessen können!

„Noemi, es ist besser so, für uns beide! Du willst letztendlich doch mehr von mir, als ich dir bieten kann und will." Myles' Stimme klingt müde, während er beobachtet, wie ich mir die Sandaletten zubinde. „Ich möchte keine feste Beziehung mit dir, meine Karriere geht einfach vor. Das, was ich für dich empfinde, ist nicht stark genug, dass ich bereit wäre, mich fest an dich zu binden und damit meinen Job in Gefahr zu bringen. Ich bin zwar in dich verknallt, doch ich liebe dich nicht wirklich. Du wirst bestimmt bald jemand anderen finden, der deine wahren Bedürfnisse erfüllen kann und mit dem du glücklich werden wirst."

Seine lieblosen Worte tun mir höllisch weh. Ich spüre, wie sie stechende Spuren in meinem Herzen hinterlassen und dumpf in meinem Kopf hallen. Also habe ich mich doch in ihm getäuscht. Und ich dachte, er liebt mich auch ... Ich war einfach so dumm! Verliebt zu sein ist nicht das Gleiche wie jemanden zu lieben!

Trotz des Entsetzens, mit dem mich Myles' kaltblütiges Geständnis erfüllt, versuche ich, meine Verfassung vor ihm zu verbergen. Auch kann ich nicht länger glauben, dass ich mich so sehr in ihm getäuscht habe. Nein, bestimmt versucht er damit nur zu erreichen, dass ich ihn schneller vergesse!

„Das sind weise Worte! Es ist wirklich besser so!", sage ich bemüht nüchtern. „Konzentriere dich voll auf deine Scheißkarriere und werde glücklich mit deinem Ruhm und Erfolg! Ich habe bekommen, was sich jede Frau an meiner Stelle wünschen würde – ich habe zwei Monate lang mit einem heißen Rockstar gefickt! Ist doch geil, oder? Aber du hast recht. Ich brauche einen Mann, der mich wirklich glücklich machen kann und sich voll auf mich einlassen will. Das kannst du mir mit Sicherheit nicht geben. Also, leb wohl und viel Glück!"

Ohne ihn noch einmal anzusehen, drehe ich mich blind vor Tränen um und renne aus seinem Schlafzimmer. Ein winziger Teil in mir hofft, dass er mir hinterherläuft, mich aufhält und irgendetwas sagt, was alles wieder in Ordnung bringen würde, doch er tut es nicht. Ich bringe es nicht übers Herz, mich von Luna zu verabschieden, die in der Küche schläft, und lege nur meine Wohnungsschlüssel am Garderobenschrank ab.

Leise öffne ich die Tür und verlasse die Wohnung. Für immer. So schnell kann das gehen. Etwas, was nach echter Liebe aussieht, entpuppt sich schon im nächsten Augenblick als eine hohle Illusion, als kindisches Wunschdenken.

Tränenüberströmt laufe ich die Treppen hinunter zu meinem Smart, den ich um die Ecke geparkt habe. Ich schnalle mich an, doch ich kann nicht losfahren. Meine

Augen brennen vor Tränen und ich sehe nur verschwommen. Laut schluchzend versuche ich, mich zu beruhigen, doch ich brauche eine Weile, bis ich so weit bin, Auto fahren zu können. Es ist immer noch nicht dunkel und auf den Straßen sind viele Menschen unterwegs. Kein Wunder – eine zauberhafte, lauwarme Frühsommernacht hat sich über die Stadt gelegt, wie geschaffen für alle Verliebten, die zu zweit in sie eintauchen wollen. In meinem Zustand sehe ich nur noch Pärchen, die händchenhaltend oder eng umarmt an mir vorbeischlendern, und ihr Glück ist wie Gift für mich. Hätte ich bloß auf Kathleen gehört und nach dem ersten Sex mit ihm die Sache beendet! Aber ich war zu berauscht, um die Notbremse ziehen zu können.

Ich will Myles nie wiedersehen! Er soll für immer aus meinem Leben verschwinden! Das Schlimmste ist, ich liebe ihn immer noch. Man kann Gefühle nicht einfach auslöschen oder abschalten, nur weil sie plötzlich überflüssig sind und nicht länger gebraucht werden. Am liebsten würde ich den Tag verfluchen, an dem Ben mir den Hundesitterjob besorgt hat, doch ich will diese Begegnung nie vergessen. Mit Myles habe ich etwas ganz Besonderes erlebt, und das will ich mir nicht wegnehmen lassen. Wenn der verdammte Schmerz nur nachlassen würde! Es ist irgendwie kindisch von mir, dass ich jetzt so ein Drama daraus mache. Von Anfang an war klar, dass wir nur Lover sind und kein richtiges Liebespaar. Doch wie sag ich das meinem dummen Herzen? Wie schalte ich die endlose Frage *Was wäre wenn* in meinem Kopf aus? Hatten wir vielleicht das Potenzial für die echte Liebe? Haben wir zu schnell aufgegeben? Nur weil es so bequemer und sicherer ist? Weil wir beide zu feige und zu verkorkst sind? Die Antworten auf diese elenden Fragen werde ich wohl niemals erhalten. Ab jetzt geht es nur noch darum, mich abzulenken, nicht zu grübeln, ihm nicht nachzutrauern, nichts zu bedauern. Meine Freundinnen und meine Ma werden mir dabei helfen. Morgen. Heute rufe ich noch niemanden an. Diese Nacht werde ich alleine meinem Verlust nachweinen, mich dem Kummer hingeben und meiner Liebe zu Myles Lebewohl sagen. Ich bin schließlich ein großes Mädchen.

Energisch wische ich mir die letzten Tränen weg und atme tief durch. Mit etwas Musik wird es mir leichter fallen, nach Hause zu fahren. Ich wähle *Fairytale gone bad* von *Sunrise Avenue*. Ich habe doch Humor, oder? Der verfluchte Kerl sagte doch klipp und klar, er liebt mich nicht und ich muss ihm das auch glauben. Also zum Teufel mit ihm! Trotzdem habe ich mir das Ende nicht so vorgestellt. Mit so viel bitterem Beigeschmack. Mit verletzenden, nicht auslöschbaren Worten. Traumblasen können manchmal auf sehr schmerzvolle Art platzen, und Märchen enden nun mal nicht immer glücklich. Was soll's. Im Rückspiegel schenke ich mir selbst ein Lächeln und reiße mich zusammen, während ich mich auf die Fahrt zu konzentrieren versuche. Heulen kann ich wieder, wenn ich zu Hause in meinem Bett liege.

25. Myles

Wie gelähmt bleibe ich auf dem Bett sitzen und stütze das Gesicht in beide Hände. So gerne würde ich Noemi hinterherrennen, sie aufhalten und sie bitten zu bleiben. Die Worte, mit denen ich sie in die Flucht getrieben habe, haben mich selbst erschreckt. Doch nur so habe ich sie dazu gebracht, mich zu verlassen und mich hoffentlich auch loslassen zu können. Ja, ich weiß, ich habe mich wie ein scheiß Arschloch benommen, als ich ihr gerade das Herz gebrochen habe, und das werde ich mir niemals verzeihen können. Warum müssen wir so oft gerade den Menschen wehtun, die wir am meisten lieben? Noemi ist eine Frau, mit der ich mir gut vorstellen könnte, einen großen Teil meines Lebens zu verbringen. So einer begegnet man nicht alle paar Wochen.

Doch es wäre zu unfair, von ihr zu verlangen, dass sie so lange auf mich wartet. Es geht nicht bloß um diese vier Monate, das ist erst der Anfang. Sie weiß noch nicht alles über meine berufliche Zukunft, ich habe ihr die ganze Zeit nur von der Sommertour erzählt. Doch mein Management macht täglich neue Pläne für uns. Es wird eine Tour durch die USA folgen, danach der Videodreh in Australien und anschließend eine Konzertreihe in Japan, was bedeutet, dass ich erst kurz vor Weihnachten wieder nach Hause komme! Das ist fast ein halbes Jahr! Nach zwei Wochen Pause geht's gleich weiter – wieder in die USA, nach New York genauer gesagt, wo wir vorübergehend ein Loft beziehen sollen, um dort die Songs für das neue Album zu schreiben, und parallel sollen wir uns in der internationalen Musikszene etablieren. Da die Band durch Vic und Kim, die beide geborene New Yorker sind, und mich als halb Amerikaner dazu sowieso schon einen guten Bezug nach Übersee hat, liegt es dem Management und der Plattenfirma besonders am Herzen, den amerikanischen Markt zu erobern. Wenn wir dort groß rauskommen, wird der Rest der Welt automatisch folgen.

So wie es aussieht, werde ich vor Frühling bestimmt nicht zurück nach Europa fliegen können. Im April sind die Studioaufnahmen in London geplant und im Sommer die nächste Europatour mit allen wichtigen Open-Air-Festivals, gefolgt von der amerikanischen und australischen Tour im Herbst.

Mit einem verzweifelten Seufzer fahre ich mir mit beiden Händen durch das Haar. Ich fühle mich so was von scheiße. Ich bin scheiße. Ich ziehe mir die Jeans an und verlasse das Bett. Noemis Anwesenheit ist noch viel zu stark zu spüren. Ich rieche sie immer noch.

Auf dem Weg in die Küche verpasse ich der Wand einen heftigen Schlag mit der Faust. Es tut verdammt weh. Laut fluchend schlage ich noch einmal zu. Fuck! Wie soll man es bei so einem schwindelerregenden Terminplan hinbekommen, eine Liebesbeziehung aufrecht zu halten? Wie soll ich bei dem verrückten Tempo, das auf mich wartet, einer Frau, die ich offensichtlich liebe, etwas bieten und sie glücklich machen? Klar, ich werde einen Haufen Kohle verdienen und könnte sie in der knappen Weihnachtspause zu einem

Traumurlaub auf einer Yacht in die Karibik einladen. Oder ihr ein paar von diesen pervers teuren Schuhen aus New York schicken, Manolos oder wie die heißen. Doch Noemi ist keine Frau, die auf so was steht. Sie hat mir nicht mal für einen einzigen Augenblick das Gefühl gegeben, dass sie mit mir zusammen ist, weil ich bald sehr berühmt und reich sein werde. Frauen, die nur deswegen mit mir ins Bett wollen, langweilen mich nicht nur, ich finde sie sogar abstoßend. Goldgräberinnen und Starfuckerinnen – nein danke! Wenn das die zukünftige Kategorie Frau ist, mit der ich zu tun haben werde, dann miete ich mir lieber ab und zu ein Callgirl, wenn die Geilheit mich packt. So eine wird mir wenigstens nicht vorheucheln, sie sei mit mir zusammen, weil sie mich lediglich als Menschen mag und mein Geld und der Ruhm sie nicht interessieren.

Ich Idiot habe natürlich Luna geweckt. Ganz verschlafen steigt sie aus ihrem Korb und leckt mir liebevoll über die Hand, als ich abwesend an ihr vorbeilaufe. Aus dem Kühlschrank hole ich mir zwei Flaschen Bier und setze mich auf den Balkon. Meine Hand tut weh. Ich sollte besser aufpassen, ich muss ja spielen und habe verdammt stark zugeschlagen. Doch noch mehr schmerzt der Gedanke, dass ich Noemi für immer verloren habe.

Noch vor einem halben Jahr habe ich keine Vorstellung davon gehabt, wie hoch der Preis für den Erfolg sein wird. Dass meine Karriere mir alles abverlangen wird. Dass ich dafür sogar mein Privatleben opfern werde. In einem Zug trinke ich die erste Flasche leer, ich brauche jetzt etwas Ablenkung. Etwas Betäubung. Unser Management hat sich neulich klar geäußert –

von den Bandmitgliedern wird erwartet, dass wir keine festen Freundinnen mit auf die Tour schleppen, und auch während des Aufenthalts in New York sind private Besucherinnen unerwünscht. Die Band muss sich voll und ganz auf den Erfolg konzentrieren und die einmalige Chance, die wir haben, hundertprozentig nutzen. Es wird unter anderem ein Haufen Geld in die Band investiert, und das sollte sich bald auszahlen. Also erwartet man von uns, dass wir alles geben und beweisen, unsere Chance wirklich verdient zu haben.

Noemi ist aber nicht die Einzige, die ich im Stich lassen muss, um mich voll auf meine Karriere konzentrieren zu können. Auch meine Eltern werden für lange Zeit auf mich verzichten müssen. Natürlich sind sie verständnisvoll und freuen sich riesig für mich, weil ich so eine großartige und einmalige Gelegenheit bekomme. Sie übernehmen auch liebend gerne Luna und kümmern sich um sie, so lange ich weg bin. Trotzdem fühle ich mich bei dem Gedanken, dass Mom völlig alleine mit Dad zurückbleiben wird, einfach scheiße. Ich werde ihr genug Geld schicken können, um eine gute und qualifizierte Hilfskraft zu bezahlen, doch das ist nicht das Gleiche. Die beiden brauchen mich jetzt besonders. Kein Arzt kann sagen, wie viel Zeit Papa noch bleibt.

In Anflug der hilflosen Wut trete ich heftig gegen den anderen Stuhl auf dem Balkon und leere die Bierflasche, nur um gleich die zweite zu öffnen. Mein ach so toller Erfolg zeigt jetzt schon seine wenig erfreulichen Folgen. Als ich damals mit glänzenden Augen und vor Aufregung zitternden Händen den Vertrag unterschrieben habe, konnte ich nicht ahnen, worauf ich mich einließ. Damit habe ich mir zwar meine langjährigen Träume erfüllt, doch dass der Preis dafür so hoch sein wird, war mir nicht bewusst.

Nach der zweiten Flasche Bier hole ich mir den Wodka aus dem Wohnzimmer. Das iPhone habe ich längst ausgeschaltet, und die vielen Nachrichten, unter anderem von unserem Manager, ignoriere ich einfach. Die können mich allemal am Arsch lecken. Wenn ich schon ein verdammter Scheißrockstar bin, dann werde ich mich auch wie einer benehmen. Ich werde mich besaufen, morgen zu spät und übel gelaunt bei dem Termin für dieses bescheuerte letzte Interview vor der Abreise erscheinen und mich wie ein arrogantes Arschloch benehmen. Das bin ich ja schließlich, oder? Und von den Frauen werde ich noch genug kriegen, spätestens wenn die Tour losgeht und all die heißen Groupies den Backstage-Bereich stürmen werden. Warum sollte ich der einen nachweinen, wenn ich doch so viele haben kann?

Ich drehe die Musik auf volle Lautstärke, ehe ich mich mit der Wodkaflasche in der Hand wieder auf den Balkon setze. Die Stones dröhnen aus den Lautsprechern: *It's only Rock 'n' Roll, but I like it.* Das Ehepaar mittleren Alters vom Balkon nebenan bittet mich höflich, aber feindselig blickend, die Musik etwas leiser zu drehen, doch ich zeige ihnen als Antwort nur den Stinkefinger. Die sollen ruhig die Bullen rufen, wenn sie wollen, ist mir auch fucking egal. Neulich haben sie sich schon wegen Luna beschwert, weil sie die beiden Spießer unten im Flur bloß freundlich begrüßt und kurz an den Beinen der Frau geschnuppert hat. Ich soll ihr einen

Maulkorb anlegen, hat der Mann gesagt, als seine Frau Luna angewidert weggeschubst hat.

Fucking egal – das ist doch eine geile Attitüde, oder? Dieses Scheißsensibelchen tief in mir, das so oft versucht, mich zu manipulieren, kann sich ab sofort abschminken, noch irgendwelche Versuche zu unternehmen, um aus mir einen guten Menschen zu machen.

Fuck off, Alter, verstanden? Du bist kein Weichei, sondern ein Rockstar! Es gibt noch genug andere Titten und Muschis, die sich genauso gut anfühlen! Ich trinke einen ordentlichen Schluck aus der Flasche und schlage mit dem Hinterkopf hart gegen die Rückenlehne. Mir kommen die Tränen. Der Schmerz fühlt sich geil an, er lenkt mich für eine Weile von all den beschissenen Gedanken ab. *I said I know it's only Rock 'n' Roll, but I like it!*

26. Noemi

Der Sommer als meine Lieblingsjahreszeit hilft mir, über Myles hinwegzukommen. Mit meinen Freundinnen mache ich die Freibäder der Stadt unsicher, und die drei kümmern sich äußerst liebenswert um mich.

Die ersten Wochen nach dem unschönen Ende unserer Romanze waren die härtesten. Ich weiß nicht, was mir mehr wehgetan hat – der Abschied von dem Mann, in den ich wahnsinnig verliebt war, oder die Tatsache, dass er mich nie geliebt hat. Verliebt in mich war er bestimmt. Doch wenn er mich wirklich geliebt hätte, würde er versuchen, einen Weg für uns und unsere Liebe zu finden. Die Liebe. Sie war von Anfang an nicht geplant. Weil wir aber solch geilen, überdurchschnittlichen Sex miteinander hatten und uns auch sonst gut verstanden haben, haben sich zwangsläufig Gefühle zwischen uns entwickelt. Gefühle, die am Ende alles zerstörten.

Und eine nur langsam heilende Wunde hinterlassen haben ...

Ich müsste eigentlich glücklich darüber sein, dass sich ein sexy Rockstar wie Myles Flemming in mich verliebt hat. Habe ich tatsächlich erwartet, er würde wegen mir seine Karriere gefährden? Sich durch unsere Fernbeziehung vom Wesentlichen ablenken lassen und so viel aufs Spiel setzen? Na ja, anscheinend war ich etwas zu naiv. Zu verliebt. Zu gierig. Es tut nicht mehr so weh, wenn ich an ihn denke. Ich beherrsche mich, nicht allzu oft nach ihm zu googeln und seine Karriere zu verfolgen. Die Tour verläuft äußerst erfolgreich. Als Vorgruppe von *Thirty Seconds to Mars* ernten sie nur gute Kritiken und stellen diese großartige Band fast in den Schatten. Nach den Auftritten bei den Musikfestivals feiert man sie als die Newcomer des Jahres. Musikzeitschriften und Teeniemagazine sind voll mit Interviews und Berichten über *Black Sunday Desire*, und ich bin so weit genesen, dass ich sie nicht mehr kaufe, sondern an den Kiosken nur noch kurz die Fotos betrachte. Myles sieht einfach zu gut aus, und die Erinnerungen an unsere heißen Nächte bescheren mir weiter ein wohliges Ziehen im Bauch.

Es sind zwei Monate seit unserem Abschied vergangen. Ich habe noch mit keinem anderen Mann geschlafen. Es hat sich einfach nicht ergeben, und mein Interesse an einer intimen Begegnung mit dem anderen Geschlecht hält sich sehr in Grenzen. Zum Leidwesen meiner Freundinnen und meiner Mutter. Alle vier wollen mich verkuppeln oder mich dazu bringen, mich bei irgendwelchen Onlineportalen anzumelden. Als ob ein Mann wie Myles einfach so zu ersetzen wäre. Die Messlatte, die er gelegt hat, ist verdammt hoch. Nicht, weil er ein Rockstar ist. Vielmehr, weil er so ein außergewöhnlich guter Liebhaber und ein liebenswerter, besonderer Mann ist. Niemand wird es so schnell schaffen, ihn aus meinem Herzen zu verdrängen.

So bleibe ich als Single von verliebten und glücklichen Menschen umgeben.

Emma zieht im Herbst mit Lukas zusammen und ist damit so gut wie verlobt. Meine Mutter schwebt weiter auf Wolke sieben mit ihrem Markus und ist überglücklich in ihrem neuen Job. Papa grinst wie ein verliebter Teenager, als ich ihn besuche und er mir seine Maria ganz offiziell vorstellt. Mein Bruderherz Ben hat seit sechs Wochen eine feste Freundin, was für seine Verhältnisse eine verdächtig lange Zeit ist. Natalie ist dabei, sich ernsthaft in ihren Kommilitonen Eric zu verlieben und hat mittlerweile schon den ersten Sex mit dem künftigen Tierarzt gehabt. Und schließlich Kathleen, die für die Überraschung des Jahres sorgt, als sie uns beichtet, dass sie mit einer Onlinebekanntschaft im Bett gelandet ist und sich sogar in die junge Frau verknallt hat.

Nun bin ich die Einzige, bei der sich in Sachen Liebesleben nichts tut. Aber ich habe meinen Summer of Love schon im Frühling ausgiebig zelebriert.

Ich vermisse Luna ab und zu und frage mich, wie groß sie jetzt schon sein mag. Nach dem dramatischen Abschied von Myles habe ich den Job als ihre Hundenanny gekündigt. Ich würde es nicht ertragen können, Myles' Eltern zu besuchen und über ihn zu reden, mich ständig an ihn zu erinnern ...

Es ist besser so. Ich betreue stattdessen zwei andere Hunde, die zum Glück keine besonders attraktiven Herrchen haben. Mutig blicke ich nach vorne und lasse die Zeit für mich arbeiten. Zeit heilt doch alle Wunden, nicht wahr?

27. Myles

Das Konzert in Luxemburg gehört nicht zu meinen Highlights der Tour mit *Thirty Seconds*. Schon beim ersten Song hatte ich Schwierigkeiten mit der Gitarre, sie war ständig verstimmt, und auch die Tontechnik ließ zu wünschen übrig. Teilweise habe ich Vic kaum gehört, und Kim am Bass schien genauso aus dem Rhythmus zu kommen wie Jonas am Schlagzeug. Wir haben unseren Auftritt trotzdem einigermaßen hinbekommen, aber wir sind alle irgendwie angespannt und schlecht gelaunt.

Nach dem letzten Song verziehen wir uns in den Backstage-Bereich und greifen nach unseren Flaschen. Wir versuchen, erst mal runter zu kommen. Einige Fans mit Backstage-Pässen stürmen gleich die Bude, was für uns bedeutet: freundlich lächeln, Autogramme geben, gemeinsame Fotos schießen lassen. Das übliche Scheißprogramm halt. Es geht schon los; Dexters Assistentin Lola führt die Fans rein. Es sind einige scharfe Mädchen dabei, die sich bald als Groupies entpuppen. Vics Augen leuchten auf, als zwei gut gebaute Blondinen sich auf ihn stürzen und neben ihm Platz nehmen. Er bekommt nicht genug von schnellem Sex. Fast nach jedem Konzert verschwindet er mit einem oder zwei Mädchen in den Tourbus, egal wie fertig er eigentlich ist. Dexter und die anderen Chefs tolerieren das, solange er sich an die Regeln hält und keins von den Groupies bei ihm übernachtet oder ihn auf irgendwelche Art zu sehr beansprucht.

Eine brünette, vollbusige Schönheit steuert auf mich zu und spricht mich in gebrochenem Englisch an. Ich versuche, nett zu sein und zeige mich nur halbherzig interessiert. Ihr Haar ist lang und ihre Augen sind hell. Blau oder doch grün? Nur nicht so leuchtend und schön wie Noemis ...

Fuck! Wann werde ich aufhören, jede Frau mit ihr zu vergleichen? Auch habe ich nach ihr noch mit keiner anderen gevögelt. Okay, die kleine, rothaarige Holländerin hat mir vor zwei Wochen in Amsterdam einen geblasen, als ich schon zu betrunken war, um ihren Verführungsversuchen zu widerstehen. Sie hat bestimmt mehr von mir erwartet. Aber ehrlich, ich habe sie zu nichts gezwungen, sie hat alleine die Initiative ergriffen und die ganze Arbeit erledigt. Sie wollte es offensichtlich so, also habe ich mich auch nicht schuldig gefühlt, als ich sie nach dem Blowjob gebeten habe, den Tourbus zu verlassen. Sie murmelte nur etwas wie „Arschloch!" und verschwand sofort.

Die Dunkelhaarige heißt Monique. Als ob mich das interessieren würde. Sie scheint älter zu sein, als sie auf den ersten Blick wirkt. Bestimmt um die dreißig. Ihre pinkfarbenen Lippen sehen irgendwie künstlich aus, zu angeschwollen. Sie ist sexy und hält mir ihr pralles Dekolleté absichtlich vors Gesicht, doch sie macht mich nicht scharf. Noemi musste ich nur kurz anschauen, schon war mein Schwanz steinhart.

Monique bringt uns zwei Flaschen Bier vom Büfett auf der anderen Seite des Raumes und setzt sich mir auf den Schoß. Ihre Schenkel in den hohen Stiefeln sind nackt und sie trägt einen kurzen Minirock. Als sie auf mir sitzend ihre Beine spreizt, rutscht der Rock nach oben und entblößt ein winziges Höschen, das ihre glatt rasierte Spalte nur halbwegs bedeckt. Nicht mein Fall. Doch sie will mich offensichtlich. Sie versucht mich zu küssen, doch ich führe schnell die Flasche an meinen Mund. Sie gibt nicht auf, greift mir zwischen die Beine und versucht, mir die Hose aufzuknöpfen. Das reicht mir. Ich will sie nicht ficken und bin nicht in Stimmung, mir von ihr einen blasen zu lassen. Genervt schiebe ich ihre Hand weg und vertreibe sie von meinem Schoß. Sie reagiert empört und beleidigt. Laut beschimpft sie mich und tut plötzlich so, als ob sie sich gegen mich wehren musste. Sie reißt dabei noch die Knopfleiste ihrer knappen Bluse auf. Schnell erkenne ich ihr Spielchen.

Blöde Schlampe, jetzt versucht sie, mich vor allen zu beschuldigen, dass ich sie belästigt habe! Fuck! Das hat mir gerade noch gefehlt. Alle Blicke im Raum richten sich auf uns. Dexter, der zum Glück anwesend ist, greift ein und versucht zu erfahren, was da läuft. Sie spricht mit starkem Akzent, doch wir verstehen trotzdem, was sie sagt – ich wollte ihr an die Wäsche gehen, obwohl sie meine eindeutigen Absichten abgelehnt hat! Vic grinst schadenfroh in seinem Sessel und Kim und Jonas sind schon zu besoffen, um mitgekriegt zu haben, was eigentlich los war. Sie halten sich an ihren Flaschen fest und blicken apathisch vor sich hin, obwohl sie auch die Aufmerksamkeit zweier Fans genießen.

Die Tussi droht, mich wegen sexueller Belästigung anzuzeigen und macht auf hysterisch. Dexter sieht mich bedeutungsvoll an und gibt mir zu verstehen, dass er sie auch durchschaut hat und ihr nicht glaubt. Wenigstens das. Aber er kann sich nicht erlauben, sie einfach so gehen zu lassen und den Medien eventuell ein gefundenes Fressen zu liefern. Der Gitarrist von *Black Sunday Desire* versucht, einen Fan zu vergewaltigen! Das wäre echt eine Scheißpublicity. Gerade jetzt, nach der ganzen MeToo-Sache.

Jetzt bin ich gespannt, wie Dexter das hinbekommt. Er zieht die Frau zur Seite und redet geduldig mit ihr. Ihr grell geschminktes Gesicht entspannt sich bald und sie nickt versöhnlich. Dexter zieht seine Geldbörse aus der Jackentasche und drückt ihr einige Geldscheine in die Hand. Sie steckt sie gleich in ihr Täschchen, wirft mir noch einen giftigen Blick zu und verschwindet endlich aus dem Raum. Erleichtert atme ich aus und Dexter setzt sich zu mir.

„So, gerade hab ich dir den Arsch gerettet. Wenn du sie gevögelt hättest, wäre es billiger gewesen", sagt er genervt und zieht seine Augenbrauen hoch.

„Wie viel wollte sie denn haben?", frage ich ebenso genervt. Als ob ich verpflichtet wäre, jedes notgeile Groupie zu vögeln!

„Fünftausend. Du bist schon eine teure Nummer." Dexter lächelt künstlich, als er meinen Missmut bemerkt.

„Muss ich dir jetzt dafür danken?", entgegne ich und verziehe meinen Mund.

„Yep. Wenn sie zur Polizei oder zu den Zeitungen gegangen wäre, wäre es viel teurer und unangenehmer für dich geworden. Wir können nur hoffen, dass sie jetzt zufrieden ist und sich mit dem Geld was Schönes kauft. Neue Titten oder so. Obwohl, die hat sie schon, wenn ich richtig gesehen habe", grinst er.

„Okay. Dann dankeschön", presse ich hervor. „Und jetzt lasst mich alle in Ruhe! Ich gehe eine Runde skaten, ich brauche frische Luft." Ich springe auf die Beine und greife nach meiner Jacke.

„Vergiss es, es ist zu spät! In einer Stunde fahren wir weiter. Außerdem ist es zu dunkel und du kannst nicht ohne einen Bodyguard alleine durch die Stadt skaten!" Dexters Stimme klingt genauso genervt wie meine, doch mir reicht es wirklich.

„Ist mir egal! Ich bin in einer halben Stunde zurück und ich brauche keinen verdammten Bodyguard, wenn ich skaten will! Du kannst mich nicht einsperren!" Entschlossen drehe ich mich um.

„Hey Myles, wieso hast du die Dunkelhaarige nicht gefickt? Willst du etwa deiner geheimnisvollen Geliebten zu Hause die Treue halten?", ruft mir Vic provokativ nach. Er hat in Berlin wohl mitbekommen, dass ich ein Verhältnis mit einem Mädchen hatte, obwohl ich mit ihm nie darüber reden wollte.

„Vic, du kannst mich mal! Warum hast *du* nicht die Schlampe gefickt? Sie war doch ganz dein Typ. Du bist ja derjenige in der Band, der offensichtlich auf Geschlechtskrankheiten steht!", schnauze ich ihn an.

„Na, na, da ist aber jemand sehr gereizt! Wahrscheinlich hast du zu wenig Sex, könnte das sein?", provoziert Vic mich weiter. Die Blondine auf seinem Schoß kichert dämlich, und ich beiße meine Zähne zusammen und balle die Fäuste, um nicht auf ihn loszugehen.

Dexter mischt sich schnell ein: „Vic, Myles, jetzt reicht's! Vic, du hast schon zu viel getrunken und deine Begleiterinnen müssen jetzt gehen, die Party ist vorbei!" Er macht eine eindeutige Geste, worauf die Groupies enttäuscht, doch widerstandslos Vics Schoß verlassen und sich zur Tür begeben.

„Und du, Myles – verschwinde jetzt skaten und komm normal zurück! Ich kann mir keine aggressiven und unausgeglichenen Bandmitglieder erlauben. Wir reden morgen darüber, wenn ihr wieder nüchtern seid."

Er ist stinksauer, aber das bin ich auch. Ohne zurückzublicken, verlasse ich den Raum, und ein Sicherheitstyp führt mich auf meine Aufforderung hin zum Tourbus. Ich bin völlig orientierungslos und habe keine Ahnung, wo sich der Ausgang befindet. Der Mann bringt mich durch mehrere Gänge zum Bus, wo ich mein Skateboard hole. Etwas besorgt fragt er mich, ob ich zurückfinden werde und ob er nicht lieber mitkommen soll. Ich mache nur eine abwehrende Geste und springe auf das Skateboard. Wenn ich es auf dem Hinweg richtig gesehen habe, befindet sich hinter dem Parkplatz eine parkähnliche Anlage mit asphaltierten Wegen.

Die Nacht ist nach dem Regen kühl und frischer Wind weht mir ins Gesicht, als ich losbrause. Ich habe mich nicht geirrt. Hinter dem Konzertsaal und dem Parkplatz finde ich tatsächlich einen Park mit vielen asphaltierten und halbwegs beleuchteten Wegen. Er ist kaum jemand unterwegs, nur einige spazierende Hundehalter und zwei junge Pärchen, die auf den Bänken rummachen. Das gefällt mir, so muss ich keine Rücksicht nehmen und kann mit vollem Tempo meinen Stress und meine Wut abbauen. Es tut verdammt gut, auf den menschenleeren Wegen zu skaten und an nichts denken zu müssen. Einfach den Kopf frei bekommen und die Geschwindigkeit genießen. Es regnet schon wieder, und in der Halbdunkelheit, die im Park herrscht, sehe ich nur verschwommen.

Vielleicht sollte ich doch lieber umkehren. Verflucht! Führt dort vorne etwa eine Treppe nach unten? Ja, doch … Soll ich springen oder runterfahren? Scheiße, ich habe keine Zeit zum Nachdenken, ich springe einfach.

Noch während ich durch die Luft fliege und das Skateboard unter meinen Füßen verliere, merke ich, dass die Treppe viel tiefer ist, als ich sie auf die Schnelle geschätzt habe. Der Aufprall ist hart, und ich versuche vergeblich, mich mit der Hand abzustützen. Dumpfer Schmerz in meinem Kopf ist das Letzte, was ich mitbekomme, ehe eine seltsame, rauschende Dunkelheit mich gänzlich verschlingt.

28. Noemi

Es ist Samstagnachmittag und ich lege mich auf die Sonnenliege auf dem Balkon. Ich bin so satt, dass ich mir erst die Caprijeans aufknöpfen muss, die mir nach dem üppigen Mittagessen mit Mama und Markus plötzlich zu eng geworden ist. Ein Nickerchen im Schatten wäre jetzt nicht schlecht. Natalie ist bei ihrem neuen Freund und kommt erst morgen früh, also habe ich die Wohnung für mich alleine. Das letzte Wochenende im August ist herrlich sonnig und warm, eine tolle Entschädigung für die ziemlich kühle und regnerische Woche. Mein Handy klingelt, und erst als ich Kathleens Namen sehe, gehe ich ran.

„Hey Kat, wo bist du?", melde ich mich.

„Bin zu Hause und sitze am Computer. Wie geht es dir?", erkundigt sie sich.

„Oh, mir geht es gut, abgesehen davon, dass ich viel zu viel gegessen habe. Ich war mit Ma und Markus beim Inder."

„Verstehe. Es ist also alles in Ordnung?" Sie klingt irgendwie komisch. Was hat sie bloß?

„Kathleen, ist was?", frage ich direkt.

„Scheiße. Du weißt es noch nicht." Sie seufzt laut.

„Was sollte ich denn wissen?" Ein ungutes Gefühl steigt in mir hoch.

„Wann hast du zuletzt nach Myles gegoogelt oder die Website der Band besucht?“ Ihre Stimme klingt seltsam sanft.

„Keine Ahnung ... vorgestern, denke ich. Wieso?“ Ich richte mich auf und werde langsam unruhig. Was soll das Ganze?

„Er hat gestern einen schlimmen Unfall gehabt“, meldet sie sich nach einer kleinen Pause.

„Einen Unfall? Ist er etwa ...“ Mein Herz macht einen schmerzhaften Sprung.

„Nein, er ist nicht tot. Aber er liegt im Koma“, erklärt sie mir zögernd.

„Woher weißt du das?“, höre ich mich und kralle meine Finger in die Armlehne.

„Bist du online? Dann geh auf die Bandseite oder google einfach nach *Myles* und *Unfall*.“

„Gut, mach ich gleich. Bleib bitte dran!“

„Natürlich.“ Mit weichen Knien und leicht schwindeligem Kopf stehe ich auf und setze mich an meinen Schreibtisch. Ich tippe Myles' Namen und *Unfall* ein, und gleich erscheinen mehrere Links. Ich öffne den ersten und lese laut: „Der talentierte Gitarrist der erfolgreichen Rockband *Black Sunday Desire*, Myles Flemming, ist gestern Abend schwer verunglückt. Die vielversprechende Band befindet sich auf ihrer ersten Tour und spielte in Luxemburg ein Konzert zusammen mit den Rockgrößen *Thirty Seconds to Mars*. Flemming stürzte beim Skateboarden und verletzte sich lebensgefährlich. Er liegt im Koma in einem Krankenhaus in Luxemburg und wird am Montag auf Wunsch der Familie nach Berlin verlegt. Ob er es schaffen wird, steht im Augenblick noch nicht fest.“

Meine Stimme verstummt und heiße Tränen trüben mir den Blick. Das kann doch nicht wahr sein! Er darf nicht sterben!

„Noemi, bist du noch da?“ Kathleen klingt besorgt. Also nehme ich das Handy und antworte abwesend: „Doch, ich bin noch da.“

„Süße, es tut mir so leid! Ich weiß, wie viel er dir bedeutet hat. Aber er ist jung und fit, er wird es bestimmt schaffen!“

„Ja, er wird es schaffen, das weiß ich. Er wird es schon wegen seiner Eltern schaffen, er kann ihnen das nicht antun.“ Plötzlich beginne ich zu weinen. Es kann nicht wahr sein, dass eine Familie so viel Leid erfahren muss! Bestimmt wird Myles wieder gesund. Seine armen Eltern!

„Das wird er, ganz bestimmt. Morgen, wenn er nach Berlin verlegt wird, erfahren wir sicher mehr über seinen Zustand“, sagt Kathleen mit zuversichtlicher Stimme, um mir Mut zu machen.

„Kathleen, du muss etwas für mich tun!“ Auf einmal habe ich eine Idee.

„Was denn? Ich tue alles, was ich nur kann.“

„Du muss herausfinden, in welches Krankenhaus er verlegt wird! Und dann musst du mir helfen, ihn zu besuchen“, verlange ich entschlossen von ihr.

„Ach du Scheiße. Das wird nicht einfach sein. Aber ich tue mein Bestes“, verspricht sie mir.

„Danke! Warum hat man denn sonst eine zukünftige Ärztin als Freundin?“, versuche ich zu scherzen, obwohl ich weiter weine.

„Noemi … liebst du ihn immer noch?“ Kat zögert etwas mit ihrer Frage.

„Ich denke … ja, ich liebe ihn immer noch. Er war der Richtige für mich, auch wenn er eigentlich der Falsche war, wenn du verstehst, was ich meine.“

„Ja schon. Wenn die Umstände anders wären, wäre er der Richtige, nicht wahr?“

„So ist es.“ Mit zitternder Hand wische ich mir die Tränen weg.

„Okay, versuch, nicht zu viel danach zu googeln, bis ich was erfahren habe. Die Medien werden bestimmt alles nur noch schlimmer darstellen, als es ist. Du wirst dich nur verrückt machen.“

„Ich versuch's“, verspreche ich.

„Soll ich zu dir kommen?“

„Nein, nein, musst du nicht. Ich schaffe es schon. Wir telefonieren gleich, wenn du was erfahren hast. Oder wenn wir was Neues darüber gelesen haben.“

„Das machen wir. Denk positiv und nicht an das Schlimmste! Es gibt noch Hoffnung. Das sage ich dir als Freundin und zukünftige Ärztin, okay?“

Wir verabschieden uns ich starre weiter auf meinen Laptop. Ich kann es immer noch nicht glauben. Myles soll im Koma liegen? Vielleicht sogar sterben? Nein, das darf nicht sein. Nicht, weil ich ihn immer noch liebe. Ein so talentierter Mann am Anfang einer großartigen Karriere darf nicht einfach sterben. Kein Mensch in diesem Alter darf sterben. Besonders nicht, wenn er so einen familiären Hintergrund hat. Seine Eltern würden das nicht überleben. Noch ein zweites Kind zu verlieren verkraftet doch kein Mensch. So gerne würde ich sie anrufen. Doch was soll ich sagen? Dass ich ihren Sohn, mit dem ich eine kurze Affäre hatte, immer noch liebe und mit ihnen leide? Ich will sie nicht unnötig stören. Wer bin ich schon. Für sie bin ich nur Lunas ehemalige Hundesitterin, und sie würden sich nur in ihrer Privatsphäre belästigt fühlen, wenn ich jetzt anrufe. Ich kann nur für ihren Sohn hoffen und beten. Beten? Wann habe ich zuletzt gebetet? Am Sterbebett meines Großvaters vor zweieinhalb Jahren. Geholfen hat es nicht.

Also schicke ich Myles besser meine Liebe, meine Zuneigung, meine Wünsche für Genesung. Und ich werde an ihn glauben. Dass er es schafft, dass er stark genug ist, um aufzuwachen und gesund zu werden.

Ich verkrieche mich ins Bett und erinnere mich an jede einzelne Begegnung mit ihm. Es kommt mir vor wie gestern. Ich sehe ich sein strahlendes, manchmal melancholisches Lächeln vor mir, seine tiefgründigen, glühenden Augen. Ich spüre seine heißen Küsse, seine leidenschaftlichen Umarmungen. Ich höre seine dunkle Stimme, während er auf dem Bett Gitarre spielt und dazu die Verse singt, die er für mich geschrieben hat ... Die Erinnerungen an Myles und die vielen Tränen wiegen mich in einen kurzen Schlaf.

Als ich wieder aufwache, ist es früher Abend. Ich springe zum Laptop für eine weitere Suchaktion. Es gibt Neuigkeiten! Myles liegt immer noch im Koma. Er hat sich eine schwere Gehirnerschütterung zugezogen, einige Knochen gebrochen, und höchstwahrscheinlich wird er nie mehr auf der Bühne stehen können, weil Verdacht auf eine Querschnittslähmung besteht! Mir wird schlecht. Nein, bitte, nein! Myles im Rollstuhl ... Das kann das Schicksal ihm nicht antun! Ich greife nach meinem Handy und rufe Kathleen an.

„Hast du es gelesen?", meldet sie sich.

„Ja, habe ich. Es wird nur noch schlimmer! Verdacht auf Querschnittslähmung." Plötzlich schluchze ich los und kann mich nicht länger beherrschen.

„Noemi, hör zu! Ich werde alles in Bewegung setzen, um morgen an zuverlässige Informationen zu kommen. Mach dich nicht zu früh verrückt, bitte!"

„Okay. Dann warte ich darauf, dass du mich anrufst, wenn du was erfährst."

„Genau. Ich werde mich sofort bei dir melden, wenn ich mehr weiß. Kopf hoch, meine Süße!"

Es ist wirklich am besten, ich warte ab. Ich kann mich auf Kathleen verlassen, das steht fest. Bald danach meldet sich auch Emma, die es von Kathleen erfahren hat. Auch sie versucht, mir Mut und Hoffnung zu machen, so gut sie kann. Ich muss nur diese Nacht irgendwie überstehen. Montag werde ich schon mehr wissen. Hoffentlich. Kathleen hat als angehende Ärztin Beziehungen und Kontakte. Darauf vertraue ich. Mehr kann ich sowieso nicht tun.

Ich rufe auch meine Ma an und weine mich bei ihr aus. Sie kann mir nicht helfen, doch ihre Liebe und ihr Mitgefühl zu spüren, tut einfach gut. Sie schlägt vor, dass ich bei ihr übernachte, und ich stimme sofort zu. Ich packe eine kleine Tasche und fahre zu ihr nach Pankow. Ihre neue Wohnung ist sehr schön und gemütlich. Zwei Zimmer mit einer großen Wohnküche und einer verschwenderisch geräumigen Südterrasse, alles liebevoll und geschmackvoll im Landhausstil eingerichtet. Ich schlafe bei ihr im Bett und halte beim Einschlafen ihre Hand. So wie ich es als kleines Mädchen getan habe, wenn ich nachts böse geträumt habe und in das

Elternbett gekrochen bin. Da ich eine halbe Schlaftablette genommen habe, schlafe ich tief und fest. Sonst würde ich mir die ganze Nacht Sorgen um Myles machen und wäre am Morgen noch verzweifelter, als ich schon bin.

Als ich um acht aufwache, ist Mama schon längst weg. In der Küche warten Frühstück auf mich und eine kleine Nachricht von ihr:

Wenn du was erfahren hast, ruf mich sofort an! Ich hab dich lieb! Mami.

Sie ist so verständnisvoll und erinnert mich nicht daran, dass Myles und ich längst Vergangenheit sind. Oder sagt, ich solle mich in das Ganze nicht so sehr reinsteigern. Sie akzeptiert einfach, dass ich immer noch Gefühle für ihn habe und mir sein Unfall sehr nahegeht. So nahe, als ob wir immer noch zusammen wären.

Ich fahre nach Hause und überprüfe die Website der Band. Myles ist auf dem Weg nach Berlin, schreiben sie. Sonst keine Informationen über seinen Zustand. Die Tour wird kurz unterbrochen werden müssen, bis die Band einen Ersatzgitarristen findet, der für Myles einspringt. So schnell geht das also. Kaum hat er einen Unfall und kann nicht länger auf die Bühne, schon wird er ersetzt und vergessen. Es tut mir so weh, das zu lesen. Ein Lebenstraum, gerade mal begonnen, platzt auf die unschönste Art. Doch the show must go on ...

Ich verstehe schon, dass die Band nicht alles aufgeben kann, bloß weil Myles nicht länger Gitarre spielen kann. Es ist trotzdem hart. Vor allem, weil ich nicht weiß, ob nur seine Karriere oder sogar sein Leben auf dem Spiel steht.

Ich will Kathleen nicht zu sehr auf die Nerven gehen und sie schon wieder anrufen. Ich weiß, sie wird sich sofort melden, wenn sie was erfahren hat, also warte ich weiter. Natalie kommt nach Hause, strahlend und lächelnd. So wie eine verliebte Frau nach einer Nacht mit ihrem Liebsten aussieht. Ich freue mich für sie und versuche eine Weile, meinen Zustand vor ihr zu verbergen. Doch es entgeht ihr nicht, wie bedrückt und traurig ich bin, und ich erzähle ihr alles. Mitfühlend versucht sie, mir Mut zu machen und mich abzulenken, während ich auf Kathleens Anruf warte.

Der kommt erst am Nachmittag.

„Kathleen! Gibt's was Neues?", melde ich mich hastig.

„Meine Süße, ich hab rausgekriegt, wo Myles sich befindet – am Campus Virchow, in der Uniklinik!", antwortet sie gut gelaunt. „Ich hab das fast vermutet. Ein Kumpel, der als Arzt dort arbeitet, hat es mir verraten. Aber frag mich nicht, was mich diese Information gekostet hat", fügt sie zu.

„Ich danke dir! Ich hoffe, du musstest nicht mit ihm schlafen?" Ich versuche zu lächeln.

„Nein, das nicht. Noch schlimmer – ich muss ihn am Freitag zu einem langweiligen Empfang begleiten, weil der Nerd keine Freundin hat."

„Ich weiß das sehr zu schätzen. Weiß du vielleicht auch was über seinen Zustand?" frage ich wieder ernst.

„Leider nicht, da konnte mir Peter auch nicht weiterhelfen. Alles was er weiß ist, dass Myles auf der Intensivstation liegt."

„Ich verstehe. Ich würde alles tun, um ihn kurz zu sehen, aber ich weiß, es ist nicht machbar." Bevor ich vor Enttäuschung und Anspannung wieder zu weinen beginne, höre ich ihre entschlossene Stimme: „Pass auf, meine Liebe, ich hab einen Plan. Morgen am Vormittag, nach der Visite, schleichen wir uns in die Klinik, und du kannst kurz zu ihm ins Zimmer. Was hältst du davon?"

„Kathleen, aber ... wie stellst du dir das vor? Ich kann nicht einfach auf die Intensivstation spazieren! Ich bin nicht mal eine Verwandte von ihm."

„Mach dir keinen Kopf. Wie ich schon sagte, ich habe einen Plan. Wir treffen uns morgen um zehn auf dem Campus, und dann erzähle ich dir alles. Okay?"

„Ja, okay, ich verlasse mich darauf, dass du weißt, was du tust", erwidere ich hoffnungsvoll.

„Gut. Und jetzt hör auf, weiter nach ihm zu googeln, und lenk dich irgendwie ab. Dann bis morgen!"

„Bis morgen! Und danke!", verabschiede ich mich und gebe Natalie, die neben mir steht und ganz Ohr ist, einen Kurzbericht. Auch sie ist zuversichtlich und vertraut Kathleen und ihrem mysteriösen Plan. Es bleibt mir also nichts anderes übrig, als abzuwarten.

Kurz vor zehn stehe ich vor dem Krankenhausgebäude und mein Magen krampft sich vor Aufregung zusammen. Kathleen ist zum Glück pünktlich. Sie erscheint in ihrem weißen Kittel und lächelt mich ermutigend an, als wir uns umarmen.

„Du siehst schrecklich aus, so richtig mitgenommen", meint sie direkt wie immer.

„Ich weiß“, entgegne ich trocken, und sie führt mich durch eine große Glastür in das Gebäude.

„Wir gehen erst zu den Toiletten“, erklärt sie mir, als wir durch den langen Gang gehen.

„Kathleen ... wie stehen die Chancen, dass man aus dem Koma erwacht und wieder ganz gesund wird?“, kann ich mich nicht länger beherrschen.

„Diese Frage lässt sich nicht pauschal beantworten“, sagt sie mit einem tiefen Seufzer. „Es kommt drauf an, wie sein Zustand ist, was er genau hat, welche Verletzungen er sich zugezogen hat, ob er innere Blutungen hat und so weiter. Ohne seine Akte zu sehen, kann ich nichts Genaues sagen. Aber viele Menschen wachen aus dem Koma auf und sind anschließend wieder völlig gesund.“

Ist doch klar. Ohne zu wissen, wie es um ihn steht, kann sie keine Prognosen stellen. Ich hoffe einfach weiter auf das Beste.

In der Toilette schließen wir uns in die Kabine ein und Kathleen öffnet ihre große Tasche.

„Hier, nimm das und zieh es an.“ Sie reicht mir einen weißen Arztkittel. Ich tue, was sie sagt, und sie hängt mir noch ein Stethoskop um den Hals. Langsam ahne ich, was sie vorhat.

„Und jetzt dein Haar! Mach dir einen Dutt. Und hier, eine Brille. Hat keine Sehstärke. Du musst älter aussehen.“ Kathleen hilft mir bei den Haaren und ich setze mir die Nerdbrille auf die Nase.

„Super! Du siehst aus wie eine junge Ärztin!“ Kathleen mustert zufrieden meine Verkleidung. „Du musst einfach ganz selbstbewusst auf die Intensivstation marschieren, niemanden ansehen und direkt in das Zimmer Nummer vier gehen. Als Privatpatient liegt er da alleine. Wenn jemand bei ihm ist, seine Eltern oder eine Schwester, drehst du dich wieder um, als ob du dich im Zimmer geirrt hast, und verlässt die Station. Ich werde hier unten auf dich warten, du verstehst schon ..."

„Natürlich, du kannst wegen mir hier keine Risiken eingehen, ich werde das schon alleine hinbekommen müssen", sage ich schnell. Ich muss laut schlucken und mein Magen zieht sich schmerzhaft zusammen. „Was aber, wenn eine Schwester oder sogar ein Arzt mich anspricht?"

„Dann sagst du, du willst kurz nach Herrn Flemming sehen und bleibst dabei schön cool. Entweder sagen sie nichts mehr oder mein Plan fliegt auf. Hauptsache, du verrätst mich nicht." Verschwörerisch zwinkert sie mir zu. „Nein, im Ernst, im schlimmsten Fall rufen sie die Sicherheit und schmeißen dich raus, aber sonst wird schon nichts passieren. Das Risiko ist es dir doch wert, oder?"

„Ja, du hast recht. Ich muss mich nur zusammenreißen und nicht zu ängstlich wirken."

„So ist es. Steck deine Hände lässig in die Kitteltaschen, Kopf hoch, und mach einen abwesenden und nicht besonders freundlichen Eindruck." Kathleen lacht. „Halt wie eine junge Ärztin, die es gerade geschafft hat, eine Halbgöttin in Weiß zu werden. Du musst nur schnell durchchecken, auf welcher Seite des Ganges Zimmer vier ist, du darfst nicht verunsichert wirken, falls dich jemand beobachtet."

„Okay, ich gebe mein Bestes", versichere ich Kathleen und wirke bestimmt nicht besonders überzeugend.

„So, und jetzt geht's los. Ich bringe dich noch zum Fahrstuhl." Kat tätschelt mir beruhigend den Arm und wir verlassen die Kabine.

Ich betrachte mich kurz im Spiegel. Mit der dicken Brille und der strengen Frisur wirke ich tatsächlich älter und sehe fast aus wie eine Ärztin. Echt erstaunlich, wie ein paar Requisiten einen verändern können.

„Bist du bereit?" Kathleen mustert mich prüfend.

„Ja, das bin ich", erwidere ich entschlossen und öffne schwungvoll die Tür. Vor dem Fahrstuhl umarmt mich Kathleen kurz und drückt für mich den Knopf. Sie hält noch ihre beiden Daumen hoch, bevor sich die Tür schließt und ich nach oben fahre.

Mein Herz schlägt heftig und mein Mund ist trocken. Trotzdem richte ich mich selbstbewusst auf, als ich aussteige und zu der Milchglastür mit der Aufschrift *Intensivstation* gehe. Ohne lange zu überlegen, betätige ich mit leicht zitternder Hand den Automatiköffner und überprüfe ganz schnell die Situation. Auf meiner linken Seite steht ein Empfangsschalter, hinter dem zwei Schwestern sitzen. Eine nickt mir freundlich zu, als ich mit den Händen in den Kitteltaschen nicht zu eilig vorbeilaufe, und ich erwidere den Gruß. Die zweite ist in ihren Rechner vertieft und beachtet mich nicht. Gut so! In meine Nase dringt der typische, eklige Geruch von Desinfektionsmittel, der mir Übelkeit verursacht. Ich hasse Krankenhäuser! Rechts von mir erblicke ich Zimmer zwei, es folgt Zimmer drei und schräg gegenüber befindet sich Zimmer vier. So weit habe ich es schon geschafft. Bis jetzt hat mich niemand aufgehalten. Mir ist richtig übel vor Nervosität und ich schwitze.

Einfach weitermachen, nicht nachdenken! Ohne mich umzudrehen oder mich sonst auffällig zu benehmen, klopfe ich leise an die Tür und öffne sie. Mein Herz hämmert so laut, dass ich Angst bekomme, umzukippen. Nicht nur wegen der Sorge, erwischt und entlarvt zu werden. Es ist die Angst, was ich dort im Zimmer entdecken werde, wie schrecklich der Anblick von Myles sein wird. Doch ich will es wissen, ich will ihn sehen! Es gibt einiges, was ich ihm zu sagen habe, und das ist meine letzte Chance. Vielleicht wacht er nie mehr auf oder er wird sogar ... *Nicht daran denken!*

Außer ihm befindet sich niemand im Zimmer. Ich schließe die Tür hinter mir und atme erst mal durch. Während der letzten Schritte auf dem Gang habe ich fast vergessen zu atmen, so angespannt war ich.

Mit nacktem Oberkörper liegt Myles im Bett neben dem Fenster. Seine Augen sind geschlossen. Ein Verband bedeckt seinen Kopf und sein rechter Arm steckt in Gips. Über die Brust trägt er eine Bandage, aber zum Glück hängt er nicht an Maschinen und Schläuchen, wie ich es nach Kathleens vorsichtigen Andeutungen befürchtet habe. Überraschenderweise atmet er von alleine, und außer dem Zugang für den Tropf in seiner linken Hand bemerke ich keine anderen schlimmen Details. Ich habe ja keine Ahnung, wie es so ist, wenn man im Koma liegt. Ich wollte auch nicht danach googeln, um nicht noch mehr Angst zu bekommen.

Leise nähere ich mich seinem Bett und setze mich auf den Stuhl daneben. Meine Beine sind weich wie Pudding und ich zittere am ganzen Körper. Der Anblick vor mir treibt mir Tränen in die Augen. Spürt er Schmerzen? Wird er noch der Alte sein, wenn er irgendwann aufwacht? Sein Gesicht unter der Kopfbinde ist blass und er hat eine Schramme auf der Wange. Trotzdem ist er immer noch so schön wie in meiner Erinnerung. Am liebsten würde ich seine leicht geöffneten Lippen küssen, doch ich tue es nicht. Ganz sanft berühre ich seine linke Hand, die auf seinem Bauch ruht, und streichle sie liebevoll.

„Myles, ich bin's, Noemi. Wahrscheinlich kannst du mich nicht hören, doch man sagt ja, dass Komapatienten oft mitbekommen, wenn man mit ihnen spricht. Wie auch immer, ich bin hier, um dir etwas zu sagen …"

Ergriffen hole ich tief Luft und schlucke meine Tränen runter.

„Ich hoffe von ganzem Herzen, dass du wieder aufwachst, dass du wieder laufen und sogar Gitarre spielen kannst. Mein Liebster … ich möchte, dass du weißt, wie sehr ich dich liebe und wie wunderschön die kurze Zeit mit dir war. Ja, ich liebe dich immer noch. Ich habe gar nicht versucht, dich zu vergessen oder dich mit jemand anderem zu ersetzen. Warum auch, schließlich ist jemanden zu lieben genauso ein kostbares Geschenk, wie selbst geliebt zu werden. Ich möchte dir dafür danken. Dafür, dass ich dich lieben und diese wunderbaren Gefühle erleben durfte. Es spielt keine Rolle, dass ich sie niemals erwidert bekommen werde. Meine Liebe für dich ist genug, um mich glücklich und erfüllt zu fühlen. Wenn du nur wieder gesund wirst! Das ist mein einziger Wunsch. Alles andere habe ich schon bekommen. Es ändert nichts an meiner Liebe, dass deine Karriere so abrupt beendet wurde und dass du vielleicht für immer im Rollstuhl sitzen wirst. Ich habe nie den Rockstar geliebt, sondern immer nur dich, Myles.

Das solltest du wissen. Egal, was mit dir passiert – meine Liebe für dich wird nicht weniger. Auch wenn es das letzte Mal ist, dass ich dich sehe und mit dir spreche, dich berühre. Ich werde dich weiter lieben, egal wo du gerade bist, egal wohin du gehst ...“

Ich verstumme, weil ich meine Tränen nicht länger zurückhalten kann. Sie stürzen in Bächen über mein Gesicht und ich schluchze heftig, als ich Abschied von meiner großen Liebe nehme. Ob er es schafft oder nicht, ich gehöre nicht länger in sein Leben, doch er ist immer noch ein Teil von meinem. Durch den Tränenschleier versuche ich, mir seinen geliebten Anblick einzuprägen und streichle ihm zärtlich über das Gesicht.

Bitte, lieber Gott oder wer über sein Schicksal entscheidet – lass diesen Mann leben! Lass ihn wieder gesund werden!

In dem Augenblick, als ich mich zu ihm beuge, um ihm einen Kuss auf die Lippen zu geben, öffnet er seine Augen und ich schreie leise auf.

„Myles!“ Ich kann nicht weiterreden, eine Mischung aus Entsetzen und Wahnsinnsglück lähmt mich und verschlägt mir die Sprache. Ja, er sieht mich an, mit seinen schönen, samtigen Augen, und er lächelt! Er ist wach! Ich weine noch heftiger, jetzt vor Glück, und er ergreift meine Hand.

„Noemi ... wie schön, dich zu sehen“, sagt er leise mit seiner tiefen, dunklen Stimme.

„Ich muss einen Arzt rufen! Du bist aus dem Koma erwacht! Wie geht es dir? Hast du Schmerzen? Oh Gott, Myles, du lebst, du bist zurück!“ Ich rede schnell und hysterisch, fast wie eine Verrückte. Völlig aus dem Häuschen springe ich auf die Beine und werfe endlich die bescheuerte Brille weg, die mich schon die ganze Zeit irritiert.

„Warte! Beruhige dich, Noemi. Es geht mir gut!", sagt er völlig gelassen und greift nach meiner Hand.

„Dir geht es gut? Mann, Myles, du bist gerade aus dem Koma aufgewacht! Wie ruft man hier einen Arzt? Warum gehen keine Geräte an? Wo bleibt der Alarm? Scheiße!" Kopflos blicke ich mich im Zimmer um, immer noch völlig aufgelöst. Ich kann es nicht fassen, dass Myles aufgewacht ist und mit mir spricht!

„Noemi! Hör mir gut zu. Ich war nie im Koma. Ich habe gerade bloß ein Nickerchen gemacht, als du reingekommen bist. Die Medien haben meinen Unfall gnadenlos ausgenutzt, um schlimme Schlagzeilen daraus zu machen."

„Was sagst du da? Du warst nie im Koma?", höre ich meine unnatürlich hohe Stimme und bleibe stehen. Langsam sinke ich zurück auf den Stuhl und starre ihn völlig verwirrt an.

„Nein. Ich liege hier auf der Intensivstation, weil ich als prominenter Privatpatient und Neffe eines Oberarztes in diesem Haus dieses Privileg und die Sonderbehandlung genießen kann. Mein Onkel bestand darauf, dass man mich rund um die Uhr im Auge behält, um meine Eltern zu beruhigen. Dazu bin ich hier absolut sicher und niemand von der Presse kann mich stalken. Die Ärzte in Luxemburg haben mich in der Notaufnahme gründlich versorgt. Doch ich wollte dort nicht bleiben, ich wollte sofort nach Berlin, wenn ich schon einige Tage im Krankenhaus verbringen muss. Ich habe lediglich eine leichte Gehirnerschütterung, zwei gebrochene Rippen, einen gebrochenen Daumen und einige Prellungen. Schlimm genug, um die Tour abzubrechen und für ein paar Wochen das Gitarrenspiel aufgeben zu müssen, aber nicht so schlimm, um eine so schöne Frau wie dich zum Weinen zu bringen." Er lächelt mich zärtlich an und ich bekomme meinen Mund nicht zu. Langsam setze ich mich zu ihm auf die Bettkante und schüttele ungläubig den Kopf.

„Aber ... die haben geschrieben, dass du vielleicht für immer im Rollstuhl sitzen musst", erwidere ich. Meine Stimme klingt fast wieder normal, und ich wische mir mit zittriger Hand die Tränen weg, die immer noch über meinen Wangen kullern.

„Es tut mir leid, dass du dir solche Sorgen um mich gemacht hast. Meine Familie und die engsten Freunde wissen natürlich, wie es wirklich um mich steht und sind durch die Berichte in den Medien nicht verunsichert geworden. Mein Management hat sich keine Mühe gegeben, diese Nachrichten zu dementieren, es wäre sowieso Zeitverschwendung. Ein junger Rockstar, der zugedröhnt böse stürzt, vielleicht nie mehr aus dem Koma aufwacht oder für immer im Rollstuhl sitzt und nicht länger Gitarre spielen kann, ist doch die Meldung des Sommers! Klar, die Fans, die das alles glauben, tun mir schon leid. Aber morgen gibt's eine Pressekonferenz, wo alles geklärt wird. Außerdem ist jetzt für alle gut nachvollziehbar, warum die Band so dringend einen neuen Gitarristen sucht. Ich habe ein gutes Alibi, um in Ruhe aussteigen zu können. Der Unfall hat sich passend ergeben ... Meine Birne tut zwar immer noch weh und ich hatte Schiss, dass ich nie mehr richtig Gitarre spielen werde, aber die Ärzte heute Morgen meinten, dass ich mir keine Sorgen machen muss, ich werde bald wieder ganz der Alte sein."

„Oh, Myles, wie schön ist das! Ich bin so wahnsinnig erleichtert! Weißt du, ich habe alles geglaubt und war außer mir vor Sorge", sage ich und lächle unendlich erleichtert durch die Tränen.

„Meine Hübsche, das tut mir aufrichtig leid." Myles streckt seine gesunde Hand aus, um mein Gesicht zu berühren und mir eine Träne wegzuwischen. Ich atme tief ein und aus und halte seine Hand mit dem Zugang für den Tropf vorsichtig an meiner Wange fest. Seine Handfläche ist warm und ich küsse sie innig.

„Das heißt, du hast meinen bescheuerten Monolog ganz mitbekommen?", frage ich und senke meinen Blick, als ich an meine rührselige Abschiedsrede denke.

„Alles", lächelt er wieder und sieht mir tief in die Augen. Oh du Schande! Wie peinlich ist das denn!

„Warum ... warum hast du mich denn nicht gleich unterbrochen?", stammle ich verlegen.

„Als die Tür aufging, dachte ich, es ist eine Schwester und ich wollte meine Ruhe haben. Doch dann habe ich deine Stimme erkannt und war so überrascht, dass ich mich nicht sofort getraut habe, dich zu unterbrechen. Ich hab dir einfach zugehört und gedacht, ich träume noch. Oder meine Gehirnerschütterung lässt mich so schön halluzinieren. Oder die Schmerzmittel machen mich high. Diese Worte zu hören, war es wert, mit dem Skateboard zu stürzen! Noemi, ich weiß nicht, was ich sagen soll ..."

Endlich traue ich mich, ihn wieder anzusehen, und was ich erblicke, bringt mein Herz fast zum Stillstand.

In seinen wunderschönen, ausdrucksstarken Augen glüht wieder diese unvergessliche Leidenschaft, mit der er mich immer zum Schmelzen gebracht hat. Feuer, vermischt mit Zuneigung und Zärtlichkeit. Eine tödliche Mischung. Myles zieht mich näher zu sich und nur zu gern lasse ich es zu.

„Weißt du, wenn es um Gefühle geht, bin ich ziemlich verklemmt." Er kräuselt seine hohe Stirn und hält meine Hand fest. „Ich kann emotionale Songs schreiben und auf der Gitarre mein Innerstes nach außen kehren, doch wenn es um Worte geht, versage ich im entscheidenden Augenblick. Deswegen will ich mich kurzfassen." Myles räuspert sich leise und sein durchdringender Blick brennt sich in mein Herz.

„Ich liebe dich, Noemi. Ich habe dich schon immer geliebt, nur wollte ich es nicht wahrhaben. Ich hatte Angst und ich wollte vernünftig sein. Es war mir von Anfang an klar, dass du die Richtige für mich bist. Du hast mich glücklich gemacht, mich begeistert und beflügelt wie noch keine andere Frau. Und ich Idiot hab dich einfach fallen gelassen, weil ich zu sehr auf mich fixiert war. Doch vielleicht gibst du mir eine zweite Chance. Nach allem, was ich gerade gehört habe, ist es vielleicht noch nicht zu spät. Noemi ... Ich habe jeden verfluchten Tag nach unserem Abschied an dich gedacht und mich nach dir gesehnt ..."

Das, was mein armes Herz gerade erlebt, sind wahrscheinlich mittelstarke Rhythmusstörungen. Ich ringe nach Luft, und in meinem Kopf dreht sich alles. Ist auch egal, ich bin schließlich im Krankenhaus, die kriegen mich schon hin, wenn ich zusammenklappe. Die Aufregung in den letzten zwanzig Minuten war die heftigste, die ich jemals erlebt habe. Nicht nur, weil Myles völlig gesund ist. Er liebt mich! Tränenüberströmt sinke ich in seine Umarmung und er zieht mich vorsichtig an seine Brust.

„Aua, verdammte Rippen!" Er stöhnt mit zusammengebissenen Zähnen und ich weiche erschrocken zurück. „Scheiße, habe ich dir wehgetan?"

„Geht schon. Verkrüppelt wie ich im Augenblick bin, kann ich dich leider nicht besonders leidenschaftlich umarmen. Damit müssen wir wohl noch ein bisschen warten. Aber du darfst mich vorsichtig küssen."

Was ich liebend gerne tue. Ganz sachte und zärtlich, um ihm nicht wehzutun. Der Anblick des Verbands an seinem Kopf dämpft meine Leidenschaft erfolgreich.

„Na ja, ein bisschen mehr kann ich schon verkraften", grinst Myles, als ich mich von seinen Lippen löse. „Das wird meinem schmerzenden Dickschädel sicher guttun", ermutigt er mich. Wir küssen uns noch mal, zärtlich und innig. Seine warmen, geschmeidigen Lippen schmecken immer noch so köstlich wie vor zwei Monaten. Wieder ein heftiger Herzsprung in meiner Brust. Doch dieses Mal fühlt er sich schon viel angenehmer an. Besonders, als dieses wohlige, prickelnde Gefühl in meinem Bauch folgt.

Mein strapaziertes Herz lässt mir trotzdem noch keine Ruhe, und ungern unterbreche ich unseren Kuss.

„Myles ... du sagtest, du liebst mich ... Ist das wahr? Oder liegt das an deiner Kopfverletzung?" Unbeholfen versuche ich, mit diesem kleinen Scherz meine Rührung und Unsicherheit zu überspielen.

„Natürlich liebe ich dich! Ich habe nicht aufgehört, dich zu lieben, als ich auf Tour gegangen bin. Bei unserem Abschied habe ich dir absichtlich wehgetan, um dir zu ermöglichen, schneller von mir loszukommen und mich zu vergessen."

Myles' Blick ist ernst. In seinen zartbitterbraunen Augen tanzen goldene Sternchen, als plötzlich das Sonnenlicht durch das halb geöffnete Fenster auf sein Bett fällt.

„Das heißt, wir waren damals doch ein richtiges Liebespaar, obwohl wir es uns die ganze Zeit nicht eingestehen wollten und durften?", frage ich mit belegter Stimme, als ich mich in den unergründlichen Tiefen seiner Augen verliere.

„So ist es. Das war eine Art Soundcheck für unsere Liebe. Wir haben uns gegenseitig überprüft und uns miteinander vertraut gemacht, es lief alles wunderbar zwischen uns und wir waren perfekt aufeinander gestimmt. Also können wir jetzt so richtig loslegen, wenn du noch willst."

„Natürlich will ich es! Und wie ich es will!" Mein arg strapaziertes Herz zerspringt fast vor Glück, als meine aufgestaute und unterdrückte Liebe zu diesem Mann mich augenblicklich gänzlich überflutet. Endlich darf ich sie zulassen, ihrem Fluss freien Lauf lassen, mich ihr vorbehaltlos hingeben! Doch ich beherrsche mich im letzten Augenblick, um ihm nicht wieder um den Hals zu fallen und ihm wehzutun. Stattdessen küsse ich ihn noch einmal, zweimal, dreimal …

„Myles, wie wird es mit dir weitergehen? Ich meine, wenn du wieder fit bist und Gitarre spielen kannst? Steigst du wieder in die Band ein?" Plötzlich fällt mir diese nicht ganz unwichtige Frage ein, die eine Klärung benötigt, bevor die Euphorie mich völlig überwältigt.

„Nein, ich bin ganz raus. Ich habe mich nicht an die Vertragsklausel gehalten, die uns verbietet, während der Tour gefährliche Sportarten auszuüben oder sich in unnötige Gefahren zu begeben. Da mir Dexter aber persönlich erlaubt hatte, skaten zu gehen, können sie mich nicht verklagen. Offiziell bin ich draußen wegen meiner schweren Verletzung, die es mir nicht ermöglicht, in den nächsten Wochen Gitarre zu spielen. Aber ich bin froh darüber und es ist auch mein Vorschlag gewesen, mich so schnell wie möglich durch jemand anderen zu ersetzen. Ich habe mich in der Band einfach nicht wohlgefühlt. Nicht nur, weil ich mit Vic und Kim nicht so richtig klarkomme. Besonders diese ungemein hohen Erwartungen und der Leistungsdruck waren nichts für mich. Ich möchte Musik machen, weil ich sie liebe und Spaß daran habe, doch ich will auch frei sein. Die Plattenfirma wollte von uns, dass wir uns zu sehr dem Mainstream anpassen, fast eine Art Boygroup werden, nur halt mit rockigerem Image und Sound. Das ist nichts für mich. Ich will kein Posterboy sein, auf der Bühne hübsch aussehen und auf mein Privatleben verzichten müssen. Das würde nicht lange gut gehen. Also sehe ich meinen Unfall nicht bloß als einen dummen Zufall wegen meiner Unvorsichtigkeit. Es ist ein Zeichen für mich, dass ich auf meine innere Stimme hören und mein Leben so gestalten sollte, wie ich es für richtig halte.“

Da muss ich erst mal schlucken. Es sieht so aus, dass Myles seinen Unfall und vor allem die Folgen, die er für ihn bringt, gar nicht bedauert! War die Karriere mit

Black Sunday Desire doch nicht das, was er sich letztendlich wünscht?

„Myles, aber wenn du aus der Band raus bist, was wirst du denn dann machen? Du gehörst doch auf die Bühne!" Seine folgenschwere Entscheidung kann ich trotzdem noch nicht ganz nachvollziehen und starre ihn verblüfft an.

„Mach dir keine Sorgen, ich werde nicht hungern müssen oder in meinem Zimmer Trübsal blasen." Myles lächelt verschmitzt. „Ganz viele bekannte Bands und Solokünstler reißen sich nur so um mich, wollen mich als ihren Songwriter engagieren oder als Gitarrist für Plattenaufnahmen und Liveauftritte haben. Ich werde groß im Geschäft sein, wenn ich wieder auf den Beinen bin. Und vor allem – ich werde selbst entscheiden können, was ich spielen will und mit wem. Dazu kommen die Tantiemen für das Album der Band, ich habe ja größtenteils alle Songs geschrieben, und die verkaufen sich wie geschnitten Brot, hier und auch in Amerika. Und das ist noch nicht alles – eine Konkurrenzplattenfirma hat mir gerade heute Morgen eine Mail geschickt. Sie wollen mich als Solokünstler unter Vertrag nehmen, wenn ich wieder gesund werde! Also, es sieht bestens aus mit meinem Plan B."

„Das ist ja wunderbar!" Erleichtert freue ich mich von ganzem Herzen für ihn. Es wäre schlimm, wenn er jetzt als Gitarrist keine richtige Arbeit mehr hätte. Aber ich vergesse immer wieder, dass Myles Flemming bereits ein berühmter Musiker ist, auch außerhalb dieses Landes. Ein Rockstar, der es gar nicht sein will. Doch er ist trotzdem einer. Gerade deswegen.

„Wenn ich mir deine neuen Pläne anhöre ... ist es überhaupt angebracht zu hoffen, dass es in deinem zukünftigen Leben etwas Raum und Zeit für eine feste Freundin geben wird?“

Mit dem Finger zeichne ich die Linien seines Tattoos auf dem Oberarm nach. Mein Herz schlägt wieder schneller, während ich auf seine Antwort warte.

„Auf jeden Fall. Gerade als Musiker brauche ich ein stabiles emotionales Leben und eine Muse dazu“, antwortet er mit einem verführerischen Lächeln und einem Zwinkern. „Es gibt keine junge Frau, die mir diese Bedürfnisse besser erfüllen könnte als du, Noemi.“ Er sagt es ganz ernst. „Und auch ich werde alles tun, um dich glücklich zu machen. Ich will dir zeigen, dass sich die Welt nicht länger nur um mich dreht, sondern um uns. Übrigens, deine Verkleidung ist nicht nur effektiv, sondern auch irgendwie scharf.“

Lächelnd zieht er mich mit der gesunden Hand wieder zu sich und sie gleitet unter meinen Kittel, um meine Brüste zu berühren. Wir küssen uns wieder, beide hungrig nach dem Geschmack des anderen.

Hinter uns öffnet sich die Tür und eine Männerstimme reißt uns unsanft aus dem innigen Kuss.

„Herr Flemming, was sehe ich da? Ist das etwa eine neue Kollegin von mir? Mit einer extra für Sie entwickelten Behandlungsmethode?“

Erschrocken springe ich vom Bett, doch Myles hält mich an der Hand fest. Ein kräftiger Mann mit Glatze mustert mich mit strengem Blick. Also hat man mich doch noch erwischt! Bestimmt werde ich tomatenrot. Nervös schiebe ich mir eine lange Strähne, die sich beim Küssen aus dem strengen Dutt befreit hat, hinter das Ohr.

„Es tut mir leid, ich kann Ihnen alles erklären, Herr Doktor", stammle ich.

„Darauf bestehe ich sogar! Mit wem habe ich die Ehre?", schüchtert mich seine laute, donnernde Stimme ein.

„Ich bin nur eine, ich meine, ich bin natürlich keine Ärztin ... Ich wollte nur ...", stottere ich immer heftiger und sehe Myles hilflos an. Doch er scheint sich prächtig zu amüsieren und grinst über beide Ohren.

„Darf ich vorstellen, Onkel Richard? Das ist Noemi, das Mädchen, das mich gerade aus meinem angeblichen Koma geweckt hat. Noemi, mein Onkel, Dr. Hopkins."

Ich schaue verblüfft erst Myles, dann den Arzt an, der nicht länger grimmig blickt und mir seine Hand reicht.

„Na, wenn das so ist, bin ich aber höchst erfreut!" Er grinst freundlich. „Ich vermute, morgen wird es in den Zeitungen eine schöne Geschichte zu lesen geben: Eine hübsche, junge Ärztin erweckt mit ihrem Kuss den schwerverletzten Rockstar aus seinem Koma", sagt er gutgelaunt und zwinkert uns zu. „Und Sie haben es tatsächlich geschafft, einfach ungehindert hier rein zu kommen?", fragt er noch, als er auf mein Outfit deutet.

„Ja, tatsächlich, niemand hat mich aufgehalten. Die Schwestern haben sich nichts dabei gedacht, als ich vorbeimarschiert bin. Aber bitte, sie sollen keinen Ärger wegen mir bekommen, es ist alles meine Schuld und ich trage die volle Verantwortung", erkläre ich ihm und erröte wieder.

„Ist schon gut, diesmal drücke ich ein Auge zu." Dr. Hopkins wendet sich an seinen Neffen. „Mein Junge, ich wollte dir eigentlich nur sagen, dass du morgen wieder nach Hause darfst. Aber nur, wenn du mir versprichst, dass du noch ein paar Tage strikt das Bett hüten wirst." Er sieht zu mir. „Ich musste Myles' Mutter am Telefon versprechen, dass ich persönlich jeden Tag bei ihm vorbeisehe."

„Das ist cool, Onkel Richard, vielen Dank. Heute scheint mein Glückstag zu sein." Myles strahlt unter seinem Verband und richtet sich im Bett auf. „Die Kopfschmerzen sind auch schon viel besser."

Dr. Hopkins kommt näher und tastet kurz Myles' Kopf ab. Der verzieht dabei das Gesicht.

„Dein Verband bleibt heute noch dran, aber morgen bekommst du ein Pflaster."

„Ich verspreche, ich bleibe noch ein paar Tage im Bett, ganz wie du willst." Myles legt feierlich eine Hand auf sein Herz.

„Und ich werde dafür sorgen, dass er die ganze Zeit im Bett bleibt, darauf können Sie sich verlassen", versichere ich schnell dem Arzt. Myles und ich sehen uns wieder an und unsere Blicke verschmelzen für einige Sekunden.

„Das kann ich mir sehr gut vorstellen. Allerdings befürchte ich, unsere Vorstellungen von *im Bett bleiben* gehen hier etwas auseinander." Dr. Hopkins schmunzelt.

Bestimmt erröte ich noch stärker, als ich seine Anspielung verstehe.

„Oh, ich ... Es war nicht so gemeint, wie Sie es denken!" Beschämt senke ich meinen Blick.

„Onkel Richard, du hast echt eine wilde Fantasie! Du bringst mein Mädchen in Verlegenheit! Ich werde mich bei Mom über dich beschweren!" Myles lacht und streichelt mir über das Gesicht.

„Einen kleinen Scherz darf ich mir doch erlauben, oder? Lachen ist die beste Medizin." Dr. Hopkins lacht schallend und reicht mir wieder seine Hand. „Noemi, es hat mich sehr gefreut, Sie kennenzulernen. Selbstverständlich können Sie so lange bei Myles bleiben, wie Sie wollen. Wenn einer meiner Kollegen sich daran stört, bestellen Sie ihm meine Grüße. Wir sehen uns bestimmt bald wieder."

Er verabschiedet sich und geht. Wir sehen uns an und küssen uns wieder. „Kommst du morgen her?", fragt Myles, als er meine Haare aus dem Dutt befreit und mir über die gelösten Haarsträhnen streicht.

„Aber klar. Ich kann dich auch nach Hause fahren. Oder holt dich deine Mutter ab?"

„Nein, du sollst mich abholen. Mom hat schon jemanden, um den sie sich kümmern muss. Wenn du nichts dagegen hast, würde ich mich gerne von dir verwöhnen lassen." Myles lächelt mit zweideutigem Blick.

„Ich übernehme sehr gerne die Krankenpflege. Aber alles andere wird so lange warten müssen, bis dein Onkel Richard dich für gesund erklärt", sage ich gespielt streng.

„Ich habe ja keine Wahl, oder? Du wirst bestimmt noch besser auf mich aufpassen, als er es würde, nicht wahr?" Ergeben seufzt er.

„Nein, du hast keine Wahl. Und ja, ich werde so gut auf dich aufpassen, dass du mich gar nicht mehr gehen lassen wirst."

„Eines kann ich dir versichern: Ich werde dich nie mehr gehen lassen. Du bleibst für immer bei mir. So lange du nur willst." Myles' Stimme wird noch dunkler. Sie streichelt sanft mein Gehör, und ihr sinnlicher Klang lässt tiefe Regionen in meinem Bauch prickelnd vibrieren.

„Kein Bange, du wirst mich nicht so schnell wieder loswerden", flüstere ich und versuche gar nicht, meine Glückstränen vor ihm zu verbergen.

„Das will ich doch hoffen", murmelt er zurück. „Und noch was – sobald es mir besser geht, kommt auch Luna zurück zu mir. Zu uns. Sie war jetzt die ganze Zeit bei meinen Eltern. Doch deinen alten Job bekommst du nicht zurück. Ich möchte nicht, dass die Frau, die ich liebe, für mich arbeitet."

„Verstehe", erwidere ich durch den Tränenschleier. „Damit kann ich leben. Luna und ich kommen auch so bestens aus, und ich freue mich schon, sie wiederzusehen. Aber jetzt verschwinde ich endlich, ich muss dringend einige Menschen anrufen, die immer noch glauben, du liegst im Sterben!" Mit einem letzten Kuss beuge ich mich zu ihm, bevor ich mich entschlossen erhebe und gehe. An der Tür sehe ich noch einmal zu ihm zurück.

„Noemi, so gut wie unser Soundcheck lief, wird das Konzert bestimmt der Hammer sein! Du kannst dir nicht vorstellen, wie sehr ich mich darauf freue." Myles lächelt vielversprechend.

Sogar in seiner Patientenmontur sieht er verdammt attraktiv und männlich aus. Der Verband und der Gipsarm verstärken seine maskuline Ausstrahlung nur noch. Ein verletzter Rebell, der sich nicht anpassen will und sich nicht scheut, zu seinen wahren Gefühlen zu stehen.

„Ich freue mich noch mehr!" Nach einem Luftküsschen in seine Richtung schließe ich die Tür hinter mir. Am liebsten würde ich durch den Gang rennen, um schnell wieder bei Kathleen zu sein und ihr von meinem unbeschreiblichen Glück erzählen zu können. Das Krankenhaus erscheint mir in meiner grenzenlosen Verliebtheit plötzlich als der schönste und freundlichste Ort auf der ganzen Welt. Fast wie eine zauberhafte Märchenkulisse für mein kleines Wunder, das ich soeben erlebt habe. Sogar den sonst so unausstehlichen Geruch nach Desinfektion, der im Fahrstuhl von zwei älteren Ärzten ausgeht, atme ich mit Genuss wie ein betörendes, süßes Parfüm ein. In diesem wunderbaren Augenblick weiß ich: Unsere Liebe wird den Soundcheck noch übertreffen!